Sisterhood of the Traveling Pants

牛仔裤的夏天 IV

永远的牛仔裤

（美）安·布拉谢尔 ◎ 著

李亚萍 ◎ 译

未来出版社
FUTURE PUBLISHING HOUSE

图书在版编目（CIP）数据

永远的牛仔裤/（美）布拉谢尔（Brashares,A.）著；李亚萍译 . —— 西安：未来出版社，2012.9
（牛仔裤的夏天；4）
ISBN 978-7-5417-4632-1

Ⅰ . ①永… Ⅱ . ①布… ②李… Ⅲ . ①长篇小说 - 美国 - 现代 Ⅳ . ① I712.45
中国版本图书馆 CIP 数据核字（2012）第 176587 号

Forever in Blue
Book#4-Copyright © 2007 by 17th Street Productions, an Alloy Online, Inc. company and Ann Brashares
This translation published by arrangement with Random House Children's Books, a division of Random House, Inc.
Sisterhood of the Traveling Pants is a registered US trademark of 360 Youth, LLC dba Alloy Entertainment. All rights reserved.
著作版权合同登记：陕版出图字 25-2011-018 号

牛仔裤的夏天·永远的牛仔裤　YONGYUAN DE NIUZAIKU

作者：【美】安·布拉谢尔　**译者：**李亚萍

总 策 划：	尹秉礼　冯知明
选题策划：	陆三强　孟讲儒
丛书统筹：	唐荣跃　白海瑞
责任编辑：	孟讲儒　赵党玲
特约编辑：	金泽龙
营销总监：	董晓明　丁　杰
营销宣传：	薛少华　陈　欣
印制总监：	陈　刚　宇小玲
封面设计：	宋晓亮　金　丹　金奇伟
出版发行：	未来出版社
	地址：西安市丰庆路 91 号　邮编：710082
	电话：029- 84298551　84288355
经　　销：	全国新华书店
印　　刷：	安康天宝印务有限公司
开　　本：	787mm×1092mm　1 / 16
印　　张：	19.5
字　　数：	251 千字
版　　次：	2012 年 9 月第 1 版
印　　次：	2012 年 9 月第 1 次印刷
书　　号：	ISBN 978-7-5417-4632-1
定　　价：	28.00 元

版权所有　翻印必究

（如发现印装质量问题，请与承印厂联系退换）

谨以此书献给我可爱的小天使苏珊娜

致　谢

和往常一样，在此我首先要特别感谢乔迪·安德森。

其次我要感谢兰登书屋的全体同仁，感谢他们在这6年里为我这四本书的顺利出版给予的大力支持，在此我要向以下各位致以最诚挚的谢意：温迪·洛吉亚、贝弗莉·霍洛维茨、齐普·吉布森、朱迪丝·浩特、凯西·邓恩、马西·森德斯、戴西·克莱恩、琼·德马约以及为本系列小说投入过精力和心血的所有人。我还要感谢莱斯利·摩根斯坦以及我的挚友兼经纪人詹妮弗·鲁道夫·沃希。谢谢你们在这6年里一直陪在我身边。

我还要感谢我的父母简·伊斯顿·布拉谢尔和威廉·布拉谢尔以及我的兄弟波尔·布拉谢尔、贾斯汀·布拉谢尔和本·布拉谢尔。虽说家人是无法选择的，但我要说的是，如果有机会选择，我还是会选择他们。

最后，我要感谢我的丈夫雅各布·科林斯和我们的三个小天使山姆、纳撒尼尔和苏珊娜。

一线晨曦穿过黑夜,逆射出万丈光芒。

——尼克·德雷克

序　言

从前有四个女孩,你也许会说,是四个年轻女人吧。她们虽然天各一方,却始终深爱着彼此。

很久以前,这四个女孩得到了一条牛仔裤,这可不是一条普通的牛仔裤,这条牛仔裤聪明绝顶,法力无边,所以这四个女孩称它为"魔法牛仔裤"。

魔法牛仔裤的神奇之处就在于它教这四个女孩学会了如何在分离时维系友谊,教她们懂得了"两情若是久长时,又岂在朝朝暮暮",懂得了无论身在何处心都要紧紧地拥在一起。而且,这条牛仔裤还教她们学会了爱自己、爱朋友。另外从实用的角度来说,这条牛仔裤还有一个神奇之处——这四个女孩穿着它居然都很合身,难以置信吧?你想想啊,她们中间只有一个人(就是那个金发女孩)身材标准得像超模,可这条裤子她们四个人却都能穿,这还不够神奇吗?而且这确实是真的。

好吧,该揭开谜底了。我就是这四个女孩中的一个,我有三个亲密无间的好友。我穿过这条牛仔裤,对它的魔力有切身体会。

事实上,我就是那个金发女孩,不过我的身材可不像超模,我是开玩笑的,呵呵。

永远的牛仔裤

不过不管怎样,这条牛仔裤在大多数情况下都会发挥魔力。而且,这四个集美貌与智慧于一身的女孩(别嫌我太肉麻)也悟到了许多人生的真谛。

转眼间,最后一个夏天到了,四个女孩的生活发生了翻天覆地的变化,这条聪明绝顶的牛仔裤也不得不顺应变化。

这就是姐妹情谊故事的开始,但这远远不是结尾。

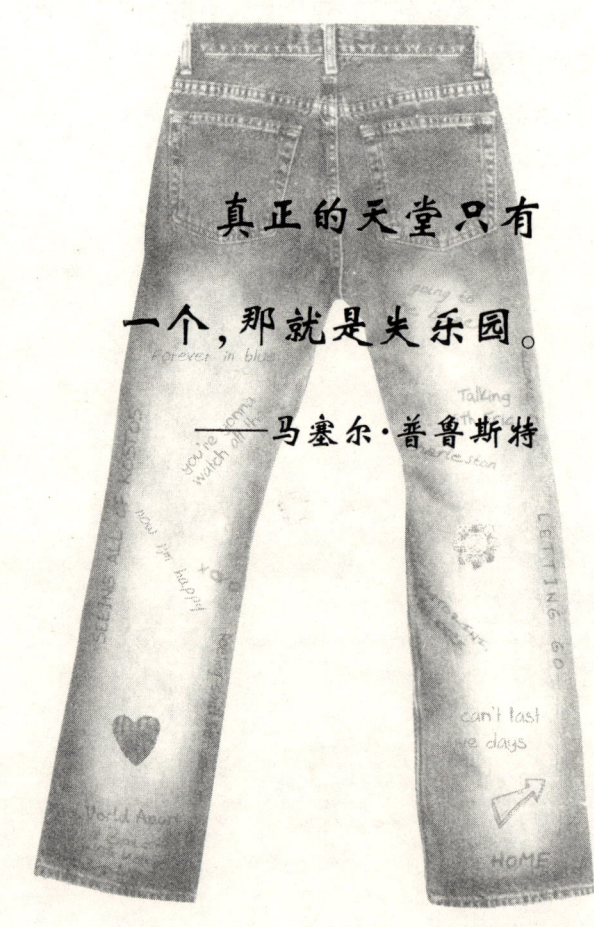

真正的天堂只有一个,那就是失乐园。

——马塞尔·普鲁斯特

永远的牛仔裤

　　吉尔达俱乐部一如往昔,永远都是这副面孔,不过看了真让人感到安慰,莉娜暗暗想道。爱慕虚荣的人类啊,对魔鬼身材的渴望永无止境,所以才会有吉尔达俱乐部,才会有这些垫子和镜子,这对她们来说是件好事。

　　除此之外,好像一切都变了。有些东西不见了。

　　比如说,卡门不见了。

　　"卡门不在,我们该怎么举行仪式呢?"蒂比说道。和往常一样,她带了摄像机准备拍摄,以便在未来留作纪念,可她并没有打开开关。没人知道未来始于何时,也许她们现在已迈入了未来。

　　"也许我们今天根本不该来这里,"布布说道,"也许应该等四个人凑齐了再来。"

　　莉娜带了蜡烛,但她没有点燃;蒂比带了举行仪式用的八十年代的舞曲,可也没有播放。布布依照惯例摆好了QQ糖和奇多粟米棒,但谁都没心情吃。

　　"那我们四个人什么时候才能凑齐呢?"蒂比问道,"说实话,自去年九月开始我们就一直想聚在一起,可一次都没成功过。"

"难道去年感恩节我们没在一起?"莉娜反问道。

"你不记得我去了辛辛那提参加曾祖母费利西娅的百岁派对吗?"蒂比说道。

"哦,是的,她中风了。"布布想起来了。

"那是在派对之后。"

"圣诞的时候卡门去了佛罗里达,"莉娜回忆道,"新年时你们两个又去了纽约。"

"的确如此,那我们这个夏天可以找两个周末聚在一起吗?卡门不久就会回来的,不是吗?"

"是啊,可我从六月二十日起就要上美术课。"莉娜光着一双大脚踩在黏糊糊的松木地板上,双手抱着膝,"第一天上课我必须到,不然以后我就得坐在角落里,到时就只能看到模特的膝盖了,那我这一个月的课该怎么上呢?"

"好吧,七月四日独立日总该能聚在一起吧,"蒂比的建议很有道理,"那天是星期五,那天绝对不可能有课,我们可以聚在一起,连着后面的周末狂玩三天。"

布布解开鞋带:"我六月二十四日要坐飞机去伊斯坦布尔。"

"那么快?你能不能晚点走?"蒂比不高兴了。

布丽奇特一脸的懊恼:"活动方组织的是包机,非得坐那一趟不可。坐别的飞机得另外掏几千美元,而且去夏令营还得自己找路。"

"卡门怎么能错过今天的活动呢?"蒂比怎么也想不通。

莉娜明白她的意思。其他人不来参加仪式倒还说得通,可唯独卡门不行,因为她最热衷于仪式这种事。

布布环顾四周:"错过什么?"她似乎是想平息蒂比的怨气,倒没想火上浇油来着。"今晚不是真正的魔法牛仔裤出关仪式吧!"她指了指三人围成的铁三角中间叠得整整齐齐的牛仔裤,"我的意思是,不是正式的仪式

吧！我们这个学年一直都在穿它，所以这个夏天和以往不同，牛仔裤的出关仪式没必要做得这么隆重吧。"

莉娜听到这话，不知道是应该感到安慰还是愤怒。

"也许你说得对，"蒂比说道，"也许我们今年夏天根本不该举行什么仪式。"

"但我们至少应该在今晚决定传递顺序吧，"莉娜说道，"卡门既然不在，就得由我们来决定。"

"目前不是有传递顺序了吗？为什么不干脆依原样呢？"布丽奇特伸直腿说道，"不要因为现在是夏天就改变顺序。"

莉娜狠狠地咬着指甲盖旁边的倒刺，从实用的角度来看，这话还真有几分道理。

夏天真的不同了。以前的夏天意味着离别，她们各自离开家，离开彼此，在长达十个星期的时间里天各一方。那时的她们需要魔法牛仔裤将彼此的心紧紧地连在一起，不然没法熬到重聚的一天。现在的夏天虽然也意味着离别，但平时大家也一样天各一方，所以夏天和平时没什么区别。莉娜这才发现，一切都已经变了。

我们四个人什么时候才能再次回家呢？莉娜很想知道。

可等她理性地思考了片刻之后，她才知道这个问题不该这么问，真正的问题应该是——到了今天这个地步，"家"到底是什么？为什么会弄到今天这步田地？家已经成了一个时间概念，而且它早已变成了过去式。

没有人吃 QQ 糖，莉娜不得不拿起一块塞进嘴里，不然她会哭出来。"那我们就按照以前的传递顺序吧，"她无力地附和，"好像牛仔裤现在应该归我了。"

"我已经把顺序写下来了。"蒂比说道。

"好的。"

"嗯。"

莉娜看了看表:"那现在我们该走了吧。"

"我猜是吧。"蒂比说道。

"那我们回去时顺道在塔斯提餐厅坐坐好吗?"布丽奇特提议道。

"好吧。"蒂比一边说一边收拾辛辛苦苦带来,没派上用场的仪式用品,"也许我们吃完东西后还可以看晚场电影。我今晚可不想回家看爸爸妈妈的臭脸。"

"你们明天什么时候走?"布丽奇特问她们。

"我的火车大概是十点钟。"蒂比答道。莉娜和蒂比明天一起坐火车:蒂比要去纽约上电影拍摄班的课,课余还准备在一家音像店打工;莉娜得去普罗维登斯换宿舍①。布布则在家待着,不过也待不了几天了,她马上就得去土耳其。

莉娜也不想马上回家。她拿起魔法牛仔裤,随手揉成一团抱着。一种难以名状的感觉油然而生,她虽然说不上来,但她知道她和牛仔裤的关系已不同于以往。以前抱着牛仔裤,心中油然而生的是感激、赞叹和信任。现在虽然还有这些感觉,但在这中间却掺杂了一丝淡淡的绝望。

布丽奇特关上吉尔达俱乐部的门,她们一起蹑手蹑脚地走下黑漆漆的楼梯。没有牛仔裤我们该怎么办?莉娜不禁在心底问自己。

---
①译者注:美国的学生一般每个学年都要换宿舍。通常情况下,年级越高,住的宿舍条件就越好。

一个人经历的人生往往并不是他想要经历的人生。

——奥斯卡·王尔德

"卡门,新房子太漂亮了,我真希望你此刻就在这里。"

卡门对着话筒默默点头。妈妈似乎觉得自己这么开心,卡门焉有不开心之理?所以卡门怎么能耷拉着脸呢?

"你们什么时候搬进新家呢?"卡门费了好大劲才挤出一点轻快的声音。

"呃,我们先得装修一下。要做墙面抹灰、粉刷,地面也要修整一下。还有管道啊走线什么的。等一切弄得差不多了我们再搬。我估计八月底搬应该没问题。"

"哇哦,好神速!"

"亲爱的,有五间卧室呢,这房子够大吧?还有一个漂亮的后院,瑞恩以后可以在院子里到处奔跑。"

卡门想了想她的小弟弟,他现在走都走不稳,更别谈跑了。瑞恩成长的环境和卡门以前的截然不同。

"那以后就不用住公寓了,是吧?"

"那是当然,我们两个人住公寓固然好,但以前我们不是一直都想要一栋洋房吗?你以前不是一直都这样说吗?"

永远的牛仔裤

她以前还想要个弟弟或妹妹呢,她以前还怕妈妈一个人孤单呢,可这又怎么样?心想事成并不一定总是什么好事。

"到时我会回来清理我的东西。"卡门说道。

"新房子你的房间比现在的大多了。"妈妈迫不及待地说道。

是啊,她会有大房间。可这一切是不是来得有点迟了?洋房、大房间、漂亮的后院,有了又如何?她的童年可以重来一次吗?她已有过童年,她的童年是在公寓的小房间里度过的。失去了就是失去了,永远不会再重来一次。这一切,来得太迟了。

她现在身在何处?没有过去,也没有未来,她只是介于这两者之间,飘飘荡荡。从某种程度上来说,这似乎太适合她了。

"莉娜昨天顺路过来看瑞恩了,她还送了一个飞碟给他。"妈妈不免流露出些许渴望,"我真希望你也在家。"

"是啊,不过我在这里很忙。"

"我知道,亲爱的。"

她刚一挂上电话,电话铃声便又狂响起来。

"卡门,你跑到哪里去了?"

茱莉娅·惠曼劈头问道。卡门回头看了看身后的钟。

"快到排演的时间了,呃,我看看还差几分钟……就是现在!你马上给我过来!"

"我马上就来!"卡门一边用肩膀夹着话筒一边手忙脚乱地穿袜子,"我一会儿就到。"

她飞出宿舍直奔剧院。在路上,她才想起自己的头发好久没洗,油腻腻,而且身上的裤子显得屁股硕大无比,刚才出门心急火燎的忘了换条显瘦的。不过这重要吗?反正又没人看她。

茱莉娅正在后台等她。"快来帮我!"根据角色需要,茱莉娅穿了一条长长的苏格兰粗花呢裙,但裙子的腰太大了。

卡门弯腰帮她别安全别针。"这样如何？"她将别针别到腰后的腰带中。

"好多了,谢谢。你觉得好不好看？"

茱莉娅穿这条裙子很美。茱莉娅不管穿什么都美得动人心魄,这一点她心知肚明,哪里还用卡门说呢？可卡门还是不吝赞美之辞。这真是有点诡异,好像茱莉娅是为了卡门而打扮的,而且赞美茱莉娅是卡门的义务。

"我估计罗兰现在肯定在舞台上等你。"

卡门走到舞台上,但罗兰并没有表现出等她的样子,他看见卡门过来毫无反应。近来卡门觉得自己太没有存在感了,整个人和鬼魂无异——没人看得见她,只能感觉到一阵阴风掠过。卡门瞥了舞台一眼,她也不想让别人注意到自己的存在。舞台灯光打开了,她可不想成为舞台的一分子。"要我帮忙吗？"她问罗兰。

"哦,是的,"罗兰试着回忆,"大厅那边的窗帘掉下来了,你可以把它挂好吗？"

"当然。"卡门忙不迭地应道,她不知道是否应该内疚,这幅窗帘上次是她挂的吗？

她搭好梯子,爬了三格后用钉枪对准胶合板墙。搭布景是最无厘头的活,其目的在于欺骗观众,搭的布景从某些特定的角度看倒煞有介事似的,但这种玩意儿差不多都逃不了用过即扔的命运。它并非时空中的某个实实在在的东西,它只是一个骗局而已。

卡门喜欢钉针射在墙上的"咔嗒"声。她在大学里学会了一些新本事,操作钉枪就是其中之一,爸爸花了一大笔钱送她来威廉姆斯大学就是学这个的。

她还学会了一些其他的东西——如何在晚上寂寞时吃一大堆的垃圾食品和巧克力长十多斤肥肉;如何变成男孩子们无视的女孩;如何在早上9点蒙头大睡翘课;如何遮掩身上的赘肉(差不多每天都穿T恤);如何逃

避最爱的人；如何变成所有人（包括自己）都无视的人。

　　幸运的是，她认识了茱莉娅。卡门知道自己幸运至极。茱莉娅是学校最惹眼的女孩之一，她们一个是最惹眼的，一个是最不起眼的，走在一起简直是绝配。卡门暗想在威廉姆斯大学校园如果不和茱莉娅在一起，她很可能会人间蒸发。

　　至：Carmabelle@hsp.xx.com
　　自：Beezy3@gomail.net
　　主题："冬眠熊"卡门
　　我们在这里一切都不顺。
　　我知道你在"冬眠"，我和她们一样都很理解你的心情。
　　可是卡卡，现在已经是六月了，你该走出来和爱你的朋友们一起聚聚了吧。
　　我们去过吉尔达俱乐部，可是你不在，一切都不对劲。
　　就是不对劲。
爱你的布布

　　女孩子一旦有了男朋友，一切都会不同。
　　布丽奇特这样想道，她刚刚离开莉娜家，正独自走在回家的路上。几分钟以前，一个她在高中认识的男孩从车里探出头来对着她大喊："嗨，美女！"这个男孩布丽奇特一点也不熟，可他居然还对她扔了一个飞吻。
　　以前遇到这种情况，她会冲对方大嚷大叫。如果心情好，她也许会回一个飞吻。如果心情不好，她可能会竖中指。可现在，一切似乎都不同了，她有了男朋友。
　　布丽奇特差不多花了一年时间才适应这一点。对她来说，真的很难，毕竟她每个月只能见到男友一两天。他们分隔两地，一个在纽约上学，一个在罗得岛州的普罗维登斯上学。她的男朋友似乎是理论上的。男孩子们从车窗里喊她，男孩子们在新生见面会上从头到脚地打量她，也难怪会这样，布丽奇特根本不像有男朋友的样子。

每次看到埃里克的帅脸，每次埃里克出现在她的宿舍门口，每次他在纽约的港局巴士总站接她时，她才会意识到自己有男朋友。他热烈地吻着她，他的裤子穿在身上自有一股洒脱不羁的气质。有一次布丽奇特期中考试要考西班牙语，他还帮她辅导，一整夜都没睡觉。

可上次埃里克和她谈到墨西哥时，那种虚幻的感觉又来了。他在以前的下加州足球训练营谋得了一份主教练助理的差事。

"等一放假我就走。"四月时他在电话里这样对她说。

他没有一丝迟疑，语气不容置疑，停都没停顿一下。他的暑假计划里完全没有她。

布丽奇特狠狠地握着听筒，一时间心乱如麻，但她只能竭力掩饰。她不喜欢就这样被晾在一边。"你什么时候回来？"她问道。

"九月底。我准备去穆莱赫和外公外婆待一个月。我外婆现在已经在给我准备大餐了。"他轻轻一笑，声音里充满无限甜蜜。他似乎以为，只要自己高兴，布丽奇特就应该为他高兴。他完全感觉不到她的失望。

有时布丽奇特在挂上电话时可以感觉到心碎的声音，这一刻她痛得不能自已，可过一会儿只会更痛。他们的对话让她痛得无法继续，她不想再说下去了。她只想把电话连同自己狠狠地扔在墙上。

布丽奇特本以为她和埃里克的暑假计划或多或少会有重叠，她以为有男朋友意味着规划未来时要将他考虑进去。难道埃里克以为吃定了她，所以就可以无所顾忌地离开？或者这是因为他天性凉薄？

她跑了很远的一段路，努力劝服自己冷静下来。他们只是恋爱罢了，又不是结婚。她不应该这样心痛。她知道这并不意味着埃里克对她不满。

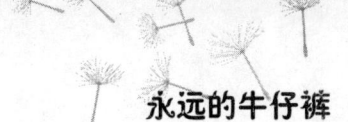

永远的牛仔裤

主教练助理可是个好差事——工资高，而且那地方离他千山万水之外的家乡很近。

真的，布丽奇特不心痛了，在这之后的日子里，她渐渐开始有了一点前进的动力。她不想就这样被他吊着，无望地思念他。如果她没有惊惧和痛苦，她也不会这么迅速地报名参加前往土耳其的考古夏令营。

埃里克并不希望她傻傻地等他，这也不是她的行事风格。埃里克从五月到九月都将不在她身边，他还算是男朋友吗？她还能自欺欺人多久？这段不咸不淡的关系又能维持多久？她无法接受虚无缥缈的感情。

和埃里克谈过墨西哥之后，她认真地考虑了一下他们之间的感情。在那之后，只要在上学的路上看到搭讪她的男孩，她都觉得自己有男友的身份是被强加的，事实上，她并非心甘情愿。

蒂比瞥了一眼收银机上的时间。还差四分钟就下班了，可收银台边至少还有十二位顾客在等着结账。

有个十岁出头的小太妹涂着闪闪发光的银色眼影，身上穿着几乎可以捆死人的紧身衣，她一口气拿了六张碟，蒂比只得一一扫描。这个女孩在瞪着蒂比吗？或者只是蒂比的幻觉？

"你全要？"蒂比心不在焉地问道。今天是星期五，如果星期一不还，会产生滞纳金。女孩嚼的口香糖味道很冲，一股西瓜的香精味。她吞咽的样子活像渔民养的鹈鹕，那种鸟儿脖子上套了项圈，它们捉到鱼也没法吞下去。

"朋友要来我家过夜，加上我就差不多有七个人了。我的意思是，如果凯丽也来的话。如果她不来，我就没必要拿那部电影了，我们都觉得它是超级大烂片。"

女孩滔滔不绝地讲每位朋友喜欢的电影时，蒂比不禁问自己——我们也是这样的吗？

现在她还差两分钟就下班了。蒂比恨死自己了，她真不该找这个女孩搭话。她总是忘了问问题会招来麻烦，因为只要你问了，别人总会回答。

在关闭收银机之前，还有十一位顾客等着结账，侍候他们可是没工资的。"我要下班了，去别处结账吧。"她迫不及待地对顾客说道，她可不想再在这里多浪费一秒钟。后面一位顾客是个留着山羊胡子的年轻男人，他身穿酒店门童制服，外面还罩着一件风衣。风衣无意掀开时，蒂比看见了他的工号牌，上面有他的名字"卡尔"。她真想告诉卡尔他选的电影还行，但结尾烂得惊天地泣鬼神，简直侮辱人的智商，但她又怕和他说话浪费时间，于是干脆缄口不语。她现在得下班走人。不过她还是得承认自己挺喜欢说话的，只听不说她做不来。

她锁好收银机，和同事道别，然后沿百老汇朝布利切大街走去。她又回到了宿舍门口。打这份工赚的钱只比最低工资高那么一丁点，但还是有一点好处的，那就是工作地点离宿舍只隔三个街区。

宿舍楼的大厅里冷气开得十足，除了办公桌后面的保安之外，空无一人。一切都和以前大不一样了，现在是暑假。没有叽叽喳喳的学生，没有此起彼伏的手机铃声交响曲。一个月以前，广告栏中的通知贴了一层又一层，估计有二十层那么厚。现在被剥得干干净净，一丝纸片也不剩。

没放假的时候，坐电梯被人盯得浑身不自在。大家互相打量，偶尔会相互拍马屁。在正常的拥挤情况下，蒂比总觉得自己必须用心打扮，免得惹人非议，尽管她连那些人的名字都不知道。现在，站在空空荡荡的电梯里，她觉得自己成为了人造木纹墙的一部分。

走道里也是空无一人。这里七月四号之后才会有培训班。就算到了那时，她能碰到的人也都是些陌生的过客，她们不可能是她的朋友，她根本不用在乎她们的眼光，因为她们八月中旬就走了。

上大学有一件事挺让人想不通的。你以为你可以在这里找到新生活，每看见一个人，你总会情不自禁地想："这个人对我会有特别的意义吗？我

永远的牛仔裤

们会不会融入彼此的生活？"事实上，她在她的宿舍楼层里以及电影班上交了几个朋友，不过大多数她只消看一眼，就知道自己和他们不会有任何交集。比如游泳队那些在脸上涂满紫色油彩以彰显学校精神的女孩，又比如那些身穿"战锤"T恤留一脸胡子的男孩，蒂比知道他们和自己根本不是一路人。

但这一次她又莫名其妙地回忆起了以前的那个蒂比，那个从来不会犯错误的蒂比，那个不急不躁的蒂比，那个在7-Eleven店只消看布莱恩一眼就预感到他将来会对自己很重要的蒂比。

自认识布莱恩之后，四年时光匆匆掠过，期间发生了很多事。尽管布莱恩一直说他对她一见钟情，但蒂比第一次见到布莱恩时却觉得他是个无可救药的白痴。她错了，她总是错。现在只要一提到布莱恩，蒂比的小腹就一阵灼热。九个月前的一个夏夜，一次突如其来的约会使他们的关系产生了质的飞跃（蒂比讨厌用"约会"这个词）。在那个夏夜，他们一起在公共游泳池穿着内衣游了好几个小时，他们疯狂地热吻，紧紧地搂在一起，直到最后手指和脚趾都泡得皱巴巴的，嘴唇也吻肿了。转眼间，九个月已经过去了。

他们还没有性行为。至少是没有真正意义上的，虽然布莱恩当时苦苦哀求过。但自那个八月的夜晚后，她觉得自己的身体属于布莱恩，布莱恩的身体也属于她。自那晚后，他们完全从朋友变成了爱人，两人之间已再无距离。在那晚之前，如果布莱恩在桌底下用脚挑逗她，她会满脸通红，紧张不安，全身大汗淋漓。但在那晚之后，他们总是依偎在一起。他们一起躺在双人床上看书，身体难分难舍地纠缠在一起，但眼睛仍然盯着书。呃，只是心不在焉地盯着书。

今晚这里寂静无人。她有点想念那个从晚上九点到十点一直练嗓子的白妮，还有那个在楼层公共厨房正儿八经做饭的狄德丽。但没有人也乐得清静。她可以给好朋友写电子邮件，还可以刮腋毛和腿毛，布莱恩明天就要来了。也许她还可以从街角的馆子叫泰式炒面。她决定亲自去拿,省得还要给送外卖的小费。她也不想这么抠,可小费一次就得五美元,她没这么多钱往外撒。

她把钥匙插入锁孔,锁孔硕大无比,毫无严密性可言。她怀疑随便拿把钥匙差不多都能把门打开,也许这世上任何一把钥匙都可以打开。这是个来者不拒的锁孔,简直就是个小荡妇。

她摔开门,再次庆幸自己只是一个人住。谁在乎这间房只有五平方米?谁在乎它小得像一件衣服而不像真正的房间?这是她的房间。这里可不像和父母住在一起的家,在这儿,她可以随心所欲地乱放东西。

她第一眼看到了电脑机箱上一闪一闪的电源灯;第二眼看到了摄像机充电完毕的绿色指示灯;第三眼看到了一双闪闪发光的眼眸,是的,她的床上正坐着一位大约十九岁、身材高大的棕发男孩。

蒂比一时间猝不及防,胃、腿、肋骨和大脑一阵抽搐,心狂跳如鼓。

"布莱恩!"

"嘿!"他低声应道。蒂比知道他不想吓到她。

她放下包走到他面前,迅速地扑到他的怀中,布莱恩迫不及待地搂住她。

"我以为你明天来。"

"我可等不了五天。"他说道,脸贴在她的耳边。

倒在他怀中的感觉美妙之极,蒂比宛如身在天堂,这种感觉永远都不会像左手握右手,它太美好,美好得难以置信。她无法摆脱固有的世界观:这世上,此消彼长,方能平衡。分离是为了更好的相聚。小别之后,随之而来的便是排山倒海的激情。

大多数男孩嘴上说明天给你打电话,其实可能会等到下周六才给你打电话,或者压根就不打。大多数男孩说八点钟见,其实他们九点十五分才出现。他们存心让你坐立不安,无望地渴望着盼望着,你被他们耍得团

团转，最后无可奈何，只得恨自己不争气。可布莱恩不是这样的，他说星期六来，结果星期五就赶到了。

"我现在好开心。"他在她的颈间低语。蒂比低头深情地凝望着他的侧脸，然后目光又落在他强壮的手臂上。布莱恩英俊帅气，可他从不把相貌当一回事。虽说蒂比并不是因为他长得帅才爱他，但多看几眼还是很赏心悦目的。

布莱恩把蒂比压在床上，她蹬掉脚上的跑鞋。他掀起她的衬衣，双手紧紧搂着她的臀部，脸伏在她赤裸的小腹上，他屈膝抵在墙上。这间房对蒂比来说都小得几乎无法转身，布莱恩的身体根本没法在这里伸展开来。他时不时就会不小心踢到墙。在这一晚，蒂比对11-C宿舍的这个男孩一点都不感到内疚，她的心情好得很。

这真像一个奇迹，他们有一间自己的房。在这里，无需逃避，无需搪塞，更无需躲闪。没有父母苦苦逼问："今晚你死到哪里去了？"没有几点之前必须回家的禁令。

时间缓缓流逝。他们晚餐想吃什么就吃什么——不过至少要付得起账。她记得有天晚上他们把四块士力架当正餐，把冰激凌当甜点。然后搂在一起睡觉，布莱恩的手放在她的胸上，有时也会放在她的腰间。次日清晨，阳光从东边的窗户里射进来，他们一起睁开眼睛。这一切太美好了。她怎么可以这样奢侈地享受？

"我爱你。"布莱恩喃喃低语，他的手伸到她的衬衣下面。他说这三个字并不是为了回报，虽然在这一瞬间蒂比知道她应该以相同的方式回应。布莱恩的手已经游移到她的腋下，他不紧不慢地倚过来，一场热吻一触即发。他不需要蒂比说"我爱你"。

蒂比以前有一个奇怪的想法，那就是坠入爱河中的人犹如对着镜子跳舞，对方如何对你，你就会如何对别人，你给予的爱和对方一模一样，一分不多，也一分不少。不过蒂比的这种想法还没得到验证。

可布莱恩不是这种人。他的爱热烈而纯真,无需任何回报。这样的布莱恩和会说中文的男孩或灌篮高手一样酷,让蒂比惊艳不已——他是个不同于常人的男孩。

蒂比的双手滑到布莱恩的T恤里面,温柔地抚摸着他的背和肩胛骨。"我爱你。"她轻声说道。布莱恩从未要她说出这三个字,但她还是不吝表白。

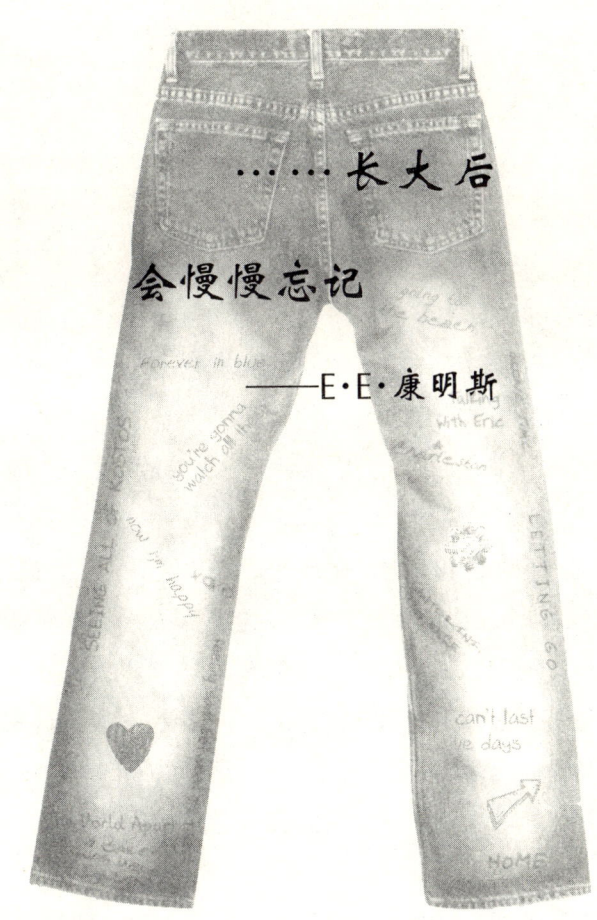

……长大后

会慢慢忘记

——E·E·康明斯

有很多东西你都视为理所当然，你几乎从未正眼瞧过它们，直到有一天它们离你远去，你才追悔莫及。以卡门为例，她以前就视自己的身份为理所当然。

她以前有过一个身份。卡门把最后一根支架放回黑暗空荡的舞台，怅然地这样想道。

她曾经是一个单身母亲唯一的孩子。她曾经有一个幸福美满的四口之家，而她就是这个家里的四分之一。她曾经是一个数学特长生，一个美艳的潮女，一个舞姿优美的舞者，一个控制狂兼势利鬼，一个居住在四楼公寓中的居民。现在这些身份已离她远去，或者是至少在这一刻，这些身份的影子在她身上已荡然无存。一时之间，她又找不到新的身份来证明自己。也许只有茱莉娅才可以证明她的存在吧。有茱莉娅这个朋友真是太幸运了。

你从小在一套房子里长大，然后，你上大学了。你离开家、离开亲人，他们会在那里等你。从理论上来说，自你离开之后，家里会留下一个空洞，空洞的形状和大小正好和你差不多。每隔一段时间你都会回家，填补那个空洞。

永远的牛仔裤

不过也许这只是一个错觉。事实上,一切都会改变,家人不可能纹丝不动地坐在原地等你回来。这是一种幼稚的自恋想法,就算卡门自私如斯也不敢心存此念(呃,也许还是有一点儿的)。但就算是错觉又如何呢?有时错觉还是能让人心感安慰的。

重要的是,家总在原地等你,而你却可以云游四海。无论你身在何处,总可以根据家的方位来标出自己的所在位置。比如说,当你身在中国时,你也许会想:"我离家很远。"当你转过最后一个街角再次看到家门时,你也许会想:"我离家很近。"

卡门的母亲常常说,十多岁的孩子和刚刚学走路的幼儿其实没什么区别,他们都喜欢离开母亲,但却要母亲站在原地不动。

嗯,可是卡门的母亲却没有站在原地,她渐行渐远。家已成了一个时间概念,而非地点概念。卡门再也回不去了。

对卡门来说,这一切使她走得缩手缩脚,每走一步,都如履薄冰。

在刚上大学最初的那七个月里,一切都是那么的陌生而不真实(也许除了食物之外)。她感觉仿佛游离在时间的洪流之外。她只能眼睁睁地看着时间轰隆隆地向前奔流不息,而自己却无法融入其中。她只能百无聊赖地空等,不知自己的生活何时才能再次开始。

卡门曾经一度风光,那时的她可是响当当的大人物。她雄心万丈,她美艳性感,所到之处无不成为众人瞩目的焦点。可现在她却沦为孤魂野鬼。低劣单调的垃圾食品使她整个人变得毫无生趣,身材臃肿不堪。

她太依赖以前的环境了,否则她根本找不到自己的存在感。对她来说,朋友们的脸和母亲的脸就等于是她的镜子。看不到她们,她便看不见自己,她茫然不知所措。此情此景,又让她仿佛回到了三年前那个陌生而孤独的夏天——就是在南卡罗来纳州第一次见到继母以及继母的一双儿女的那个夏天。

至于去年夏天认识的那个男孩温·索耶,他们在秋天的时候见过几次面,但卡门却故意让这段感情从自己的手中悄悄流走了。她太不了解自己了,也不喜欢自己,和温在一起的时候,她觉得自己既不能让温了解她,也不能讨温欢心。她是个一无是处的人。

上大学后,她发现自己不善于交朋友。卡门虽然有三位现成的、在娘肚子里就已经结识的密友,这固然很美好,但却也造成了卡门不善交际的缺点。她根本不知道该如何交朋结友,也许她的大脑里缺根筋。

刚进学校她就犯了一个错误,她不该自作多情,一心以为室友丽莎·格瑞可会和自己一见如故,更不该以为凭借着她和丽莎的友谊可以进一步扩大社交圈。丽莎以闪电般的速度将她的幻想击得粉碎。她一进威廉姆斯大学就带了两个最好的朋友,都是她以前在寄宿学校里认识的。丽莎动不动就给卡门脸色看,不仅如此,还经常伤害卡门,反正她又不用结交新朋友。有一次她甚至诬赖卡门偷她的衣服。

刚开始的时候,卡门寂寞得几乎发疯,她无时无刻不在想念蒂比、布布和莉娜。但随着时间的流逝,她的情绪变得微妙起来,她居然开始逃避她们了。她耻于向她们或自己承认,她在学校不受人待见,并没有像自己想象的那样人见人爱。

有一次她去普罗维登斯看布布,她发现布布在那边人缘极好,有一大堆的朋友:踢足球的朋友、亲密无间的室友、一起吃零食的朋友、派对上的朋友、图书室的朋友,等等。后来看见莉娜的时候她也颇为眼红,莉娜静静地坐在画室中,身边四处都是她画的素描,张张都精妙绝伦。有一个周末她又去了纽约找蒂比,那次宿舍里有三个人——她、蒂比和布莱恩。蒂比拍的第一部短片就获得了他们系的大奖。

卡门不想她们来威廉姆斯大学看她,她在这里光彩顿失,她可不想让朋友们看到自己灰头土脸的样子。

冬末时卡门去演艺系报名学习剧本创作,然后就这样第一次认识了茱莉娅。当时茱莉娅误以为她是演艺系的人。"你搭过背景吗?"她问卡

门。

卡门不敢相信茱莉娅问的就是她。"你问我?"她好不容易才鼓起勇气反问道。哦,茱莉娅居然以为她是来搭背景的;哦,茱莉娅居然和她说话了。卡门不知道到底是该惊还是该喜。

瞧我现在堕落成什么样了,卡门悲哀地想道。读高中时,没人敢误以为她是搭舞台背景的。她一直都是校花之一,尤其是高中最后一年,简直风头强劲,所向披靡。那时的她穿露脐装,肆无忌惮地卖弄风情,连考试的时候都不忘涂口红。

卡门心痛地拾起一点点可怜的自尊。"不,我不是搭背景的。"她说道。

"哦,少来这套。这里的每个人都要搭背景。这次'高年级周'导演《奇迹缔造者》①的人居然是杰里米·罗德斯,我们新生绝不能输给他们,来吧,加入我们的行列,好吗?"茱莉娅说道。

卡门在咖啡馆才认出这个女孩原来就是茱莉娅。按说大一新生在学校应该是不出名的,可茱莉娅却是少数的例外。她的皮肤如象牙一般白,一头黑色的长发光滑柔亮,她是一个不折不扣的美女,眼神流转,顾盼生姿。上身穿复古式短上衣,下身穿了一条波希米亚风长裙,再加上胸针、珠花和手镯的点缀,整个人浑身上下散发着一股文艺腔调。她的身板又瘦又小,可却老摆出一副不可一世的模样,仿佛随时准备供人膜拜似的。

"呃,对不起。"卡门应道。

"如果你改变主意了就来找我,好吗?"茱莉娅说,"我们这里的人都挺酷的,不过大家之间可亲热呢。"

卡门点点头便逃了出去,但她却在考虑茱莉娅的建议。她很想找点事做,她也想和一群酷哥酷姐们一起共事。

几个星期之后,茱莉娅又在咖啡馆里找到了她:"嘿,你好吗?"

---

① 译者注:《奇迹缔造者》是一部非常著名的影片,它以安妮·莎莉文写于1887年的信件和海伦·凯勒的自传为原始素材,讲述了海伦·凯勒和她的老师安妮·莎莉文在19世纪80年代相遇前后发生的一些故事。

卡门恨不得找个地洞钻进去，她可不想让茉莉娅看见她一个人吃饭。这一刻，她既难过又高兴，难过的是让茉莉娅发现她形单影只，高兴的是可以让其他人看见她和茉莉娅在一起。"还不错。"卡门答道。

"你报名参加剧本创作班了吗？"

"没，"卡门说，"你们的戏准备得怎么样了？"

"一切都很顺利，"茉莉娅得意地一笑，"不过我们仍然在找人加入。"

"哦，是吗？"

"是的，你真应该考虑一下我的建议，杰里米挺酷的。现在只有三场戏，而且考试完了之后才开始，干脆今晚过来看看吧。我们晚上7点彩排，你看看之后再决定。"

"谢谢。"卡门居然莫名其妙地心生感激。茉莉娅能注意到她、记得她、找她说话、请她加入他们的圈子，卡门觉得这可是了不得的知遇之恩。茉莉娅知道卡门有多孤单吗？"也许我会来的。"卡门说道。

她的感激之情太过沉重，此时此刻，就算茉莉娅请她喝毒汁，她很可能也会眉头也不皱地一饮而尽。

就这样，一星期之后，卡门系着安全带站在了梯子上。如果她的好友们看见她，肯定认不出这就是卡门。她以前的高中同学肯定也认不出她，至少卡门不希望他们认出她。事实上，现在的卡门也不认识自己了。她是谁？到底是谁？

如果她知道，她很可能不会系着安全带站在梯子上。

过了六个星期就是现在了，在这一刻，卡门还是站在梯子上，只是她不再感到滑稽。她比任何人都更属于这里，人几乎可以习惯一切。

她庆幸自己有事可做，晚餐后有除了宿舍之外的地方可去。她真的很感激茉莉娅对她的好。茉莉娅给她介绍了许多朋友。每次彩排，剧组和工作人员出去喝咖啡，她都坚持一定要卡门同去。室友丽莎欺负她时，茉莉娅还会劝慰她。不仅如此，茉莉娅还会以夸张的表演方式模仿丽莎的恶心

样,逗得卡门破涕为笑。

剧组里有许多高年级的学生,卡门觉得她就是茱莉娅的一个小跟班,一个低成本的跟屁虫。别人总记不住她的名字,她不得不反复介绍自己。不过怎么说呢?做茱莉娅的小跟班四处晃悠总比无声无息地待在宿舍里吃糖长肥肉要好。

她仍然会时不时地自叹自怜。她感觉自己就像《王子与贫儿》中那个被人误以为是流浪汉的王子。卡门暗自思忖,你们知道我是谁吗?你们知道我的朋友是什么人吗?

不过,如果真的有人骂她虚张声势,她又该如何回应呢?也许她可以回答第二个问题,可第一个问题,该怎么回答呢?

我这样做到底是为了什么?几周之后,当她第三次帮茱莉娅在裙子上别别针时,她默默地在心中问茱莉娅。茱莉娅捏了一下她的手表示感谢。卡门实在不明白自己何苦要这样作践自己。

四月,茱莉娅递给她一本佛蒙特州夏日乡村戏剧节的小册子,卡门受宠若惊。

"这可是一场难得的盛会呢,很多有名的演员都会在那里。"茱莉娅说道,"你想不想去?戏剧节从六月中旬一直开到八月的第二个星期。要想获得演出机会很难,不过他们总还是需要幕后人员的。你真应该去见识一下。"

卡门很感激茱莉娅邀请她,茱莉娅能请她已是给足她面子了,所以她哪里舍得推辞?不久之后,她便找父母要钱。

"卡门,你什么时候对演戏感兴趣了?"卡门打电话找爸爸要支票时,爸爸不解地问。此时的爸爸正在从办公室回家的路上,他用的是车载电话。

"呃,这个嘛……我不知道。就是现在吧。"

"哦,你这孩子总不让人省心。"爸爸大声嘀咕道。

"谢谢爸爸。"要钱的时候态度要放乖一点,卡门深知这一点。

"你别误会,我绝无不满的意思。宝贝,千万别误会。"

"我知道。"卡门打断他。

"我记得你读一年级的时候扮演一堆沙拉里面那个凶巴巴的胡萝卜。"

"是番茄,爸爸。不过这没关系,我不是演员。"

"那你是干什么的呢?"

"幕后人员。"

"幕后人员?"爸爸大吃一惊,他声音之中的震惊绝不亚于听到卡门说要吃掉自己的耳朵。

"是啊。"卡门开始感觉很受伤。

"卡门,亲爱的,你这辈子从没在幕后待过。"

爸爸的幽默很亲切,不是吗? 卡门打趣地想道。

"也许现在我该尝试幕后的感觉。"她说。

她听见爸爸关掉引擎的声音,四周顿时安静下来。"乖女儿,如果这真的是你要的,我愿意付钱。"他说。

她情愿爸爸生气,爸爸生气时容易对付得多。可他一对自己好,卡门就发现自己不得不反复考虑决定。

这真的是她想要的吗?她想了一下茱莉娅。也许这只是因为她需要被茱莉娅需要的感觉?

她考虑了好一会儿。布布要去土耳其,蒂比要在纽约上课,莉娜会留在普罗维登斯。妈妈和大卫抛弃了以前的公寓——那个卡门心中的家,他们在一条卡门从未听说过的街道上买了一套硕大的郊区别墅,现在正在装修。

"这真的就是我想要的。"卡门说道。

布丽奇特站在浴室里,药柜里凌乱不堪,想找一根牙刷都找不到。她发现自己已经好久没在家里睡过觉了。

其实她也不是故意的，只是放假的时候总有事，她总没机会在家里睡。感恩节那天，她在莉娜家聊天聊得太晚，不知不觉就倒在她家的沙发上睡着了。圣诞节的时候她去了纽约，先去上城看埃里克，然后又去市区找蒂比。春假的时候她去阿拉巴马州看格蕾塔了。二月份回家的时候她坐的是夜车，所以也不用在家过夜。

明天就要跨越大半个地球去遥远的土耳其参加考古夏令营了，就在离开的前夜，她才有机会在家过夜。

布丽奇特在走廊里踱着方步，眼睛直视前方。她不敢低头，地毯脏得惨不忍睹，估计很久都没吸过尘。今晚的时间太短暂，她没时间清理这个冷冰冰的家。

回到房间后，她又不耐烦地在野营包里乱翻一通。她一点都不想把包里的东西放在架子上。她有一大堆的脏衣服，但却不想在家里洗。家里的一切她能不碰就尽量不碰，她全身上下能碰到房间的也只剩脚还有野营包了。她不坐，也不躺，她尽量不和房间产生任何物理上的接触，否则会浑身不自在。

布丽奇特记得七年级有一次出去露营，一位护林员对他们说露营一定要注意保护环境，其中一条守则尤其重要："离开露营地时，要确保这里完好无损，仿佛你们根本没来过一般。"布丽奇特在家里就严格遵循这一守则。这就是不沾染人气的生活。她在朋友家大吃大喝，尽情欢笑，自由呼吸，倒头便睡，可在自己家却小心翼翼。

她敲了敲佩里的门，没反应，于是她又敲了几下。她知道佩里在房间里，最后她推开房门，佩里聚精会神地盯着电脑屏幕，脑袋上戴了一副硕大的耳机，难怪他听不见敲门声。

为什么爸爸和弟弟都会戴该死的耳机呢？家里安静如地窖一般。

"嘿！"布丽奇特对着佩里的耳朵喊了一声。佩里抬起头来，一脸的漠然。他取下耳机，看得出来，他不习惯被人打扰。

佩里太沉迷于在线战争游戏了，他从高一便开始玩，几年过去了还是乐此不疲。他可不想聊天，他迫不及待地要继续玩游戏。

"你有备用的牙刷吗？我包里可能有，可一时怎么也找不到。"家里静得一片死寂，布丽奇特总觉得自己说话的声音太吵。

"什么？"

"多余的牙刷，你有没有？"

佩里想都没想就摇头。"呃——，对不起。"他的眼神又回到屏幕上。

布丽奇特盯着弟弟。不知道为什么，她莫名其妙地想起了埃里克，然后她又突然地想到了一些客观事实。是的，她的家没什么温情。大部分时间，大家都互不干扰。他们都不快乐，彼此之间也不亲近。可他们毕竟是自己的家人。现在她站在佩里面前，老天，这就是她的亲弟弟——还是孪生弟弟，在这一年里她几乎从没见过佩里。

她移开桌上的一堆科技杂志，一屁股坐在桌上。她想和弟弟聊聊天。自去年圣诞节后，他们还没正儿八经地聊过一次天。仅凭着心底残存的一丝内疚，她今晚也得好好地和弟弟说说话。

"在学校里好吗？"

佩里的手在显示器的后面摸索着。

"这学期你上了什么课？上了野生动物课没有？"

佩里的手仍旧摸索着。老天，他总算看了她一眼。

"嘿，佩里？"

"嗯。哦，对不起。"他心不在焉地应道。终于他不再折腾电脑。"事实上，这学期我休学了。"他对着椅子的扶手说道。

"什么？"

"呃，我这学期什么课也没上。"

"为什么？"

他的眼神空洞无物。他不习惯被人追问。他不习惯向人展示自己的生

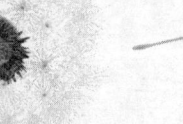

活,也懒得解释自己的决定。

"爸爸怎么说？"布丽奇特问道。

"爸爸？"

"是的。"

"我们还没谈过这个。"

"你们还没谈过这个？"布丽奇特的语气有点咄咄逼人,声音一下子提高了八度。佩里皱了皱眉,颇有嫌她多管闲事的意思。

"那他知道吗？"

佩里无动于衷。布丽奇特觉得自己活像对着广播自说自话,弟弟视她如无物。

佩里不看她,无所谓,她可以盯着佩里看。她可以透过一双客观的眼睛来观察佩里。

弟弟的发色总是比她的发色深,现在已经完全变成棕色了,也许他一天到晚宅在家里,发色才会越变越深。佩里的上唇上面长了一层软软的胡须,呈野火燎原之势,几乎从未刮过。除此之外,他的样子看上去简直就像还没进入发育期的孩子。布丽奇特的心隐隐作痛,不忍再看。

佩里瘦弱纤细,布丽奇特高大健壮,怎么看也不像一母所生,更不用说像双胞胎了。不过这也许没什么好奇怪的,这就是双胞胎需要面对的残酷现实。布丽奇特可以想象自己和弟弟躺在妈妈的子宫里,尽一切所能抢夺营养。结果导致一个抢到了大半的营养,另一个抢到的少得可怜。布丽奇特总是最强壮的那一个。

双胞胎的问题就在于此。如果一个聪明,另一个就会愚蠢。如果一个专横霸道,另一个就会唯唯诺诺。这就是此消彼长的平衡之道。

布丽奇特深知她几乎把一切资源都抢走了。她是不是有责任表现得谦恭一点,以便让弟弟自信一些？如果她后退,弟弟是不是就会前进？弟弟现在变成这个样子,她这个做姐姐的是不是难辞其咎？

"我估计爸爸已经知道了。"佩里好不容易才开口。

布丽奇特站起身来,她觉得无可奈何。如果佩里不上学,那他整天干什么呢?他又没工作。他有朋友吗?他是不是待在房间里寸步不离?

"我先出去了。"她连忙说道。

"你可以去问他。"佩里说。

布丽奇特回过头来:"问谁?"

"爸爸。"

"问他什么?"

"问他有没有牙刷。"

空即添满,满即清空,哪儿痒痒挠哪儿。

——妲露拉·班克赫德

莉娜一般不会感到寂寞,她只要一想到自己有三个密友就会觉得安慰。她不需要随时和她们聊天或见面,这就有点像把阿司匹林放在药柜里备用没必要随时服用一般。莉娜就是这种很容易满足的人,只要洗手间没人,她总会等到内急的最后一秒钟才进去。她只要知道基本所需之物都在身边即可,她的需求少得可怜。

上夏季美术班的第一天她想到了自己的需求。这里的老师她不认识,班长也是全然陌生的。班上的同学中没有一张熟悉的面孔。甚至手中的画刷也是全新的。也许她要等到习惯了之后才会喜欢这里的一切。

与此同时,蒂比和卡门都在她手机的另一端。魔法牛仔裤很快就会寄过来。去年暑假绘画班的老师安妮可还一直和她保持着联系,有任何和画画有关的问题都可以找她。她以前的旧画刷也仍保存完好,随时都可以使用。人说钱能壮胆,可给莉娜壮胆的却是这些熟悉的东西。

可是莉娜的性格如此内向自闭,她能算是大胆的人吗?

"坐那边,那里有空位。"她听见老师罗伯特对一位迟到的学生说道。莉娜并不希望和班上的同学做朋友或寻求他们的关心,她只希望他们不要太靠近自己,免得会挡住视线。每次只要有同学走过来,她便如临大敌,

永远的牛仔裤

直到那人从她身边走过,走到教室的另一端时,她才会如释重负。警报解除了,她终于可以心无旁骛地盯着模特。

计时器"叮当"一声响了,模特儿顿时全身松懈下来。莉娜终于抬起头。她看见那个刚刚架好的画布上方有一个深棕色的脑袋,深棕色的发丝卷曲奔放,有几分不羁的味道。这个人身材高大,很可能是个男人。莉娜迅速低下头,深棕色的头发似曾相识,她拼命地回想。直到走进大厅她仍低着脑袋。

多年以来,莉娜早已形成了不敢直视别人的惯性。从某种程度上来说,这颇有几分悲哀,因为她喜欢观察别人的脸。毕竟她还是希望做一名观察入微的艺术家。她有一双能直指人心的眼睛,她也喜欢打量别人。可问题是,不管她打量的是什么人,对方总免不了会直勾勾地盯着她。从感情上来说,她希望别人无视她;可从实际来看,莉娜知道自己这个卑微的愿望是没法实现的。莉娜的脸具有勾魂夺魄的魔力,所以难免成为众人的焦点。

所以她才会如此地热爱画画,尤其是临摹模特儿。她这辈子只有在这个时候才能直勾勾地盯着人而不会被别人上下打量。

五分钟课间休息后莉娜回到自己的画架前,马上就要开始长达25分钟的素描课了,她得集中精力好好准备。那个棕色头发的同学——也就是上一节课迟到的同学——还在画画,莉娜不免有些好奇。她看见了一只手和一块调色板,一只男人的手。

模特儿摆了一个五分钟的造型,莉娜还在怔怔地想着棕色头发还有那只神秘的手,她没法专心画画。今天的一切都不对劲。嗯,也许她的确是没敢多看这个男孩,但莉娜觉得他有一种莫名其妙的神秘魅力,任何人都会忍不住多看他几眼。

下课时,她静静等待那张脸再次出现在画布后。她期待他找到她的脸,期待他痴痴地望着她。然后,整个世界就正常了。只要他直勾勾地盯着她,她便可以迅速地忘记他。

她认识他吗?莉娜觉得似曾相识。

可没想到等到上课了,他连头都没抬一下,两眼始终聚精会神地盯着画布。相反莉娜倒盯着他看了。莉娜伸长了脖子怔怔地看着那个男孩,她不禁暗笑自己不正常。亚麻油和油画颜料的味道扑面而来,莉娜贪婪地呼吸着,不觉低眉含笑。

欲望是最愚蠢的东西。人总是傻傻地渴望得不到的东西,可一旦得手了却弃之如敝屣。另一方面,人不懂得珍惜,往往视已拥有的为理所当然,等到失去时却又追悔莫及。在莉娜看来,这正是人性中残酷的矛盾之处。

她想起了一双棕色的坡跟靴。她在布鲁明戴尔商场见到了这双鞋,但也只能养养眼,因为这双鞋要两百多美元。莉娜以为商场里肯定还有很多存货,各种尺码应有尽有,只要她回来,总是可以买得到的。

两天之后,她又来到商场,可那双鞋却不翼而飞。她去找售货员,售货员说:"哦,那双坡跟靴卖得飞快,喜欢的人太多了,现在已经没货了。"

莉娜懊恼不已,她疯狂地渴望那双鞋。这倒不是因为别人也惦记它,只是因为她得不到了。不,也不能这样说,这双鞋真的很漂亮,至少有一部分原因吧。莉娜在互联网上展开了撒网式的搜索,她联系了厂家,她还在eBay上孜孜不倦地搜索。她甚至愿意出价三百美元买这双价值两百多美元的鞋,可还是一无所获。有一次莉娜几乎崩溃,她对卡门喋喋不休地埋怨,卡门打趣道:"这双鞋人间蒸发了。"

欲望这种让人纠结让人绝望的东西和爱情有着千丝万缕的关系,却不是一码事(莉娜希望它们不是一码事)。它们截然不同,但它们之间肯定有关系。莉娜苦苦思索,它们之间到底是什么关系?是血缘关系还是姻亲关系?

卡斯托斯算是什么?毫无疑问,卡斯托斯是她的欲望。那又如何?如果他现在单身,她是否还会继续爱他?是。莉娜还没真正思考这个问题答

案就蹦了出来。是。曾经他爱她，她也爱他，他们都以为可以在一起长相厮守。就是这样一个曾经，毁掉了她的未来。

如果卡斯托斯的离开不是这样突然，她是否就能忘记他呢？如果当时她有几个月或几年的时间可以发现他有一大堆的缺点——比如发现他睡觉打鼾或者是背上容易长疹子，又比如发现他的脚指甲往肉里长导致脚臭——如今是不是会好过一点？

她打断了自己的思绪。等等，不能这么想。她必须换一种表达方式来问这个问题。如果卡斯托斯不是因为弄大了别人的肚子被迫离开，她忘记他是不是就会容易一些？她现在已忘记他了，虽然有时还会时不时地想起，但已不复当年的痴狂。不，这样说不对。时至今日，她仍然没有找任何男朋友，难道这还不清楚吗？

在这堂课上，莉娜发现自己老是一遍又一遍地望着过道那边画布右侧的那只手，还有手上方的一头棕发。莉娜突然发现那个男孩是个左撇子。卡斯托斯也是左撇子。

下课时他仍在孜孜不倦地画着。她没机会看清他的脸。

模特儿的最后一个造型摆完了，莉娜慢悠悠地整理背包。她在学校里四处转悠，摆出一副若有所思的模样（呃，她真的在想事，难道不是吗）。最后，她晃荡到了走廊上。

答案终于揭晓了，莉娜在走廊里徘徊了十四分钟，终于等到那个男孩走出教室。这时，她才有机会看清他的脸。

她真的认识他。呃，不过不是你以为的那种"认识"，但不管怎样，她真的知道这个人。他不可能和她一样大，看他的样子似乎比自己大一两岁。她肯定在哪里见过他。

他是那种让人过目不忘的男孩，剑眉星目，看一眼便足以刻骨铭心。他的个子很高，棕色的头发奔放不羁，皮肤呈小麦色，脸上还点缀着几颗雀斑，让人感觉说不出的亲切。

他叫利奥，他可是学校的名人，所以莉娜知道他的名字。据莉娜所知，利奥出名并不是因为他风流花心，而是因为他的绘画天才。对这位希腊处女——莉娜·卡利加瑞——来说，才子利奥可是不折不扣的白马王子。

莉娜身边小圈子里的朋友以及罗德岛设计学院的熟人都是一群艺术狂人，他们最热衷的话题始终是牛人——绘画牛人。这位手指修长的棕发帅哥便是他们谈论的极品之一，他几乎已经成了一个传奇。

她痴痴地望着他，小腹居然莫名其妙地腾起一股灼热感，莉娜希望他能看到她。她怎么会发花痴呢？她不是这种人。莉娜告诉自己，她只是希望这个男孩能直勾勾地看着自己。她并不在乎他是否有正儿八经的女朋友，也不在乎他是否是同性恋。她只是希望他能像一般男孩那样如见天人一般地望着自己（她渴望这样，不是吗），这样她就不会觉得他神秘了，这样的话，这个男孩也就立刻落入人间成为凡人了。老实说，莉娜并不需要这种惊艳的表情来证明自己的非凡魅力，她不需要男孩子们对自己如醉如痴。

但她需要这种惊艳来解放自己。男孩子们惊艳了，她才能够勇敢起来。但这个男孩并没有惊艳万分地望着她。他急匆匆地走着，看都没看她一眼，目光始终平视前方。莉娜又一次不由得想起了那个午后她在布鲁明戴尔商场看到的那双棕色坡跟靴。

"我被录取了。"

布莱恩吃完了木须肉，在准备吃签语饼①之际，抛出了这条爆炸性新闻。

"什么？"蒂比不敢相信自己的耳朵，她急吼吼地追问道。

"我被录取了。"

"真的？"

---

①译者注：签语饼，在英文中叫"Fortune Cookie"，是一种脆甜的元宝状小点心，烘成金黄或杏黄色，空心内藏着印有睿智、吉祥文字的纸条。签语饼一般用作餐后甜点，也可作为休闲娱乐食品，是一种具有中国民族文化特色的食品。

布莱恩露出一丝羞涩。他将手中的签语饼掰成四份,然后又掰成八份,最后,签语饼成了一堆碎屑。

"太好了!我就知道你能行的,他们怎么能不录取你?不然真是没天理了!"

自去年开始,布莱恩就一直想从马里兰大学转到纽约大学,自那之后,他的学分就一直高高在上,无懈可击。

"我只想每晚能睡在你身边,"去年十二月时他对蒂比这样说道,"除此之外,别无所求。"

她知道他会成功的。她相信他的能力。布莱恩的成绩一直所向披靡。

"签语饼里写的什么?"布莱恩指着蒂比手中的签语饼问。

"务必留意时下流行的思潮。"蒂比取出饼中的签语念道,然后随手压碎手中的签语饼,"我的幸运数字是4和237,你的是什么呢?"

"你很性感。"布莱恩念出手中的签语。

"胡说!上面肯定不会这样写。给我看!"

他狡黠地笑了,把签语递给蒂比。

纸上真的是这样写的,千真万确。真是胡闹。"那学费怎么办?"蒂比一边用签语饼蘸酸梅酱,一边问布莱恩。

"呃。"

"没着落吗?"蒂比不由担心起来,刚刚咽下去的芝麻凉面差点涌到了嗓子眼儿。

"我弄到了六千块。"

"噢,"蒂比吞咽了一下,"美元?"

"是的,美元。"

她的大脑高速运转起来。侍应生随手把账单放在他们的餐桌上。

"学费一共要2.2万。"

"噢。"

"这还不包括住宿和吃饭的钱。"

"老天,"蒂比用筷子敲着桌子,"那剩下的钱怎么解决?"

"我继父其实有很多钱。"

"但他就是不给你。"蒂比愤愤不平。在她看来,父母给孩子付上大学的学费是天经地义的,如果他们没钱,他们就必须帮孩子申请助学贷款。

布莱恩毫无痛苦之色,他甚至觉得没有什么好生气的。尽管蒂比认为父母掏学费是理所当然的,但布莱恩却从不指望:"你知道,呃,我家就是这样的。"

"他居然不付学费,这真是太不公平了。他为什么不付,这到底是为什么?"

布莱恩耸耸肩:"算了,我会存钱的。"

"你存了多少钱?"

"17.9美元。"布莱恩拿起账单。

蒂比抢过去:"我来付。"

"不,让我付。"

"你在存钱呢。"

"我知道,但存钱是一回事,付这顿饭钱是另一回事。"

"你差不多每个周末都要搭巴士到我这里,还给我买CD。你这样花下去有钱存吗?"她尽量掩饰声音中的不快。

布莱恩掏出钱包。她看见钱包中冒出了安全套的一角,布莱恩三四个月前就在钱包放了安全套。"放着以防万一。"蒂比第一次看见时他这样说道。布莱恩摸出一张钞票——20美元的票子,皱巴巴的,仿佛被揉搓了一万年似的,也许它是布莱恩仅有的一张钞票了。

"别这样,让我付吧。"蒂比也掏出钱包。

"下次你付。"他站起身来,蒂比只得抓起那只多余的钱包。

布莱恩总是这样说。他们走到人行道上时,他以闪电般的速度挽上她

的手臂。他们几乎搂着走在一起,蒂比吓了一跳。

电梯里只有他们两人,他们迫不及待地拥吻在一起。上楼回到宿舍后,布莱恩飞快地拿出背包拉开拉链:"我们来庆祝一下吧。"他从包里拿出一瓶酒。

"你从哪里弄来的?"蒂比问道。布莱恩还没到法定买酒年龄,他不是那种用假身份证的人。

他摆出一副神秘莫测的表情:"反正不是买的。"

"在你家找到的?"

他大笑:"反正是他们不要的,估计是很久以前的酒了。"

蒂比拿起酒瓶端详了一会儿。这是1997年产的葡萄酒:"很有意思。"

"等我一下。"布莱恩消失在走廊里,过了一会儿,他从公共厨房里拿来了开瓶器和两只塑料杯。事实上,他不会用开瓶器,蒂比也从没用过。最后两人终于将开瓶器插入软木塞,此时,他俩已笑得前仰后合。布莱恩倒好两杯酒,然后将一张贝多芬的CD——《第五钢琴协奏曲》,他知道蒂比喜欢听——塞入CD机。

"声音太大了。"她埋怨道。

"反正这里没人。"他说。

"噢,是啊。"

他们面对面盘膝坐在地板上,手中的塑料杯柔若无骨,没有一丝声响。

"敬我们俩。"蒂比举起杯,看到布莱恩满脸通红,她知道他的心中充满喜悦。突然间,一阵羞涩袭来,蒂比的脸也涨得通红。她想习惯性地说一些刻薄话,可大脑一片空白。所以,她只能大口大口地喝酒。

"味道好吗?"布莱恩问,他拉住蒂比的脚,把她往身边扯。

"说不上来。你觉得呢?"

布莱恩喝了几口:"感觉像陈年老酒。"

"我喜欢这味道。"她说。她喜欢这晚的一切,杯中酒当然在此之列。

"那再喝一杯。"

"你也要喝。"

她转过身,和布莱恩背靠背坐着,血液里流淌着酒,耳边流淌着音乐。她怀疑这世上有很多人穷其一生都从未如此快乐过。这一想法是她快乐中的唯一一丝不和谐之音。

布莱恩听着小提琴的低吟,情不自禁地跟着吹起了口哨。"我觉得这是我一生中最快乐的一个夜晚。"他低语道,仍然像往常一样揣测她的心情。

"在游泳池的那一晚才是最快乐的夜晚,今晚只能屈居第二。"

"你说得对,"他想了想,"不过那时我对你了解不多。那时我以为我了解你,不过现在我才知道不是那回事。也许我们明年或后年会有更快乐的夜晚,谁知道呢?"

布莱恩从来都不害怕未来,在他的未来里,始终都有蒂比的一席之地。他不仅会考虑他们二十岁时会怎么样,还会考虑他们三十岁时的生活。他说以后会生许多宝宝,而且宝宝会像蒂比一样第二个脚趾长得超长。他对未来毫无恐惧之心。一谈起未来,他开始滔滔不绝。

布莱恩喜欢对蒂比描述自己的梦想,在他的梦想里,始终都有"我们"。"谁是'我们'?"蒂比第一次听布莱恩没完没了地讲述精彩纷呈的未来时,忍不住提出了这个问题。

他怔怔地望着蒂比,他似乎觉得蒂比是在不怀好意地逗他玩:"当然是你和我了。"

蒂比扫兴之极。快乐总是这么短暂,它就是无法停留。肯定是有某种物理规则禁止快乐长时间停留。说真的,这种规则肯定存在。这就叫"快乐守恒定律"。宇宙中的快乐数量是固定不变的,出来混迟早是要还的,到手的快乐迟早得还回去。他俩太贪婪,不该攫取那么多的快乐。看,报应来了吧。

布莱恩继续倒酒。蒂比的脑子晕晕乎乎的,她知道自己醉了。她的意识仍然清醒,可身体却已不听使唤。

酒瓶和塑料杯莫名其妙地滚到一边,就在这一刹那,俩人趁势倒在亚麻地板上疯狂地热吻起来。

协奏曲的第二乐章缓缓响起,有如天籁,这样的良宵不应虚度。"我们上床好吗?"蒂比怯生生地说道。

一般在这种情况下,蒂比总是严防死守,她觉得她和布莱恩还没到最关键的一步。她仍是处女,布莱恩亦是处男。他总是一副猴急的样子,但蒂比还不敢把自己交给他。布莱恩总是苦苦哀求,但从未强迫她。他是个真正的绅士。

此时此刻,蒂比紧紧地贴在布莱恩身上,臀部出于本能如蛇一般扭动,衬衣无声无息滑落在地。布莱恩不知道什么时候已将她的文胸解开了。

她脱下布莱恩的衬衣。赤身相对肌肤相亲的感觉妙不可言,胜过这世上的一切。布莱恩的胸口长了一小撮胸毛。

意乱情迷之际,蒂比问自己,如果他们都肆意妄为,那谁来守住童贞呢?

蒂比和布莱恩在情欲的支配下急不可耐,两人都无法收手,他们像往常一样拥吻,只是动作更快更深入。蒂比的身体已不再听大脑的指挥,她想和布莱恩再近一点,再近一点,她想和他融为一体。

该打住了。蒂比想说"住手,等一会儿"。至少她应该这样想,让整个身体冷静下来。可她没法喊"停",她也不想喊"停"。她渴望布莱恩进入自己的身体。而且,此时的布莱恩再也无法忍受情欲的煎熬。

"我们真的要……"她无力地问道。

"是的。"他截过她的话头。他以迅雷不及掩耳之势找到钱包中的安全套,"嘶"的一声安全套包装袋被扯开了。

"我们真的要……"

"我不知道……"

她爱他。她知道自己深爱着他。

就在这一刻,他们以一种最简单、最纯粹的方式融合在了一起,从未有过的快乐一波一波袭来。

啊，生命犹如一段荡气回肠的华丽乐章。

一张激情澎湃的音乐拼盘。

爱是永不出错的奇迹。

我是罗马尼亚的玛丽皇后。

——多罗茜·帕克

首映夜开始了，然后又结束了。卡门一身黑衣，筋疲力尽，这一晚她都在不停地换布景、搭舞台。她得全神贯注，不能出一丝纰漏。尽管她很卖力，但这种工作吃力不讨好，做得好没人看得见，可一旦失误就会有千百双眼睛盯着你。

　　卡门为很多演员鼓过掌，不过当茱莉娅扮演安妮·莎莉文①时，她的掌声最为热烈。她觉得茱莉娅回到后台后肯定会收到一大把玫瑰。她深为茱莉娅感到自豪，但她的这种自豪却夹杂着些许感激的成分。

　　卡门在这里工作非常努力。她学了很多东西。她可以自己解决问题，无需麻烦别人。在大部分情况下，她都是个隐形人，做得好是理所当然的，不过怎么说呢？资质平平的人还想如何？卡门没有蠢到心比天高的地步。

　　首映结束后，卡门送给茱莉娅一副银手镯，茱莉娅的回礼是一碟布朗尼，后来夜半时分卡门把这碟布朗尼带回了宿舍。

　　"嘿，你分配到了乡村戏剧节的宿舍没有？"茱莉娅问。她手里拿着一封信。

　　"我想是的吧，"卡门在桌上找到了那封当天上午来自佛蒙特的信。

---

①译者注：海伦·凯勒的老师。

永远的牛仔裤

"佛特楼,3H 房,"茱莉娅念着手中的信,"我们是一间房吗?"

"3H,是的,我也是那间。"

"噢,那太好了。"

卡门又一次庆幸不已,她松了一口气。她真是太幸运了,看,茱莉娅想和她住一间房呢。她一直都担心茱莉娅情愿和陌生人住一间房也不愿和她一起。

"我哥哥答应开车送我去。他要去达特茅斯见一个姑娘,正好顺路。你要和我们一起吗?你有没有车?"

茱莉娅的哥哥托马斯是威廉姆斯大学的大四学生,他风度翩翩,是令女生们犯花痴的阳光美少年。卡门只要一看到他,就会被震得心惊胆战,一个字也说不出来。有托马斯在,卡门不仅会变成隐形人,而且还会变成哑巴。"那太好了,我正愁没车呢。"

"那就这么说定了,"茱莉娅似乎很高兴。"要不要陪我出去喝杯咖啡?"她问卡门。

"好啊。"卡门说道。她和艳光四射的茱莉娅并排走在一起,心中充满敬畏之情。茱莉娅是典型的骨感美女,她身穿墨西哥风格的大摆裙和深红色紧身背心,头戴格纹帽,这样的搭配只有气场强大的人才驾驭得住。换了另一个人戴这种格纹帽,肯定会软塌塌的一脸土气。卡门再次庆幸,有这样一个知己真好。而且她可不是普通人,她是威廉姆斯大学的校花之一。

卡门和茱莉娅去了学校活动中心的咖啡馆,她排队买拿铁,当她端着两杯拿铁回去时,才发现一堆大二的男孩正围着茱莉娅,把她当女神一样膜拜。卡门轻手轻脚地坐到茱莉娅身边,茱莉娅说俏皮话时,她也附和着大笑。茱莉娅言谈风趣,卡门由衷地佩服。

她一遍一遍地问自己,茱莉娅到底看上她什么了?这段友谊对卡门来说无异于上帝的恩赐,可对茱莉娅来说,这段友谊对她有什么好处呢?学校里有很多和她一样迷人的姑娘,她们比卡门更适合做她的闺密。卡门真是不明白，自己既木且傻，普通得就像一个隐形人，茱莉亚为什么会看上自己呢？

茱莉亚眉飞色舞地大谈晚上的演出，据说演到第二场时音响系统出了毛病，发生了一些趣事。卡门呆呆地盯着咖啡杯，她只恨自己的嘴太笨，什么话也插不上。她也应该找点话题，不能像个白痴似的坐在这里，她应该有一点过人之处。

卡门看了看身上穿的特大号T恤，顿觉自卑无比，她配不上茱莉亚。卡门暗暗决定，为了茱莉亚，一定要好好努力，决不能让她失望。

蒂比和布莱恩依偎在一起，她的脸伏在他汗涔涔的胸口，不知道为什么，她居然哭了。暖暖的泪水形成涓涓细流，从眼角不断溢出，沿着鼻梁一滴一滴跌落在布莱恩的胸口。她这一生从未流过如此真诚、莫名其妙的眼泪。她用手摸了摸布莱恩的眼睛，他亦泪盈于睫。

她希望这一刻永远停留。她希望能浸入布莱恩的体内，那里是她的家。蒂比感到有点尿急，而且很迫切。

她翻转过来仰躺着，布莱恩坐了起来。

蒂比摸了摸滚烫的双颊。

"老天——"布莱恩的喉间发出一丝怪异的声音。

蒂比也坐了起来，她吓了一跳。

"怎么了？"她不解地问。

"我——我也说不清楚——"

"布莱恩？"

"安全套——我觉得——安全套——"

"到底是怎么了？"她尿急得快憋不住了，没心情多看。

"有问题。"

"你什么意思？"她的语气很平静，但全身的肌肉都在哆嗦。

永远的牛仔裤

"老天,蒂比,我也不太清楚。可能安全套破了。我估计它是破了。"

"你确定?"

布莱恩低头查看着,发丝耷拉下来,掩住了他的脸。他想伸手拉住蒂比的手,可蒂比已经抓起毯子盖住身体,"腾"地一下站起来了。

"你真确定?"她的嗓门提高了八度。紧张的情绪正在生根发芽,你几乎可以看到它的根茎缓缓舒展,有如电影慢镜头。

"没事的,我们——我——"

"你确定它破了?"她用两只手死死地抓住毯子,布莱恩居然将那只该死的安全套在钱包里放了几个月,一想到这,蒂比的双眼简直要喷火。

布莱恩坐在光秃秃的床上,活像罗丹的雕塑《思想者》。"是的,我百分之百肯定。我不知道什么时候破的。"

她可能会怀孕。她有可能现在就怀孕了。万一得了性病怎么办?还有疱疹?哦,老天,万一得了艾滋病呢?

不,这不可能,他是处男呢。他说了他是处男。他一定得是处男。一定是,对,他是处男。"在我们做爱的时候破的。"蒂比刻薄地说道。

布莱恩抬头望着她,他不理解蒂比的刻薄话。

她可能会怀孕!很容易怀孕的!这就是一晌贪欢的后果!她得好好想想?上次例假是什么时候?像蒂比这样不小心的傻姑娘们就容易发生这样的悲剧。

她该怎么办?这意味着什么呢?以前只要看到别人在这方面遭遇不测,她总是暗暗庆幸——至少我还是处女,至少我不用担心这种事。她虽然行事出格,但在这方面还是严谨守礼的。

可她现在已不是处女了!她怎么能忘记这个事实呢?

房间小得可怜,蒂比后退几步便无路可退了,她死死地盯着布莱恩。她本应和布莱恩一起担心,不应把心事憋在心里独自承担。可她就是做不到。

她准备穿衣服了,但她不希望布莱恩看着她,于是她转过身。

"蒂比,对不起,我真想不到会发生这种事。对不起——"

"这不关你的事……"她抢白道,声音在房间里回荡。

"我只是希望……"布莱恩说。

早上一醒来布丽奇特就饥火中烧,可等到爸爸把一盘煎蛋放在餐桌上时,她却时不时地跑到厨房里转来转去,视餐桌上的煎蛋如无物。

"爸爸,你为什么让佩里退学?"她质问道。

爸爸穿了一条松松垮垮的斜纹裤和一件粗花呢外套,自布丽奇特记事起,爸爸就是这样穿着去上班的。爸爸是一所私立高中的历史老师兼副校长。在布丽奇特看来,在高中干了一辈子的爸爸窝囊得无可救药,他的职业就是把青少年赶出学校。等到这事临到自己头上时,他依然显得极为专业。

"他没有退学,他只是偶尔休息一会儿。"

"他是这样跟你说的吗?"

爸爸一言不发,沉默是他一贯的武器。他不喜欢别人逼着他回答问题。他以一种消极的方式来对抗布丽奇特。"我等会儿开车上班可以顺便载你一程,想坐我的车就去吃饭。"他静静地说。爸爸总是迫不及待地要送布丽奇特走。

"他为什么要休息?你问了他原因吗?蒙哥马利社区大学只有三门课,学业一点都不繁重。"

爸爸倒了杯咖啡:"并不是每个人都属于常春藤盟校,布丽奇特。"

她白了爸爸一眼。爸爸的话里有话,他想强迫她知难而退。他知道布丽奇特既非拿奖学金的优等生也非势利鬼,他知道布丽奇特因自己上了布朗大学而对弟弟心存愧疚。他很可能以为这样说就能堵住她的嘴,可没想到却失策了。"那他秋天会回学校上学吗?"布丽奇特打破沙锅问到底。

永远的牛仔裤

爸爸将叉子放在桌上。他坐下来吃早餐:"我希望如此。"

布丽奇特直勾勾地瞪着爸爸:"你真希望如此?"

爸爸在煎蛋上撒了一点盐,然后放下盐瓶等布丽奇特坐下。布丽奇特不想坐下,她也擅长消极抵抗。除了这方面像爸爸之外,布丽奇特身上没有一点爸爸的影子。

爸爸做煎蛋是别有用心的。看,他为她做了煎蛋,饥肠辘辘的布丽奇特看了应该会食欲大动吧。她怎么就不能闭嘴乖乖坐下来吃呢?

爸爸拒绝回答布丽奇特的问题。布丽奇特也拒绝吃煎蛋。

她终于坐下,拿起餐桌上的叉子。爸爸低头吃起早餐。

"我担心佩里。"布丽奇特说。

爸爸不知所谓地点点头,他的目光飘飘忽忽,落在身边的报纸上。他吃早餐时一般都会看《华盛顿邮报》,布丽奇特看得出来,爸爸不喜欢被打扰。

"佩里似乎……在房间里宅得要腐烂了。"

爸爸的目光终于转移到布丽奇特身上。"他的兴趣和你不同,他有他的兴趣。你怎么还不吃呢?"

她没有一丝胃口。她不想听爸爸的话。她觉得吃了这盘煎蛋就表示认输,就表示她认同这种堕落的生活。她不想让步。

"他有没有朋友?他有没有出去玩过?他除了没日没夜地盯着电脑之外,还有没有其他的爱好?"

"别这么大惊小怪,布丽奇特,他会没事的。"

就在这一刻,布丽奇特的怒火终于爆发。她气鼓鼓地站起来,叉子"叮当"一声扔在地上。"他会没事的?"布丽奇特怒吼道,"就像妈妈那样没事吗?"

爸爸停止了咀嚼,他放下叉子,目光躲躲闪闪,不敢直视布丽奇特。"布丽奇特。"他压低嗓子吼道。

"你为什么不睁大眼睛看清楚一点?他有事!你怎么就看不清楚呢?"

"布丽奇特。"他又叹了一口气。他越喊她的名字,她的感觉越虚幻,她觉得这里家不像家,爸爸也不像爸爸。

"这哪里是人住的地方?你难道看不到吗?"布丽奇特的声音浸满了泪水,眼泪几乎汹涌而出,但她不能哭出来。她不能在爸爸面前哭,她很久都没在爸爸面前哭过了。这样的眼泪太孤独。

爸爸摇摇头。他当然看不到,他过的本来就不是正常人的生活。

"布丽奇特,你可以选择自己的生活方式,为什么就不能让佩里选择他的生活方式呢?"

是啊,还有我。你还应该加上这句。

她可以站起来,她可以不吃这盘煎蛋——这就是她的选择,她可以选择给爸爸看。

布丽奇特抓起野营包和背包,头也不回地走出厨房,继而走出家门。这就是她的选择。

"他打电话来的时候,我跟他说我没时间讲,"茱莉娅盘膝坐在卡门的双人床上,喋喋不休地说着,此时此刻,她们已身处佛蒙特州的小宿舍里。"我心里很烦,所有的一切都让我烦。我这个夏天不想再跟他在一起了,真不知道该怎么对他说。"

说来挺有意思的。她们来到了一个新地方——举办戏剧节的某所大学的戏剧中心,但谈的还是那些老话题——茱莉娅仍然坐在宿舍的床上对卡门没完没了地讲她和优等生兼风流浪子诺亚·马克汉姆之间反复无常的情感纠结。

卡门连连点头。她已经把包里的所有衣物都拿出来了,正在一件一件地重新叠好。

"我的意思是,我有可能会在这里遇到一个真命天子呢,你懂的。你有

没有看看这里的人？这里的帅哥简直满街都是，虽然很可能有一半都是同性恋，但我的机会还是很大的。"

卡门继续点头。她还没有打量过这里的人。

"像这种地方什么事都有可能发生。你知道，很多人在电影里扮演情侣都会假戏真做，最后还真的把以前的爱人给踹了。"

卡门经常读《美国周刊》，她知道是有这么一回事。她把一瓶她和苿莉娅都很喜欢的洗发水放到苿莉娅的梳妆台上，无意中瞥见梳妆台上有一面银色相框，中间嵌着一张苿丽娅妈妈的黑白照片。她以前在学校的宿舍里就见过这张照片。照片拍得如梦似幻，充满了文艺情调，据说是一位非常著名的摄影师拍的，卡门怕别人说自己没见识，也只得假装知道那位摄影师的名字。苿莉娅告诉卡门，她妈妈以前是一位红极一时的模特。她当然是亭亭玉立的美人，可卡门还是没听过她的名字。

卡门没有在桌上摆家人的照片，但她在文件夹里面贴了一张瑞恩出生时的照片，照片很小，瑞恩出生的那一天是她一生中最难忘的日子。此外，她还贴了一张九月姐妹去年在雷霍博斯海滩拍的合影。在去年冬天，她会时不时地把这张照片从文件夹的封二移到封三，看着这张照片固然会让她快乐，但这种快乐却浸满了忧伤，似有千斤重。

苿莉娅站在一旁看卡门收拾房间："嘿，你买了'特润丝'护发素吗？"

卡门扬起眉毛："好像没有，你给我的清单上写了护发素了吗？"

苿莉娅点点头："我肯定写了。"

卡门埋头在药店的纸袋中翻了一通——没有任何一种护发素。"我可能忘了买。"她深感内疚，虽然她根本不用这种护发素。

"这没什么。"苿莉娅说。

"我下次出门的时候再帮你买。"卡门讨好地说。

夜深了，苿莉娅沉沉睡去，卡门躺在自己的床上，这里的一切都让她觉得陌生。

过了一会儿，卡门起身找出茉莉娅写给她的购物清单。上面没有"特润丝"护发素。

她走到走廊里给莉娜打电话。电话没人接，她只好留言。蒂比的电话也没人接，布丽奇特已经去了土耳其。

尽管现在已是深夜，她还是拨通了妈妈的电话。

"亲爱的，你没事吧？"妈妈迷迷糊糊地问道。

"我很好，我们刚把房间整理完。"

"那里的环境好吗？"

"还行，"卡门想都没想就直接答道，"瑞恩好吗？"

妈妈咯咯笑起来："他把鞋子扔到窗外去了。"

"噢，老天，那双刚买的学步鞋吗？"

"是的。"

卡门可以想象瑞恩把那双小小的学步鞋扔出窗外的小模样，她还可以想象妈妈冲下楼找鞋子时狼狈不堪的样子。

"扔到街上了还是扔到后院里了？"

"当然是街上。"

卡门忍不住笑了。"那今天还发生了其他的什么事吗？"她问道，这一刻她想家了。

"我们今天见了油漆工。"妈妈得意之极，不知道的人还以为她见了总统。

"噢，然后呢？"

"我们在每面墙上都刮了腻子，下一步就是选颜色了。"

卡门打了个哈欠。她对刮腻子没兴趣。

"不早啦，妈妈，睡觉去吧。"

"你也去睡吧，宝贝。我爱你。"

卡门蹑手蹑脚地走回房间爬到床上，茉莉娅睡觉时有一点动静就会

醒,她得小心翼翼。

卡门知道妈妈爱她,这让她心里有了一点底气。只要妈妈爱她,她就觉得自己还算是个人物。

曾经,她和妈妈几乎好得像一个人似的,亲密无间,难分难舍。现在,她们却有了各自的生活。妈妈不再属于她一个人。

这并不等于说妈妈不爱她了。妈妈给了卡门生命,但她不能永远不停地给卡门注入生命。可问题是,卡门不知道该如何独自生活。

她把手塞到枕头下,茱莉娅的呼吸声声声入耳,但她还是寂寞得几乎泪流满面。

晚上莉娜回到宿舍后,就给卡门回了电话,但愿现在还不算太晚。"我有事想跟你说,但你先别急着骂我。"她等卡门溜到走廊后对卡门说道。

"好,我不会骂你的。"卡门大为好奇,甚至都忘了假装莉娜的话让她很受伤。

"你觉得我忘了卡斯托斯吗?"

"你开始约会了?"卡门问。

莉娜盯着天花板:"没有。"

"那你看上哪个帅哥了?"

莉娜的脸"刷"地一下红了,幸好卡门看不见。卡门一向都有未卜先知的能力,另一方面,她有时又蠢得无可救药。她具有某种彪悍的超能力,可以把"天才"和"白痴"这两种特质集于一身。不过她很少会"天才"和"白痴"同时上身。"为什么问这个?"莉娜一脸错愕。

"我觉得只要你谈到——甚至只要正眼瞧——别的男孩,就表示你已经正式忘掉卡斯托斯了。"

"就这么简单?"

"是。"卡门说。

莉娜咯咯笑起来。

"总有一天你会再次恋爱,将卡斯托斯抛到脑后。这一天迟早会来的,我只希望它来得快一点。"

莉娜盘膝坐在床上。她可以忘记卡斯托斯吗?她真的应该努力忘记吗?时至今日,她的目标仍然还是"忘记"他,事实摆在这里,无论她如何否认都没用。但不管怎样,她毕竟还是朝着这个目标迈进了一大步,她应该为自己感到自豪。但"忘记"这个词太难听了,她真的不是那种花心的人。

"我不知道是否有这一天。"

"肯定有这一天的。我敢肯定。你知道我对卡斯托斯有什么看法吗?"

莉娜叹了一口气。她不想再说出"卡斯托斯"这个名字,也不想听别人反复提起这个名字,她的忍耐已到了极限:"不知道,什么看法?"

"我有一种奇怪的预感,只要你一忘记卡斯托斯,马上就会再次见到他。"

莉娜的胃开始翻江倒海,恶心和兴奋的感觉交织在一起,她真庆幸浴室就在旁边。

"噢,胡说八道,这绝不可能。"莉娜想故作轻松,装出一副挖苦的样子,但她的声音却像灌了铅一般沉重。

"我说的是真的,你别不相信。"卡门一本正经地说。

莉娜一脸狐疑地挂上电话,她希望这一刻的卡门是"白痴"附上了身。

痛虽然无法避免，但你可以选择痛而不苦。

——格蕾塔·伦道夫

上次例假是在从学校开车回贝塞斯达的路上来的吗？那是当然，蒂比怎么会忘记呢？那次例假让她狼狈不堪——血粘在内裤上污秽一片，到处找不着卫生棉条，她不得不在加油站停车找便利店和洗手间。

"蒂比·罗林斯？"

当时她和布布一起在车上。布布找普罗维登斯的一位室友借了车，路过纽约的时候顺带着捎上了蒂比。蒂比记得一路上她们至少在两个加油站停了车。在第一个加油站是为了加油，在第二个加油站是为了处理紧急事件。咦，什么是紧急事件？是内裤上粘了血还是肚子饿了要买面包圈？蒂比记不清楚了。她那时还是处女，处女来例假手忙脚乱是可以理解的。

"蒂比·罗林斯？"

她不耐烦地循着声音传来的方向望去，原来是经理在喊她。查理总是连名带姓地喊她，不知道的人还以为这店里其他三个姑娘都叫"蒂比"呢，用得着这么矫情吗？

"查理·斯朋蒂尼？"蒂比以牙还牙。

查理皱了皱眉："还碟子的盒子塞得满满当当的，连根针都插不进去。

你看得下去吗？"

"看不下去。都怨顾客太贪心，一借就借一大堆。看，我们光凭罚滞纳金就赚了不少钱。"有时蒂比的话会让查理捧腹大笑，可今天她知道自己一点都不幽默。她甚至希望查理能当场炒了她。

"蒂比·罗林斯……"查理的脸上疲倦多于愤怒。

"好，我去整理。"蒂比说道。她弯腰到柜台下面开始整理硕大的纸盒。

她和布布是在七月四日那天一起开车回家的。如果是那天来的例假，那意味着……咦，这意味着什么呢？可以据此推算出排卵期吗？她讨厌这种问题。妈妈以前为了生弟弟，做了一系列的受孕治疗，还没完没了地用体温计和验孕棒。蒂比看够了，她可不想生活在那样的世界里。

"打扰一下？"

蒂比抬头，原来是一位顾客。他头发花白，梳着大奔头，戴的眼镜还是有色镜片的："你们这里有《脱衣舞娘》吗？"

"什么？"蒂比没听清楚。

"《脱衣舞娘》？"

"去'剧情片'那边找找吧，这种片子一般在那边。"

"谢谢。"他说完便向走道那边走去。

"那是部烂片。"蒂比对着他的背影提醒道。

回家后，蒂比发现答录机的留言灯在闪烁。通常是布莱恩的浪漫情话，蒂比以前最喜欢听了，这简直就是她的精神食粮。今晚她不情不愿地按下"播放"键。

"蒂儿，我找到了一种紧急避孕药，"他的声音满是紧张和焦虑，"我估计现在还来得及服用。要不要我过来陪你？我今晚可以过来的。我有计划生育中心的地址，离你那边不远——就在布利克大街上。我——"

她狠狠地按下"删除"按钮，整个世界清静了。她不想知道计划生育中心的地址。她不想去那里。她不想做妇检，更不想要妇科医生给她开药。她想要的只是非处方药。

她为什么要做爱呢？她为什么要听布莱恩的话呢？不，另一个睿智的蒂比对她说，布莱恩没有求你，那晚你纯属自愿，与旁人无关。

可是迫切想做爱的人是布莱恩呀。他一直都想，而且还苦苦哀求了几个月。毕竟，在钱包里放劣质安全套的人是他，一心以为做爱可以让他们之间的关系更上一层楼的人也是他。

总之，凭那只安全套，布莱恩就罪无可恕。他不该那么饥渴，老是缠着她要情啊爱啊什么的。

蒂比"啪"的一声按开了小电视。本地新闻在第七频道，蒂比将电视锁定在第七频道，因为她很喜欢这个台的一位女主播。女主播已经不年轻了，很可能有六十岁，她叫玛丽亚·布兰凯特。她有着巧克力色的皮肤，虽然早已青春不再，但却妙语连珠，处处透着智慧。玛丽亚不像其他女主播那样浓妆艳抹，她看起来很真实。她做的节目叫《曼哈顿时刻》，这个节目的内容是介绍各界名流在纽约的行踪动向。玛丽亚不像其他娱乐主持人那样对名人一脸媚笑，她的笑声爽朗坦荡，毫无矫揉造作之意。在时下充斥着假笑的电视节目中，玛丽亚的笑简直是一朵奇葩。她的笑很放松，声音有些嘶哑，无拘无束，蒂比常常可以坐着看这个节目几个小时。

蒂比又像往常一样期待着，但今天玛丽亚没笑。蒂比怀疑很可能是制片人不让她这样没心没肺地笑了。

布丽奇特总是对飞机餐情有独钟。她的品位实在与众不同，一般人比不了。

这种玩意儿趁它热气腾腾的时候狼吞虎咽下去，也许会觉得味道不错。可如果对着它琢磨来琢磨去，把它放凉了，那味道顿时就会一落千丈。布丽奇特现在终于想明白了，其实世间的许多事莫不如此。

晚餐摆在托盘上。埃里克在下加州，也许他现在正一头扎进科特兹

海。千里之外的下加州正是将暮未暮的时候,埃里克总喜欢在吃晚饭前游一会儿泳。而此刻的她正在大西洋上方,躲在三万五千英尺的云端。他们虽天各一方,但此时此刻都在海水之上,都一样脚不沾地。

"埃里克以为我什么都不需要。"几天以前她在电话里对蒂比诉苦。

"也许是你的行为让他认为你什么都不需要。"蒂比这样说道。她的语气很轻柔,但却如一把刀一般直刺布布的心脏。

身处在高空,飞机如离弦的箭一般乘风而去,布丽奇特离埃里克还有家以及熟悉的一切越来越远,她开始心生不安。

机舱里灯光昏暗,窗外的天色也暗了下来。她不应该感到孤独。机舱里坐满了和她一起参加夏令营的人,她将和这些人一起度过这个夏天。事实上,他们现在彼此都是陌生人,但从理论上来讲,他们应该算是她的朋友。可惜的是,布丽奇特不是个理论至上的人。

她喜欢可以当天抵达目的地的短程飞行,可这次却要长途飞行,需要穿越多个时区,她的脑袋有点晕。

她把冰凉的手放在魔法牛仔裤上,蒂比在上面绣了歪歪扭扭的红心,卡门在上面用了棉布染料,摸上去有凹凸不平的感觉,但布丽奇特却感到了安慰。

她到底需要什么?她需要朋友,现在魔法牛仔裤就在身边。见物如见人,无论身在何处,只要看到牛仔裤,她就能感觉到她们的心和自己紧紧地贴在一起。

格蕾塔在布吉斯的家中,她总是在家里。布丽奇特算了一下那边的时间,她知道格蕾塔现在在做什么。星期二的七点她会玩宾果游戏。星期三的上午她会去超市购物。无论布丽奇特身在何处,格蕾塔始终在那里。

还有埃里克,她生命中曾有一段时间需要埃里克,那时,他在她身边。那时,他给了她很多温情和甜蜜。她永远都不会忘记那段时光。

还有家。老实说,家意味着几面墙板,里面装着弟弟和爸爸,死一般的沉寂。她用力地吞咽了一下。布丽奇特没有吃餐盘里的东西,空姐走过来时,她把餐盘原封不动地递了过去。

弟弟和爸爸需要她吗?她需要他们吗?

问题不该这么问,这些问题都是 N/A。她记得一年级时成绩单上写了三个"N/A",那时她惴惴不安,还以为这三门课不及格。后来她把成绩单给了爸爸,爸爸捧腹大笑,怜爱地抚摸着她的头发。"N/A 是 Not Applicable 的缩写,它的意思是'不适用',小宝贝。这并不等于说你没及格。"在那个时候,爸爸一直都很会安慰她。在那个时候,她和爸爸之间的关系很亲密。

问题不在于是否需要家。如果佩里或爸爸需要她,那没问题,可问题在于他们根本不需要她的帮助。如果她需要他们,嗯,这也很好,可她并不需要他们。因为她需要的东西,他们根本给不了。

她无法帮助他们。她亦不需要他们的帮助。事实就是这样。并不是每个人都有温馨的家,也并不是每个人都需要家。

飞机离太阳越来越远,但布丽奇特知道,等到着陆的那一刻,太阳肯定会再次出现。这就叫做殊途同归。

她靠在座椅上,遥望着神秘的东方,将美国这片大陆抛之脑后,整个人顿时感觉轻松了很多。她帮不了爸爸和佩里。她爱莫能助。她现在的任务是向前看,寻找自己的幸福。她不能再回头。

她脱下球鞋盘膝而坐,交叉双手,把手埋在腋窝中取暖。一觉醒来后,她将在土耳其。那是另一块大陆,另一个半球,在海的另一端。

她又开始心潮涌动,不过这次涌动的是兴奋而非恐惧。这次的心潮带来的是希望而非绝望,她开始忘掉过去向前看。

从某种程度上来说,还是同样的一阵心潮,但布丽奇特的心情好多了。

卡门坐在剧院主楼里,身边聚满了来自全国各地野心勃勃的戏剧爱好者——这里他们一律被称为"实习生",正当他们全神贯注地聆听致辞

永远的牛仔裤

时,卡门却在百无聊赖地翻看小册子。茱莉娅全副武装,连脚指甲都涂了指甲油,看起来似乎有点用力过猛。她涂的是黑色指甲油,卡门觉得这太做作了。

卡门环视了一下四周盛装打扮的野心家们。茱莉娅可以长叹一声"吾道不孤"了,这里像她那样穿复古装、把睫毛涂得像蚊子腿那般长的文艺女青年有一大把。在学校里,茱莉娅在一群不修边幅的同学中俨然如鹤立鸡群,可现在,在一群艳光四射的女王中间,鹤立鸡群的人倒成了卡门,这真是太好笑了。

第一个致辞的是神秘的主剧场大戏导演安德鲁·科尔。

"今年我们要上演的剧目是《冬天的故事》。众所周知,我们剧院每隔十年都会举行庆典,上演莎士比亚的戏剧。今年正好是三十周年。我们请了一些顶级的专业演员。有件事我要宣布一下。"他清了清嗓子,所有的目光都齐刷刷地扫过去,"我们主剧场的剧目一向以专业著称,但根据惯例,我们仍然会面向实习生提供一个角色,记住,只是一个角色。通常来说,不可能是主要角色,每年都是如此。我们欢迎大家前来试演,不过入围的机会微乎其微,所以不要抱太大期望。分剧场那边还有很多角色,大家如有兴趣,可以踊跃报名参加试演。"

在场的大多数人对这些规矩早已心知肚明,虽然机会渺茫,但实在是太诱人了。尽管安德鲁说机会微乎其微,不过卡门估计有许多人还是会跃跃欲试。一般来说,主剧场的演员得到这个角色的机会更大,他们的演技完全可以甩实习生几个山头。

"所有的试演都在一起进行。然后我们会整理三部戏所有角色的复试名单。"

难道这里就没有人想做幕后工作吗?卡门怎么也想不明白。难道她是全美国唯一一个立志于做幕后工作的实习生?

"试演的日期不是明天,而是后天。大厅里备有报名表,祝大家好运。"

卡门不知道自己有没有机会弄到一份大戏的幕后工作。她估计可能没戏。事实上，一大批知名的专业背景设计师和舞美师已经到了这里。呢，只要能弄到一份差事，她就心满意足了。

开完会后，茱莉娅兴奋得不能自已："我们回宿舍准备一下吧。"

"准备什么？我看我是没戏了。"卡门说道。茱莉娅精神抖擞地大步走向前，卡门被她甩在身后。

"我希望你能陪我练台词。"茱莉娅说。

有的人比一般人更喜欢变化。考古协会的三辆旧雪佛兰越野车疾驰在土耳其境内，车厢里的人睡得东倒西歪，布丽奇特像松树一般直挺挺地坐着，饶有兴趣地欣赏伊兹米尔和普里内交界之处的乡村风光。现在，车离海边越来越近，从右边的车窗可以看得到爱琴海。

"左边几公里以外就是以弗所，"一个叫鲍勃的男孩说道，他是一个研究生，现在正在开车，"这个夏天我们会在以弗所至少待一天。"

布丽奇特眯缝着眼向东边望去，她想起了在考古课上看到的以弗所的图片。果然，她没猜错，飞机落地时土耳其这边是有太阳的。

"还有阿佛洛狄西亚卫城、米莱特遗址和哈利卡纳苏斯的陵墓，这些都是土耳其最值得一看的古迹，这个夏天你都会看到的。"

她真庆幸自己没睡着，不然鲍勃就找不到人聊天，她也听不到这些话了。

"那特洛伊城在哪里？"她激动万分，几乎无法呼吸。她从未离家这么远，这是一个神奇的地方。世上任何一块土地都遍布历史的痕迹，土耳其也不例外。

"特洛伊城在北面，就在达达尼尔海峡附近。书上一般都把这里写得神乎其神，但实际上没什么好看的。据我所知，我们团队的行程没有包含特洛伊城，没人会去那里。"鲍勃长着一张圆脸，他穿着一件印有鳄鱼图案

永远的牛仔裤

的深橙色T恤。他很可能不久前刮了胡子,因为他的下巴和嘴唇边上都透着青色,而他的脸却呈粉红色。

"我上学期在学校读过《伊利亚特》,"布丽奇特说道,"读了书的大半部分。"她除了上考古课之外,还上了希腊文学翻译。那时她并没觉得有什么特别,可现在回头再看,她才发现这是她迄今为止最喜欢上的课。人难免会犯"当时只道是寻常"的错误。

车到了营地。布丽奇特看傻了眼,这地方小得可怜,设施简陋得不能再简陋了。两顶大帐篷,几顶小帐篷,除此之外,还有一块用绳子围起来的挖掘坑道,到处都是灰。营地坐落在一座小山上,可以俯瞰河流平原,再往前还可以看到爱琴海。

布丽奇特走进帐篷放行李,帐篷里铺了一张木板,四周以帆布为墙。中间只有四张帆布床和几个架子,但布丽奇特却觉得这一方小天地实在浪漫至极。此时此刻,她不过是一个在穷乡僻壤参加夏令营的野丫头。

营员们还没倒完时差,便开始跟跟跄跄地聚在一起参加欢迎会。布丽奇特还是死性难改,一遇到这种场合她就会东张西望看人群中谁最帅。在没有男朋友之前,她就有这种色迷迷的坏习惯,直到现在,她也没法完全摒弃这一恶习。

开会的地方是一个巨大的开放式帐篷,是个会议室,兼作教室和餐厅之用。这里是俯瞰爱琴海的绝佳地点,而且,在这里欣赏帅哥也占尽了天时地利人和。

"营员们,这里非常偏僻,连水龙头都没有,只有四间厕所和两间澡堂。所以这个夏天,汗水就是你们最好的朋友。"副主管爱丽森说道,她的这番欢迎辞毫无欢迎之意。布丽奇特觉得这女人倒很像监狱的狱长,看,一谈起非人的折磨她就一脸兴奋。

呃,不过布丽奇特也觉得挺兴奋的。

"我们这里有个发电机是供野外试验室用的,大家睡觉的地方是没电源的,你们都没带电吹风吧,但愿如此。"

布丽奇特忍不住笑了,不过有一两个女同学板起了脸孔。

布丽奇特加入的是一个小型考古队,队员差不多都是新人,一共有30人,其中有大学生、科学家和几个民间志愿者。大家都穿得很简单,不外乎T恤、工装裤、工装衬衫和户外皮凉鞋,所以很难分辨出谁是教授谁是研究生,谁是大学生谁是民间志愿者。大多数成员都是美国人或加拿大人,只有几个是土耳其人。

"营地一共分为三个区域,每个区域我们都会待一段时间。需要学分的学生必须上课,上课时间为每周二下午三点到五点。我们还会到其他营地,一共去四次,公告板上有营地的计划。大家必须去营地,这是学校强制的,否则一律无学分。对于不需要学分的营员来说,到这里就是工作,大家必须发扬团队精神,共同合作。大家有问题要问吗?"

这个考古夏令营为什么就这么没劲呢?布丽奇特想不通。难道就没人想去看以弗所的阿忒密斯神殿吗?

幸好布朗大学的所在地没这么偏僻,幸好学校不在帐篷里,因为布丽奇特对波光粼粼的大海毫无抵抗力,对着大海她哪有心情专心听课?她开始无视爱丽森,这个时候花痴帅哥可是头等大事。帐篷里有一个浓眉大眼的帅哥,估计也是一个大学生。他有一头漆黑的卷发,眼睛也是漆黑漆黑的。布丽奇特猜想他可能是中东人,也许就是土耳其人,但她听到这个帅哥说的是英语。

还有一个男孩有点小帅,面相比较成熟,估计是研究生。他长着一头红发,脸上涂着厚厚的防晒霜,都泛蓝光了,这令他的性感程度大打折扣。

"你是布丽奇特吗?"爱丽森劈头问道,惊醒了布丽奇特的花痴梦。

"是的。"

"你分在停尸间。"

"好的。"

永远的牛仔裤

"停尸间是干什么的?"在去野外实验室的时候,布丽奇特问一个名叫卡瑞娜·伊塔巴希的高个女孩。

"就是放尸体的房间。"

"噢。"

午饭后,布丽奇特开始上课,第一堂课就给了她一个惊喜:这里最帅的男人不是那个疑似土耳其人,也不是那个狂涂防晒霜的红发男孩。这里顶级的帅哥是讲台上讲解石器的老师。

"呢,同学们,"这位超一流帅哥将藏在背后的一件物品亮了出来,"我手中的这件物品是技术器具、社会器具还是意识形态器具?"帅哥的目光直勾勾地落在她身上,就等着她回答了。

"这是一只番茄。"她说。

难得的是,他没有把番茄扔在她身上,而是爽朗地大笑起来:"你说的没错,嗯,你叫什么名字?"

"布丽奇特。"

"好的,布丽奇特。还有谁要回答吗?"

大家纷纷举手。

布丽奇特第一次见到这个帅哥的时候是今天早上,当时他在橄榄树下吃三明治,布丽奇特还以为他是个研究生。他看起来一点都不像三十岁的男人。但他自我介绍说他是彼得·海温教授,如果确实属实的话,他应该有三十多岁了。他在印第安纳大学教书。咦,印第安纳州在哪里?布丽奇特努力回忆它在地图上的方位。

那晚吃完晚饭后,已是日落时分,大家聚在小山顶上欣赏日落。地上放了很多啤酒,都是六瓶一扎的。卡瑞娜拿着一瓶啤酒,布丽奇特坐在她身边。

"来一瓶吗?"她指了指地上的啤酒问布丽奇特。

布丽奇特迟疑了一下,卡瑞娜似乎看透了她的心思:"据我所知,这里没有饮酒年龄限制。"

布丽奇特凑上前去拿了一瓶。去年她参加了无数派对,所以对啤酒熟得很,像对老朋友似的。

卡瑞娜的另一边坐的似乎是营地的某位主管,布丽奇特认识她,吃晚饭时在一群人中间布丽奇特见过这人。营地这边不像学校那样等级森严。在这里,年龄不是问题。大家不分年龄不分专业地聚在一起,也许这里区分人的唯一标准就是工作的区域而已。布丽奇特习惯留意权威人士,不过这里没有权威。

"你们在哪里挖掘?"她问身边的一位女孩,这时她才发现这个女孩原来和她同住一顶帐篷,她叫玛克辛。

"我不挖掘,我是保管员。我的工作是保管实验室的陶器。你在哪个区域呢?"

"停尸间。也许这里是新手待的地方。"

"老天!你的胃撑得住吗?"

"没问题。"

她看见彼得·海温在另一群人中。他也在喝酒,似乎还在哈哈大笑,那小模样真是迷死人了。

太阳落下去了,月亮升起来了。玛克辛举起手中的酒瓶,布丽奇特用手指敲了敲自己的酒瓶。"敬停尸间。"玛克辛说道。

"敬陶器。"布丽奇特加了一句,她以前从未和保管员一起喝过酒。人长大了真好,起码可以喝酒。这里的啤酒醇正绵厚,让人回味无穷。

喜之，谓之天真；恶之，则谓之无知。

——蜜妮安·麦克芬克林

如果利奥如她所愿看了她一眼，那晚莉娜就不会老想着他，她也不会想尽心思猜测他的姓氏，以便在谷歌中搜索他的信息。

　　她肯定也不会在星期六的早上——所有有自尊心的艺术学生仍在卧床酣睡时——迫切地要去空无一人的教室。她去教室只是为了偷偷看一眼利奥的画，以便暗自希望他的艺术才华并不像传说中的那样神乎其神。

　　她先开始看的是自己的画，这是一幅人物画像，画上的女人站着，一双粗腿扑面而来，她叫诺拉。只要诺拉站着不动，莉娜便可以捕捉到她的美。可一旦她的表情有任何细微变化，即使是微微张开嘴，她的美便顷刻间崩塌，莉娜不得不从头开始画。

　　诺拉的腿虽然粗，却有一种说不清道不明的优雅之美。更重要的是，这种视觉的冲击感太强烈了，用二维来画实在不足以表现她的美。莉娜对人物画像中的这双粗腿尤其满意。

　　此时此刻，即便画室中只有她一人，莉娜也觉得局促不安，她在磨得光秃秃的木地板上缓缓走着，目光扫过空荡荡的模特台、破破烂烂的落地长窗、无人浇灌的蕨类植物，画室里弥漫着一股剩菜的味道。空荡荡的画室像极了夜晚的世界，可现在明明是白天，为什么会像夜晚呢？莉娜想不

明白。

莉娜记起上中学时的一个夏夜看到的闪电风暴。她半夜被惊醒,但那时她居然没被吓着,甚至还颇有闲情逸致,穿着睡衣下楼坐在前门廊上津津有味地欣赏闪电。一道闪电撕裂了天空,黑夜顿时变成白昼。莉娜不禁看得痴了,神秘的黑夜世界居然会和欢乐的白天一模一样。

她在画室里站了很长时间,最后终于想通了,人的所见所感全不可靠,它们不一定就是事实。事实便是事实,它客观死板,无论你是否看得到,是否感觉得到,它始终在那里,不会改变分毫。

她开始一边画画一边整理刚才的思绪。如果不用眼睛,又如何能看清眼前的世界呢?从这点来看,事实便是所见。"人会受到感官的限制,"以前的老师安妮可曾这样说,"但感官却是我们用来观察这个世界的全部工具。"

那感官便是整个世界了。莉娜当时就这样想到,自那之后,她有很多次都会冒出这种想法。

比如说,画人物的大腿就不能仅凭印象,你必须根据当时在画室里的所见所感来画,而且必须完全忠于当时的观察角度,不能有一丝偏差。

为什么要花这么多时间来忘掉以前的所学呢?忘掉以前的所学比学习新知识还要艰难,莉娜一边想一边怯生生地走到利奥的画布旁。

她几乎不敢睁眼看——她怕利奥的画没有传说中的出神入化,更怕他的画比传说中的还要令人震撼。

她等自己完全站立在画布前才敢睁开双眼。

事实上,利奥的画才刚刚动笔,虽然他已在画室里画了三天。这幅画只是寥寥几笔,但却酝酿了一个将有一树好花开的气势。这等境界,莉娜望尘莫及,她看着画不觉悲从中来,恨不得大哭一场。和利奥相比,自己的画只是业余水平。想不到利奥年纪轻轻就达到了如此精湛的境界,莉娜既妒忌又羡慕。

莉娜一直热衷于画画,她知道在这里可以学到很多东西,但此时此刻,就在电光火石之间,她突然意识到画画还是要靠天分的。她不知道这幅画为什么会带给她这么大的震撼,也不知道利奥画中的诺拉为什么会有如此深刻的忧伤,但她感觉得到。在这幅画面前,她的世界观和勃勃雄心可以冲进马桶了,她几乎可以听见"哗哗"的冲水声。

莉娜把手放在眼睛上,脸上一片湿润,只是手指麻木得感觉不出来。她多希望这些眼泪不是真的。

她想到了利奥,他的头发,他的手。这样的一个人怎么能画出如此精妙绝伦的画?

突然间,她觉得自己蠢得无可救药,这样的一个人怎么会迷恋她的美貌?亏她以前居然想得出。莉娜决定,无论以后利奥是否看她,无论何时或以何种方式看她,她都会把利奥放在心上。

LennyK162:哈罗,蒂比!你在吗?你怎么不回我的电话呢?我们都开始担心你了。布布打算写寻人启事,她们还要我给你妈妈打电话。你说该怎么办?请明示。

Tibberon:我在,噢,你这个死丫头,又在寻我开心了是不?

"请在五点之前给我打电话,蒂儿,我求你了。"布莱恩说道。

蒂比躺在床上听电话留言,她不想回电话。她只敢趁布莱恩上班时偷偷给他留言,她实在没胆量直接和他对话,一听到他的声音,她就一下子没脾气了。蒂比可不想这样。

"不会有事的,蒂比。"布莱恩最后说道。

他为什么总这样说呢?他有什么权力保证?也许会没事,也许她已经怀孕了。

还有,谁不会有事?那当然是他喽,他是男人,他当然可以置身事外装淡定。

如果她怀孕了怎么办?那他又会怎么说?如果他坚持要她把孩子生下

来该怎么办？他以前就很喜欢谈将来的宝宝。莫非他早有预谋？

"好蒂比"这个时候又要发话了，可"坏蒂比"恶狠狠地叫她闭嘴。

布莱恩很可能以为有宝宝是件很浪漫的事，他也许还以为怀孕是他们之间最美好的一件事。呃，不过蒂比本人倒觉得未必，因为她看得更清楚。妈妈以前怀尼奇时，肚子大如西瓜，肚皮上有很多妊娠纹，简直触目惊心。蒂比知道等宝宝出生后，妈妈差不多没什么时间睡觉，而且宝宝还会整夜哭号不止。去年夏天她已经有过一次怪诞至极的经历，她一辈子都忘不了，那次她被迫陪克里斯蒂娜分娩，亲眼目睹了一幅活生生的血腥场面。她知道生孩子固然美好，但更多的是恐惧。即使全世界的姑娘都用"好玩"和"性感"这两个词来形容生孩子，她也绝不会认同。

她不能怀孕。可万一怀孕了怎么办？

上次例假是六日结束的吗？哦，也有可能是七日。那么过二十八天就应该再次来例假。今天已经是第二十一天了，不是吗？咦，从例假结束的那天算吗？还是从开始的那天算？

这些问题蒂比至少已经想了一百次，但每次一想到这里总是想不出个所以然。

布莱恩每周三晚上都会到罗克维尔的一家墨西哥餐厅打工。她等布莱恩上班后再给他打电话。

"这个周末你还是不要来了吧，我准备去普罗维登斯找莉娜玩。你没意见吧？真对不起，让你失望了。"

蒂比迅速挂上电话，此时她觉得自己的脸都扭曲变形了。她想心事想得出神，没精力为撒谎而感到羞耻，甚至撒了谎自己也不知道。

如果是六日结束的，那这个月的例假——如果有例假的话——就应该在二十七日来。可如果不是六日结束的呢？上个月的例假也很有可能是七号或八日结束的。那她还得等到星期天。她怎么能等这么久？

如果星期天还不来，那该怎么办？如果这个月根本就不来例假呢？

不，她不敢再想下去了。她不该提这个问题，现在她心神大乱，一时心乱如麻。

其实她不准备去普罗维登斯，她现在没心情见朋友。在例假没来之前，她谁也不想见。如果去见朋友，她就得把事情的整个经过一五一十地讲给她们听。朋友们都很了解自己，借口逃避或撒个无关紧要的小谎是无所谓的。蒂比只是不敢把内心的恐惧说出来，她怕一说出来这种恐惧就更真实了。

她真恨自己没胆量告诉朋友们她终于和布莱恩把那事给办了。事实上，她倒是很想和她们分享来着。可是上床这事的后果实在太可怕，她不敢和朋友们说。蒂比左思右想，心都快纠结碎了。

她现在也不能见布莱恩。她不想和他谈这个。如果他还要亲热一次该怎么办？他肯定会的，不是吗？那她该怎么办？

蒂比恨恨地想道，布莱恩不该缠着她亲热。他们真该像以前那样保持纯洁的关系。

她没心情吃饭，也没心情睡觉。世间的一切都如此灰暗，没有什么可期待的，亦没有什么可开心的，更没有什么可振作的。

这个周末她有详细而明确的计划。她要等待一件极其重要的东西。她会安安静静地等它来。

"哦，老天，这是个骷髅头。谁帮我把布丽奇特给抓过来？"
布丽奇特吃吃笑着逃出门外。

那个帅帅的中东帅哥叫达利斯，他不是土耳其人，而是在圣地亚哥上学的伊朗人。达利斯也被分配到了停尸间，他现在正指着布满灰尘的墙面。

布丽奇特又走进来，她放下手中的尖铲。布丽奇特喜欢用尖铲，用精密仪器反倒觉得不顺手。才来了一个多星期，她就博得了"傻大胆"的美名。无论是看到残骸、蛇、蠕虫、啮齿动物、蜘蛛还是臭虫，不管它们的个头

有多大，她都面不改色。甚至上臭气熏天的厕所，她的眉头也不会皱一下。不过事实上，上这种厕所她几乎尿不出来。

晚上五点三十分，脏兮兮、一身臭汗的同伴们一起回到了帐篷，可她还舍不得走，正在和一块骨头较劲。这是一块硕大的骨头。把它挖掘出来是一项浩大的工程。你不能直接把它挖出来。骨头上的每一点泥土都得清理干净，得小心翼翼地用刷子一点一点地刷。挖掘出来的每一块骨头、每一粒黏土或碎石都得上交到实验室。每件物品都必须用三维相机拍摄，保存为三维网格图像。布丽奇特用数码相机拍摄挖掘出的每一件物品，然后再一一编号。

"掠夺和考古的区别在于保存，"彼得曾这样告诉过她，"每件物品都有其一定的价值，无论它值钱与否。"

六点三十分，彼得仍然和她在一起。"你可以走了，"布丽奇特说道，"我马上就做完了。"

"我可不能把你一个人扔在坟墓里。"他说。

她喜欢彼得待在这里，落日的余晖从他身后照过来，他整个人闪闪发光。那就让他待在这里吧。

"我给他起名叫赫克托。"她蹲在地上，一丝不苟地刷去一个头骨上的灰尘。

"谁？"

"就是他喽。"她指着头骨上的鼻孔。

"赫克托是个英雄的名字。你为什么以为他是个英雄呢？"

彼得的语气既像询问也像戏谑，布丽奇特一时意会不出来："从头骨的尺寸来看，似乎像个英雄。我们昨天还找到了一个女人的头骨。"

他点点头："你给她取名叫什么？"

"克莱登妮丝特拉。"

"好名字。"

"谢谢,我正在挖掘她最后的一点骨骸。她的骨架差不多是完整的。"

"噢,原来她就是克莱登妮丝特拉啊。我在实验室里听人说过她。"

布丽奇特点点头:"生物组那边的人对她很感兴趣呢。"

等灰尘差不多刷完了,她才小心翼翼地举起赫克托的头骨,然后又开始按照老师的吩咐刷去头骨缝里的灰尘。

"你一点都不怕吗?"

她耸耸肩:"有什么好怕的?"

"小心夜路走多了会撞到鬼。虽然这些头骨年代久远,但指不定哪一天会诈尸。"

"但他们毕竟已经死了三千多年了,不是吗?"布丽奇特大声说出她的想法,"无论赫克托的一生是悲还是喜,他已经死了,有什么好怕的?"

彼得望着她微微一笑:"你很客观很实际。"

"是啊,我们每个人都会死,所以,死人有什么好怕的?"布丽奇特喃喃自语。她站在墓地上手上拿着一大块头骨,越说越激动。

布丽奇特的一番慷慨陈词让彼得哑然失笑,但他似乎颇为欣赏。他坐在沟边陷入了沉思。布丽奇特觉得彼得是个好听众。无论她说话的声音是大还是小,他似乎都听得见,而且还能猜透她的心思。大家一起同在异乡为异客,因此很容易心心相通。

"刚死不久的尸体会让人害怕,"他不同意她的观点,"我猜这可能是因为人刚刚去世的时候我们对他们还有感情,还会想念他们。"

他一生中遭遇过这样的悲剧吗?布丽奇特暗暗问自己,他知道她的不幸吗?

她把长发拂到脑后,不小心把灰抹到前额上了:"我们和逝者之间的精神联系会随着时间的流逝而自动消亡。你难道不觉得吗?不然的话,我们怎么有胆量挖他们的坟墓?"

"你说得很对,布丽奇特。我非常同意。可是,'随着时间的流逝而自动

消亡',这需要多长时间?两百年还是两千年?你该如何计算?人要死多久我们对他们的感情才会消失?才会对尸体不带一丝感情?"

她知道他的话只不过是反问句而已,但却忍不住想回答:"在我看来,这要等到最后一个和逝者有联系的人死去为止,假设我奶奶去世了,我父亲会难过,也许我小时候见过奶奶,我也会难过。可我将来生的孩子从没见过奶奶,他们不会对我奶奶有任何感情。等到我去世了,我的孩子面对我奶奶的尸骨便不会带一丝情绪。我的意思是,直到逝者不再对生者有一丝影响为止。"

看见她如此肯定,他又笑了:"这是你的假设?"

"对,是我的假设。"

"但你不觉得一个人自然死亡后仍然会影响活着的人吗?"他反问道。

"我不觉得。"她本能地辩解道。有时她的思想非常主观,可以完全忽略客观事实。

"呃,我的朋友,看来你从这些头骨中学到了不少东西。"

莉娜:

裤子给你了,我在包裹里还放了一点远古时代的泥土还有我新男友的照片。对了,他叫赫克托。也许你会说,他原来不是大活人啊。不过他经过了岁月的历练具有非凡的智慧,你可不能小看他哦。

爱你的布布

(我的男友赫克托也很喜欢你,他要用牙齿吻你一下,哈。)

卡门和茉莉娅一起练台词。她们每天都练几个小时,一练就是两天。茉莉娅练了一大堆角色的台词,她要多练一下才知道自己适合哪个角色以便去试演。

茱莉娅去办公室复印台词资料了,卡门终于松了一口气。至少现在可以休息一会儿,上网查查电子邮件。她收到了一大堆的新邮件,有布布的、莉娜的、妈妈的,还有继兄保罗的。

茱莉娅一回宿舍,第一眼看到的就是卡门打印出来的照片,那张照片就放在桌子上。

"嘿,这是谁?"茱莉娅好奇地问。她拿起照片仔细端详。

这是一张布布在土耳其拍的照片,照片上的她捧着一只骷髅头摆出一个准备吻的姿势。卡门收电子邮件时看到了这张照片,她笑得肠子几乎都要断了,所以觉得非打印出来不可。

"这是我的朋友布丽奇特。"卡门答道。

"真的?"

"是啊。"

卡门没和茱莉娅多谈她的朋友,她知道这样很怪。她只是偶尔随口提到过她们几次,但她从未对茱莉娅大谈她和朋友们之间亲如姐妹的关系。她也不知道自己为什么不说。也许她觉得应该把茱莉娅和她们区分开来,绝不能混为一谈。茱莉娅怎么能和她们相提并论呢?

"她真是你朋友?"茱莉娅的脸上疑云密布,也许她觉得卡门只是从杂志上剪了一张照片下来逗她玩的。

也许这就是卡门不愿意和茱莉娅谈九月姐妹的原因。

"她真是美艳不可方物,看看那双长腿。"茱莉娅啧啧称奇。

"她是运动健将。"

"她太美了。她在哪所大学读书?"

真有意思,卡门怎么从不觉得布布是大美人呢?而且,布布也从不把自己当回事。"布朗大学。"她答道。

"我原来也想上布朗大学,不过威廉姆斯大学的师资力量更强。"

茱莉娅每星期不仅必看《美国周刊》,而且《明星》和《OK!》她也一期不

落。她居然会觉得布布美艳不可方物，真是不可思议。卡门耸了耸肩。

"她的头发像假的。如果能把头发的颜色染深一点就好了。"

"什么？"

"她的头发是染的吗？"

"布丽奇特？她根本就没染发。这就是她本来的发色。"

"啊，这是真头发？"

"是的。"

"你确定？"

"千真万确。"

"估计她是骗你的。"茱莉娅半戏谑道。可卡门觉得一点都不好笑。

她怔怔地望着茱莉娅，这人到底是怎么回事？她连布丽奇特的面都没见过，怎么就这样莫名其妙地妒忌上了？

"嘿，我们去外面买点吃的回来吧，"又练了一个小时的台词后，茱莉娅提议，"回来我们再练。"

"你在宿舍里待着，"卡门说，"我去买。"说真的，她早受够练台词了，能出去透透气她求之不得。校园里绿树成荫，充满诗情画意，尤其是在路灯的照射下更显得如梦似幻。路边杨柳依依，主楼四周环绕着大片大片的花园。

卡门流连于花丛间，看得如醉如痴，不知不觉居然迷路了，怎么也找不到实习生食堂。她开始乱走，最后走到一块可以俯瞰山谷的小山坡上。这里的景致太迷人了，在夜色下，树木葱茏，生机勃勃。

卡门站在这里看了很久很久。她已迷失方向——迷失得不能再迷失了，不是吗？当你不属于任何地方，差不多就意味着你属于任何地方，卡门胡思乱想道。

卡门痴痴地欣赏美景，不知不觉忘记了时间，她不知道自己站了多久。她觉得自己似乎冬眠了几个月，直到现在才刚刚苏醒过来。

这时她才发现身边还有一个人也在欣赏风景。这是一个素未谋面的陌生女人。

"这里很美,不是吗?"女人说道。

卡门叹了一口气:"是啊,太美了。"

她们并肩而行。"你也是参加戏剧节的吗?"女人问她。她的臀部大如足球,毫无优雅之感。卡门觉得她不像演员,一股同病相怜之感油然而生。

卡门点点头。

"你准备试演什么角色?"

卡门把一缕乱发拂到耳后:"什么也不试,能谋得一份搭背景的工作我就心满意足了。"

"你真的不准备试吗?"

"不准备。"

"为什么呢?"

"因为我不是演员。"

"你怎么知道你不是?你有试过吗?"

"我不是那块料,真的。"不过我爸爸说我天生就适合舞台,卡门心里这么想着,但还是没说出来。

"你应该试试。试演之所以为试演,就是什么人都可以试。"

"你真这么想?"

"当然。"

"呃,"卡门用了两秒钟假装考虑女人的建议,免得别人以为她不领情,"嘿,你知道食堂怎么走吗?我迷路了,我不知道该怎么走。"

"看,就在那里。"女人说道,她指了指岔路口左边的那条路。

"谢谢你。"卡门回头望着她,满怀感激地说。

"你叫什么名字?"女人问他。

"卡门。"

永远的牛仔裤

"我叫朱迪。认识你真高兴,卡门。你一定要试一下,好吗?"

卡门不喜欢撒谎,她只能搪塞:"那我考虑一下怎么样?"

"我的目的就是要你考虑。"女人说。

夜半时分,卡门躺在床上辗转反侧,所有的台词一哄而上,在她脑中横冲直撞。是的,她正在考虑那个女人的建议。她凭什么就不能试试呢?

现在我得了失忆症和似曾相识症,精神恍恍惚惚。咦,有这么回事吗?我好像又记不清楚了。

——斯蒂夫·怀特

永远的牛仔裤

  莉娜烦躁地踱来踱去。她不喜欢这种感觉。她茶饭不思,上绘画班还精心化妆。她强迫自己不要看利奥,就算要看,也只能在模特儿每摆一个造型的时候看一次;而且课间休息时绝不能找他搭腔。她暗暗祈祷利奥能看她一眼。她满脑子如抽风了一般硬要坚持着这一点小小的希望,小心翼翼地呵护,不敢有一丝怠慢。

  她现在能以全新的眼光来欣赏自己的画了。一开始的时候,她觉得自己的画令人作呕,几乎丑不忍睹。可后来等心情平静下来,她试着慢慢放松,更仔细更深入地凝望这幅画。她觉得自己就像一名田径运动员,拼尽吃奶的力气好不容易达到了五分钟一英里的速度,可没想到别人却对她说这还不够,应该四分钟跑一英里。如果别人做得到,那她也应该做得到,至少应该试试。

  她想起了利奥。她假装不经意地问过同学(希望他们不会发现她别有用心),才知道利奥今年读大三,而且他不住校,所以学校的活动他很少参加。他的神秘色彩越发浓重了。

  又到了一个星期六,布布寄出的魔法牛仔裤终于到了。莉娜穿上牛仔裤,鼓起勇气走出了宿舍。她不仅要有勇气和利奥搭腔,而且还要有勇气再次面对他的画。

她一时雄心万丈，热情似火，而且还鬼鬼祟祟，她觉得自己简直像去空无一人的画室中偷东西的贼。她无视自己的画，直接风风火火地走到利奥的画前。这一整个星期，她都在盼着这一刻，这一刻终于有勇气付诸实施。利奥每堂课都在画这幅画，莉娜的好奇心被吊在了半空中，她真希望自己能偷偷看一眼，她迫切地想知道画上画的是什么。既然盼望了一个星期，现在怎么能退缩呢？

她对自己的画也应该有同样多的热情，这些道理莉娜都懂，可问题是她现在已欲罢不能。

如果她能钻入颜料中，她肯定会眉头也不皱地爬进去。利奥怎么能画得这么好呢？他到底用了什么魔力？莉娜想得头疼。

"在艺术学校你到处看看就能学到不少东西。"前几天的一个晚上安妮可在电话里这样对她说道。

她说得太对了。莉娜现在只想知道老师罗伯特对利奥说了些什么，他是不是给利奥开小灶了？

她仔细分析利奥的画，逐点逐点地研究，渐渐地，画的美感消失了。她移开视线一秒钟，然后偷偷又看了一眼。最后，她终于放松下来让视线稍稍变模糊一些，这样就可以尽情地赏画了。

她不是没见过世面，以前她也见过名画。她见过比这更出神入化的画。她去过国家美术馆几百次，她还去过纽约的大都会博物馆和各种大大小小的博物馆。

可利奥和她画的是同一个模特——他们在同一间画室，与模特处在一条直线上（只是位置正好相对），连用的灯光都一样。他只是一个艺术系的学生，并非大师级人物。和他比是非常公平的：他们画的是同一个形象，同一个酒窝，相同的头发，一模一样的阴影。利奥的画让她既惊艳又自卑。

她只是目瞪口呆地看着。肩部的线条，还有手肘。不知道为什么，她想

永远的牛仔裤

起了爷爷。莉娜一向喜欢把感情深埋于心底,这一刻,千头万绪的感情一丝一丝浮上来。她的脸泛起一阵红晕,眼泪汹涌而出,脸上一片濡湿。继而她想起了卡斯托斯,她这才发现,自己这几天一直都没有想他。

卡门一语中的了吗?她真的可以忘记卡斯托斯?她真的应该忘记他吗?

莉娜不知道自己是否应该忘记卡斯托斯,她茫然无助。她不知道自己是否应该拿得起放得下,即使她做得到。忘记卡斯托斯是否就等于忘记那段和他在一起的美好时光呢?如果没有卡斯托斯,那她又是谁?

"你觉得怎样?"

莉娜想得太出神,脑子一下反应不过来。不久之后,她才发现利奥就站在离自己不到一米的地方,正在和自己说话,而她自己呢?正莫名其妙地站在他的画前,流了一脸的泪。

她忙不迭地伸手抹泪,把弄湿的手指放在大腿上揩干。呃,她今天穿的是魔法牛仔裤。这不是她第一次在魔法牛仔裤上面揩眼泪了。

利奥好奇地望着她,莉娜的大脑一片空白,她顿时傻了眼。利奥正盯着她的牛仔裤看。她应该给他讲牛仔裤的故事吗?咦,他刚才好像说过什么。是的,他问了一个问题。她应该回答吗?莉娜脑子里各种念头蹿来蹿去,嗡嗡嗡,嗡嗡嗡,吵个不停,她真担心利奥会听见。

"你要不喜欢也没关系。"他说道,他见莉娜大半天不说话,所以误认为她不喜欢他的画。

"不!我很喜欢!"莉娜几乎大叫起来。

"头这里没画好。"他伸出拇指,把诺拉下巴上的一块湿颜料弄花了。莉娜大惊失色。

"不!"她大吼一声。她为什么对着利奥大吼大叫呢?她必须淡定。她不想利奥像看怪物似的看着她。

"对不起,"她迫不及待地说,"我——我很喜欢你画的下巴。我觉得你不应该把它弄花。"莉娜突然觉得自己对这幅画的感情比利奥还深。

"噢,这没什么。"利奥大概觉得这姑娘疯疯癫癫的。这一刻,莉娜真希望利奥还是回到以前对她无视的状态。

她得想办法平静下来。她不想故作冷漠,但她至少可以真诚对人。"我真的很喜欢你的画,我觉得很美。"她的声音总算正常了。

利奥的眼睛一亮,现在他开始重新打量眼前的这个姑娘了,他听得出来她语气中的真诚,这让他大感意外:"噢,谢谢。"

"不过,呃……我看着看着就会情不自禁地发呆。"谁想得到莉娜居然真的和利奥说话了,而且她还能放下所有戒备坦诚以待。

他笑了:"我也是,不过我看这幅画是越看越不顺眼。"

莉娜嫣然一笑,不过她的笑可怜兮兮的。"别胡说。"她吐出这三个字。

她真的对他说"别胡说"了吗?

"真的,"他说,"我看这幅画总想着哪里画得不好,你知道,我们不都这样吗?"

"是的,但很不幸,当我们认为画得不好时,大多数时候的确是画得不好。"她沮丧地说道。

现在她真的在和利奥说话了吗?

他又笑了。他的笑声很温暖。

"我叫利奥,"他说,"你的画在哪里?"

她指了指利奥的画架正对面的画架,想不到利奥一直都没注意过她,她不免有些失落。"我叫莉娜。"她的声音难掩失望。

"你是学校的学生还是只来上暑期绘画班的?"

"学校的学生,"她皱了皱眉,"不过我刚刚读完第一年。"

利奥点点头。

老天,她终于和利奥说话了。这是利奥,在空荡荡的画室里。他有女朋友吗?他是同性恋吗?他有男朋友吗?他是个轻浮放荡的人吗?

莉娜意识到利奥来画室是来画画的。突然间,她便浑身不自在起来,

永远的牛仔裤

她不能再和利奥闲聊了。莉娜找了个借口逃之夭夭。

回到宿舍后，莉娜在凌乱不堪的床上滚来滚去，过了一会儿之后，她给卡门打电话。

"你猜怎么着？"

"什么？"

"我想我是恋爱了。"

卡门：

牛仔裤给你，这里还有一幅我画的利奥的素描。是凭记忆画的，不是临摹的(嘿，不要以为我每天都在没日没夜地花痴他，老天)。

他的头发很有意思吧。

他在画室里根本就没注意到我。我还以为这里的同学都在仰视膜拜我呢。

爱你的莉娜

七点三十分，灯火渐灭，彼得仍然和布丽奇特一起坐在沟边。她知道彼得是主管，他必须留在这里，而且他也想表示自己十分敬佩布丽奇特的敬业精神。布丽奇特只希望彼得喜欢和自己在一起。

"嘿，布丽奇特？"他最后说话了。

"嗯？"

"我们可以一起去吃晚饭吗？"

"噢，好的，好的。"她故意装作不耐烦，"先等我拍完照片。"

"我们路过实验室的时候可以把东西放进去。"

他们并肩走着，连步调都一致。布丽奇特擦了擦脸，结果越擦越脏。

"你可以叫我布布吗？"

"布布？"

"是的。"

"好,那我就叫你布布。"

"我的朋友都是这样叫我,如果你不喜欢这样叫,也还是可以叫我布丽奇特,但我会认为你可能看我不顺眼。"

他凝视着她,满眼都是笑意:"那我叫你布布吧。"

他们在室外的水泵旁匆匆洗了一下手,吃晚餐的地方在大帐篷,不过等他们赶到的时候桌上的菜早已撤得一干二净。

"都是我的错。"她说。

"那是当然。"他调皮地附和。

好心的土耳其厨娘帮他们找了一点剩下的面包、豆泥还有沙拉。还有一位厨娘找了一满瓶没有标签的烈性红酒。在烈日下工作了一整天之后,喝这种酒得慎之又慎。布丽奇特用水兑着酒喝。

"这样喝是不是很丢人?"布丽奇特生怕露怯。

"不,这一点也不丢人,而且这很有意思,有点异国风情。"彼得不仅人长得帅,而且性格也很好,正因为如此——很可能还因为其他的原因,她才会被他深深吸引。

如果他不帅人也不好,那是不是就不显得丢人了呢?这样喝是不是也没什么意思了?

老天,她可是个有男朋友的女孩。如果……如果彼得知道她有男朋友会怎么样?

是不是一旦有了男朋友就真的不能喜欢其他人了?是不是就会魅力顿失?

彼得喜欢她吗?现在布丽奇特很想知道。他们一起工作一起吃饭,这是不是就意味着缘分呢?

噢,她真想给自己一拳。她真是不可救药。她为什么要这样想呢?

咦,她真这样想吗?

"这样想"到底指的是怎样想呢？

太阳早已落山，他们沿着山坡一起朝堤边走去。布丽奇特的脑袋晕晕乎乎的，她似乎喝醉了。彼得是否也如她一般头重脚轻跟跟跄跄呢？这里晚上一般都有派对，他们准备去凑热闹，不过他们来晚了，人都走得差不多了。布丽奇特不知道是该坐下来还是该走，彼得坐了下来，布丽奇特也跟着坐在他身边。他们就这样并排坐在一起，是不是有点奇怪？

不，如果她并非不可救药，那就不会奇怪。

布丽奇特习惯性地把头上的橡皮筋一把扯下来。头发如瀑布般倾泻而下，虽然布丽奇特并不觉得有什么惊艳的。自从上大学后，卡门就没机会强迫她修剪头发了，所以现在她的头发前所未有的长。一头金发几乎长及手肘，如绸缎一般搭在后背上。月光洒下来，她的金发闪闪发光。布丽奇特知道彼得无法移开目光，他很可能正在后悔不迭，痛恨自己不该坐在她身边，不该这样失态。

她为什么要扯下橡皮筋？现在的布丽奇特早已不是当年那个冲动无知的野丫头，生活已给了她足够的教训。她为什么还要这样做？她到底想证明什么？

她的手脚兴奋得不听使唤。她就是控制不住自己。

她真的是在做梦吗？

是做梦，不是吗？也许这样最好。

她想偷偷看他一眼，观察他的反应，可万万没有想到的是，彼得也正在看她。两人的目光不期而遇，碰撞片刻之后，便各自尴尬地别过脸去。

见鬼。

他局促不安，双手扭绞在一起，好像准备作结案陈词似的。"呃，布丽奇特，"他说，"给我讲讲你的家人吧。"

布丽奇特顿时全身僵硬起来，虽然她纹丝未动，但身体似乎正在忙不迭地远离彼得。"彼得，"她的声音难掩怒气，"你先说你的家人吧。"

夜凉如水。这里的气候十分干燥,太阳下山后便带走了所有的热量,只余冰冷的夜风。"那我先说吧。我有两个孩子,一个四岁,一个两岁,女孩叫索菲,男孩叫迈尔斯。"

他有一个四岁的孩子和一个两岁的孩子。女孩叫索菲,男孩叫迈尔斯。她似乎再没什么好问的了,这应该就是最后一个问题了吧。她本以为彼得会谈到父母和兄弟姐妹。彼得的话仍时不时地在她耳边萦绕。他有孩子了,这大概意味着他还有妻子。

"那你妻子呢?"

"她叫阿曼达,今年三十四岁。"

"你也是三十四岁吗?"

"快三十了。"

"原来是姐弟恋。"

"正是。"

原来都是自作多情,布丽奇特放下所有的痴心妄念,该醒醒了。

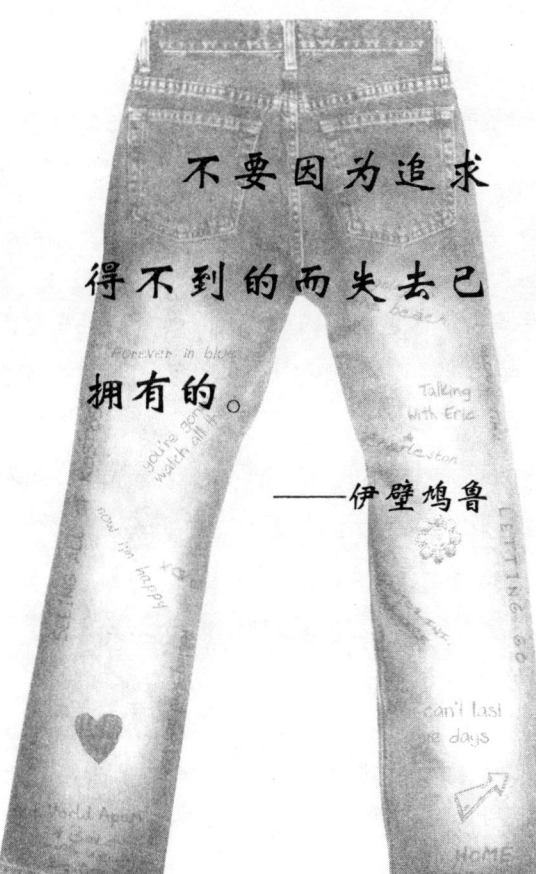

不要因为追求得不到的而失去已拥有的。

——伊壁鸠鲁

魔法牛仔裤静静地躺在床底下召唤着卡门。在过去的几个月里，卡门每次收到牛仔裤都不穿，她只是把牛仔裤带在身边四处奔波。

这条牛仔裤很惹眼，但卡门一直都不想显得惹眼。如果穿这条裤子，茱莉娅肯定会盘问不休，卡门不想回答。说到底，这仍然还是一个界限的问题。这条牛仔裤属于曾经那个火辣美艳的卡门，她不知道如何让现在这个自卑的卡门穿这条裤子。而且，她也怕自己现在太胖了，也许根本穿不上。

她从床底下拖出衣箱，牛仔裤是莉娜寄来的，今天早上联邦快递刚刚送到，她当时就把它藏在衣箱里了。牛仔裤就静静地躺在衣箱里，叠得整整齐齐，乍看去，还以为是衣箱的夹层。

今天她居然鬼使神差地想穿这条裤子。也许是因为今天的天气很好，也许是因为她喝了太多咖啡。也许是因为莉娜喜欢上了一个叫利奥的男孩，卡门很为她开心，这为她的生活带来了一丝希望。

这种冲动太可怕了，她居然迫不及待地想看看穿上牛仔裤后会怎么样。尽管她已很久没试这条裤子，但这条裤子并没有抛弃她。她只是不想

永远的牛仔裤

强迫牛仔裤接受她。

不过自今年春天在"奇迹缔造者"剧组工作后,卡门差不多就没有在半夜吃过甜食了。在过去的两个月里,她一直努力节食,她这样做只是为了不丢茱莉娅的脸。

吸气收腹,最好能前胸贴后背,卡门套上牛仔裤,一直往上拉,再拉,一切顺利,她毫不费力地穿上了牛仔裤。现在谁能怀疑它的魔力呢?老天,实在是太合适了。卡门的自信又回来了,魔法牛仔裤让她满心欢喜。

她走到镜子前,这是她几个月以来第一次站在镜子前打量自己。她穿上一件粉红色的T恤,昂首挺胸地走出大门投入到了这个广阔的世界。她积郁了数月之久的自卑情绪在这一刻一扫而空。

正是因为牛仔裤的魔力,她在不知不觉之中来到了试演大厅。

"你在下一组,"一个拿着笔记板的女人说道,"进去吧。"

卡门暗想,这女人肯定是认错人了,但她好奇心大起,还是忍不住走了进去。茱莉娅走了吗?

一个男生正在台上读《理查德三世》的台词。卡门背靠在椅子上,静静地聆听。她喜欢听戏剧台词,没有理会它的具体含义,就这样听着,困意渐生。

"卡门?"

有人叫她的名字了,她四处张望。刚才她真的睡着了吗?

她眯缝着眼。

"卡门,是你吗?"

她坐直身体。一个女人正站在第二排。卡门认出来了,她就是前一天晚上帮她指路的朱迪。

卡门不好意思地挥了挥手。

"我们几分钟后就会午休,"朱迪说,"不过如果你准备好了,我们可以面试你。"

朱迪的意思是他们准备面试她吗？朱迪肯定以为她是来试演的。她肯定会这么以为。是啊，卡门都坐在这里了，事实不是明摆着的吗？

卡门迷迷糊糊地走上舞台。她在朱迪身边停了一会儿，朱迪正和安德鲁·科尔坐在一起，她身边还有几个卡门不认识的人。

"我真的……我真的不是来试演的。"卡门的声音小得像蚊子哼，她真希望只有朱迪能听得见，要是其他人都听见了，那可丢人丢到家了，"我可以下次再来吗？"哼，下次，没有下次，她永远都不会来了。

"上去。"朱迪命令道。卡门估计她很可能是助理导演。

卡门走上舞台，她想自己的脑袋肯定是被门夹过了。站在舞台的灯光下，她恨不得找个地洞钻进去。她不知道该说什么，也不知道该念什么台词。"其实我是来找幕后工作的。"她木然地对考官说。后排有人在暗笑。

和朱迪坐在一起的人都不耐烦了，但朱迪却很有耐心。她走上舞台，递给卡门几页剧本："你就读潘狄塔的台词吧，没事的，我来读弗罗利泽的台词。"

"你确定？"卡门问道。她觉得自己愚不可及。别人都目的明确，不仅准备好了角色，连台词都背得滚瓜烂熟。可看看她自己，连台词都还是朱迪递给她的。

不过她读过这些台词。这是《冬天的故事》中的台词，她陪茱莉娅练过。看着手中的台词，卡门开始蠢蠢欲动，这些字句虽然很古老，但她觉得亲切，心里有说不出的喜欢。

朱迪开始念弗罗利泽的台词，然后轮到卡门了。

卡门清了清嗓子。

"殿下，
要是我责备您不该打扮得这么古怪，那就是失礼了——
唉！恕我，我已经说了出来！——您把您尊贵的自身，

永远的牛仔裤

全国瞻瞩的标记,
用田间男子的装束隐没起来;
我这低贱的女子,却装扮成女神的样子。"

她停下来抬头看了看。

"继续念。"朱迪命令道。

卡门继续念了下去。这个角色是她最喜欢的,所以念起来很有感觉。念完最后一页时,她又一次环视四周,她觉得自己的表演糟透了。

"我念完了,谢谢。"她对所有考官说道,虽然灯光很刺眼,但她还是眯缝着眼偷偷窥视了一下朱迪,"对不起。"

她如丧家之犬一般逃离了舞台,无声无息地从后门溜了出去。

迎着室外的阳光,卡门禁不住哈哈大笑,刚才发生的一切实在太荒谬了。

呃,这就是牛仔裤又一次的历险过程吧,卡门深情地想道。

在成长的道路上,有许许多多莫名其妙的反复。

蒂比十四岁才来例假,她是九月姐妹中来得最晚的一个。她当时想例假想疯了,迫不及待地想知道来例假是什么感觉。她买了一盒卫生护垫放在浴室的水池下面,以备不时之需。几个月过去了,这盒卫生护垫始终都没打开过。蒂比开始担心自己也许永远都不会来例假了,她觉得自己肯定不正常。她热切地盼望着,第一滴经血,快快来吧,来了她就可以加入朋友们的行列了。

然后例假终于来了。愿望满足了之后随之而来的却是心烦,一般来说,愿望满足的快乐总是小于心烦。如释重负只是暂时的、微不足道的和毫无意义的。怀疑和忧虑消失了,很久之后,你都无法忘记当时的痛苦。生活翻开了新的一页。蒂比以后每个月都会来例假了。

过了三个月之后,她开始讨厌例假,和所有人一样,她一看到血就反胃。而且她还有痛经。每次痛经袭来,她躺在床上蜷缩成一团,忍受几个小时的折磨。她吃止痛片,卫生护垫一旦沾了经血就变得恶心无比。她怎么会像盼星星盼月亮那样盼望例假呢?蒂比的衣服上沾染了血污,她不想让洛蕾塔看到,于是还得亲自洗干净。

现在,差不多事隔五年之后,她又开始盼望例假了。无论是在音像店还是宿舍,她都会时不时地盯着自己的小腹,看电视的时候她魂不守舍老想着例假。有痛经的感觉了吗?子宫有没有剧痛?有吗?有吗?哦,老天啊,快让我痛吧。

从星期五上班到星期六的早上,她都一直在想例假。去买食物和杂志时,走在第14大街上也在恍恍惚惚地想。走在去年走过的地方——和朋友安吉拉去过的理发店(那次她剪了一个奇丑无比的发型)、和电影系的同学去过的墨西哥餐厅(那里的玛格丽塔酒很便宜,而且几乎不需要出示身份证),她也在想例假。冗长的下午还有晚上她还是魂不守舍,电话响了半天她没听见,最后只能听爱她的人留的电话留言。

等熬过这段时间就好了,到时我再给所有人回电话。蒂比这样想着。

星期天上班时她垫了一块卫生护垫,以防例假会突然来袭。她感觉好像痛经了。

"蒂比·罗林斯,你去哪里?"

蒂比正准备穿过"喜剧片"走廊就被拦住了。她清了清嗓子:"呃,不去哪里。"

她不能说她又要去洗手间,她已经去了六次了,而且现在还没到中午。每次她都满怀期待地检查内裤,每次总会忧心忡忡地回到收银台。

"你去三号收银台好吗?"

"好的,没问题。"

今天还是没来,难道真的迟到了吗?这是不是就意味着?……她一下

子被吓得六神无主。也许上个月例假结束的时间不是在七号,也许是在八号。

这就是她的行事方式。她让自己着急,然后把自己吓得半死,最后又想方设法地劝慰自己。

一位顾客对她招手。

"什么?"她眨了眨眼,问道。

"你看过这部电影吗?"他问。蒂比估计这位顾客只有二十来岁,噢,老天,这人的香水喷得太多了,蒂比都快被熏晕了。

"看过。"蒂比简直不敢呼吸。

"和女朋友一起看这部电影应该很不错吧?"

蒂比根本不想翻白眼,可她还是不由自主地翻了一个白眼。

这男人愤愤不平地咕哝着走了。

蒂比望着他的背影,仍然魂不守舍地想她的例假。咦,刚才有痛经的感觉吗?或者只是因为肚子饿了?她又一次偷偷摸摸地跑到洗手间,但愿这次查理没有看见。

第二天,茉莉娅心神不宁地等待着复试名单。

"没事的,"卡门安慰她,"你是个好演员,我敢打包票,你一定会入选的。"

"但愿朱迪也这么想。"茉莉娅紧张不安,把粉红色的指甲塞进嘴里狠狠地咬。

"朱迪?"

"她是负责选角的。"

"真的吗?"

"当然啊,为什么这么问?难道你认识她?"

"不算认识,呃,不认识。"

实习生们坐在一起吃午饭，突然，有人说复试名单贴出来了。卡门此时正在排队给自己和茉莉娅买咖啡，看榜的人一拥而上，活像疯狂的英国球迷，她真怕自己会被踩死。

她看着像打了鸡血一般的人群，一个人悠然自得地喝咖啡。

等人群散去之后，卡门漫不经心地走到走廊看榜。为什么不看看呢？她最先看的是社区剧场的名单，如果自己当选，估计也只配进这个名单，接下来看的是分剧场名单。目光从 I 扫到 J 再扫到 K 和 L 时，她的心跳微微加快，最后再看到 M。她的名字不在这里。

没什么好奇怪的，她一边朝门外走去一边想到，走了很长的一段路才回到宿舍。卡门觉得自己有点丢脸，她怎么好意思看榜呢？她也配？

为什么会这么失落呢？说真的，她很想读懂自己的内心。

不，她才不失落，她现在高兴得很。她减肥大见成效，现在还能穿得上魔法牛仔裤，而且无比服帖。虽然小路上空无一人，但她仍觉得朋友们都在身边。

噢，蒂比！

为什么要躲着老朋友呢？

我给你寄了一张电话卡，求你给我回电话吧。

包裹里还有牛仔裤。

爱你的某村姑卡门

星期一布丽奇特回停尸间工作了，彼得却不在这里。她等到了中午，然后假装漫不经心地问室友卡洛琳怎么没来。"我估计他去了房屋挖掘区。"

"哦。"布丽奇特漫不经心地说道。

星期二上课的时候他没来讲课，星期三晚上吃饭时也没见到他。

永远的牛仔裤

"许多人都喜欢到镇上吃晚饭。"玛克辛告诉她。

镇子离这里有大约三十五分钟的路程,布丽奇特从来没去过那里,不过突然之间,她对镇子产生了莫大的兴趣。

第二天,爱丽森对停尸间的团队说房屋挖掘区那边取得了巨大的进展,有没有人自愿去那边帮忙?布丽奇特举起了手。

"我们找到了一块新的地基和一块新的地面。"午饭后彼得神采飞扬地对新团队介绍道。

他看到她是不是很惊讶?就算惊讶又如何?

"我们已经把一小块地面清理完了,剩下还有很多工作。这是一块夯土地面,是由……泥土构成的。一般人看来,好像和其他的地面没什么区别,你们知道我的意思吧?"

布丽奇特拿着铲刀跪在地上,夯土地面埋得很深,阴影长长的。团队的其他人都在她前面小心翼翼地把泥土层一点一点地挖起来。布丽奇特跪在被其他人用铲刀刨过的地方,这里不到一英尺,泥土都被刨松了。

她用手把土一捧一捧地倒到离她最近的垃圾桶中。彼得告诉过她如何找夯土地面,可布丽奇特还是觉得徒手找比较方便。她不喜欢用铲刀挖,那样会破坏地面的完整性。

她用两只手掌捧土,满手都是土。是的,它们全都是土,不过其中有一部分属于古代建筑,另一部分现在则被他们不经意地扔进垃圾桶了。即使再过两三千年,她还是能感觉得到这两者之间的区别。

这就是挖掘的意义,她现在开始慢慢明白了。考古学者带着掠夺的本能来到这里四处挖掘,找到了一些有价值的宝贝,然后把它们上交到博物馆。从这点来说,考古学者有点像印第安纳·琼斯。不过挖掘的真正目的是寻找人类意志的影响力。古人的计划、愿望和心血正是连接古今之间的桥梁。从这点上来说,古人毫无计划随意丢弃的一大堆旧物(连头皮屑都包括在内)和眼下这片珍贵的地面是有着本质的区别的。

彼得曾经对她说，这就是从墓地中学到的心得。看古人如何埋葬、纪念逝者的方式很有意思，这比研究随意抛在路边的古尸更能让你深思。

"我们不喜欢毫无计划的东西。"一次彼得发表完动员讲话后布丽奇特这样和彼得打趣。

"是啊，我们不喜欢，难道不是吗？"他一边不停地忙工作一边大笑。

这里的地面可不是毫无计划的。她闭上眼睛，用心感受手中的尘土，几乎达到了浑然忘我的境界。她知道自己的样子很可能有些傻气，但她一点儿也不在乎。她记得外公以前和她讲过米开朗基罗用大理石雕刻石像的故事。那是在很多年前的一个夏天，她去阿拉巴马州和外公外婆住在一起，当时外公给她读一本介绍艺术家的书。她记得外公说过米开朗基罗还没开始雕刻就能从大理石中看出人像的轮廓。他感觉得出来，然后就拿着凿子把石中的人像给释放出来了。

呃，布丽奇特胡思乱想着，同理可得，夯土地面也相当于人像，只是它更平淡无奇一些。也许她可以将地面从泥土中释放出来。

她的手指变得无比敏感，当指尖碰到坚硬似乎有特别形状的东西时，她几乎喊了出来，不过这不是地面。她小心翼翼地拂去泥土，对着一丝阳光细细地察看。

"快来看啊。"她大叫。

彼得跳了过来，卡洛琳和另外一个男生也赶紧跟过来。"哇哦，真漂亮。这是一盏灯，不过还差一小部分。看，上面有一些画呢。"

她用指尖抚摸着湿乎乎的陶器，灯是用模具浇铸而成的，表面很光滑。

"这是倒油的地方。很可能用的是橄榄油。"彼得指着顶部的一个小口说道，"油正好到这里的灯芯，"他赞许地望着布丽奇特点了点头，"我敢打赌，你肯定找不到另外的一小部分。"

布丽奇特是全营闻名的"傻大胆"，她最喜欢的就是挑战了。彼得存心激她。

"我找到了。"不到一分钟布丽奇特大声宣布。

彼得又跳了过来,满脸都是笑意。布丽奇特洋洋得意,如得胜回朝的将军。

"干得好,布布。"他举起手准备拍她的肩,但手缓缓地放了下去,没有拍在她的肩上,"你能不能拍张照片,然后把它交给玛克辛? 看到这盏完整的灯她肯定会很开心。"

请务必随身带一大壶威士忌,它可以治蛇咬伤,带着可以备不时之需。另外,还请随身带一条小蛇。

——W·C·菲尔兹

永远的牛仔裤

"《爱的徒劳》是一部好戏,"卡门说道,"你读那个谁的台词时,咦,那个女人叫什么名字?总之你读得很好。"

"她叫罗莎琳。"茱莉娅没好声好气地答道。

卡门本来是想给茱莉娅打气来着,茱莉娅得到了社区剧场的复试机会。在卡门看来,在社区剧场演戏是最没劲的,但这却是茱莉娅仅有的机会,主剧场和分剧场她都没戏。

"罗莎琳,对。这部戏比《理查德三世》有意思多了。"

《理查德三世》是分剧场那边的大戏。这里等级森严,得到分剧场复试机会的实习生们个个都趾高气扬,不可一世。相比之下,只能去社区剧场复试的实习生们则个个灰头土脸,面上无光。卡门已经能看得出他们之间的区别。

"是啊,不过社区剧场那边是不卖票的。就像是免费性质的,还是在室外表演,看起来假得恶心。"

"怎么能这样说呢?场景还是很真实的。安德鲁说过这部戏是迄今为止阵容最强大的一部戏。"

"那是因为免费,"茱莉娅说道,"谁都可以去看。"

"不管怎么说这是件好事,至少你可以去复试。"卡门说道。她甚至不知道自己为什么这么说。她本来不打算告诉茱莉娅自己曾不自量力去试演过,不过此时此刻她却想以贬低自己来讨好茱莉娅。

"只要是个人,都可以去复试。"茱莉娅说。

"不对。"

"你什么意思?梅兰妮·皮尔说每个去试演的人都有复试的机会。"

"但事无绝对。"

"你怎么知道。"茱莉娅现在坐直了身体。

"我没有得到复试的机会。"卡门说道,奇怪的是,她反倒有点得意洋洋的感觉。

茱莉娅像看怪物似的盯着卡门:"你去试演了?"

"是的。"

"你开玩笑?"

"我的确是试着玩的,不过我没骗你。我的确是去试演了。"

"真的?为什么?"

"我也不知道是为什么,也许是大脑进水了吧。"

"你念的谁的台词?"

"潘狄塔。"

"噢,不!"

"是真的。"

茱莉娅拼命忍住笑,摆出一副同情的模样:"你没有得到复试机会?"

"当然没有。"

"噢,我真佩服你的勇气。"

"是啊,勇敢且愚蠢。"

茱莉娅拍了拍卡门的肩,笑得前仰后合。她的心情现在似乎好多了。

莉娜不知道自己有多牵挂利奥,总之她无时无刻不希望去上绘画班,不上课的每一个小时都无比难挨。

"嗨,莉娜。"星期四下课莉娜正在收拾东西时,利奥叫住了她。幸好他叫住了她,莉娜暗自庆幸。下次上课是星期一,她会有三天看不到利奥,真不知道该如何苦熬过去。

"嗨。"莉娜招呼道。利奥居然还记得她的名字,莉娜不禁有些飘飘然,虽然这有点可笑。

"你好吗?"他问。

"很好。"她满脸堆笑,眼中溢满柔情蜜意。"你好吗?"她温柔地问。

"还行。"

开场白不要这么老套好不好?她命令自己。

莉娜今天没有把头发扎起来,一头长发如瀑布般披散下来。今天她还涂了睫毛膏,一连四天都是如此。虽然没有惊艳之感,但至少还是挺养眼的。

"我星期一总是不在状态。"利奥说道。他心不在焉地把头发往上推,尽力让头发竖得高一点。

"什么意思?"

"我指的是画画不在状态,我现在正在想这事。很多次本来星期四画得好好的,到了星期一就打回原形。你明白吗?"

她点点头。哦,她怎么会明白。她不明白利奥说这话是什么意思,但她怀疑利奥也和自己一样别有用心。

"我想知道诺拉周末能不能加班。也许先得去问问罗伯特。"他又一次不耐烦地把头发往上推,"这个周末你想和我一起画诺拉吗?"

莉娜受宠若惊,简直听傻了。"呃。"

她得好好想想。这意味着她得给诺拉支付大约一小时八至九美元。钱从哪里来?她根本没钱。她每天晚上都只吃碗装方便面,这还是用父母的会员卡在好市多超市特价买的,而且为了省钱,她买的是二十四碗装的一整箱,爸爸给她的钱差不多也只够买方便面。夏初的时候,妈妈也只偷偷给她塞了八十美元。她就靠着这么一点钱,差不多维持了三个星期。

可现在她怎么能说"不"呢?绝不能。她宁愿典当手表,偷妈妈的钻石,找艾菲借钱,也不愿意说一个"不"字。哦,老天啊。

她艰难地吞咽了一下。"当然,我们周末一起画吧。"她含糊地说道。

"你是卡门·洛威尔吗?"

卡门正坐在食堂的餐桌旁,她抬头看见一个男生正眼巴巴地盯着自己,她又不认识这人,真是莫名其妙。

她懒得搭理这人。一年以前,如果有男孩这样盯着自己,她可能会以为这男孩倾慕自己,可现在她早已习惯了做隐形的卡门,这样的目光只会让她心烦。突然她紧张不安起来,也许是她不小心把宿舍的水龙头都打开了,或者是做了别的什么错事,不然别人怎么会找上来呢?

"是的,她就是卡门·洛威尔。"茱莉娅帮腔道,她不耐烦地看着他们两人。

"噢,卡门,祝贺你。坐在那边的索菲娅猜你就是卡门,但我怎么也不敢相信你真的去试演了。"

卡门听得一头雾水。她本该说些什么,但她却只能傻呆呆地张大嘴,活像一条上钩的鱼。

"祝贺什么?"茱莉娅问。

"复试。"他说。

茱莉娅放下叉子,爱怜地望了卡门一眼:"她没有得到复试机会。"

"你真的入选了,我非常肯定。"为什么这男孩和卡门搭腔毫不理会茱莉娅?他难道不知道和他说话的是茱莉娅吗?卡门越发想不通,"难道你没看复试名单吗?"

"卡门看过了。"茱莉娅凶巴巴地顶了回去。

"也许你应该再看一遍。"男孩不理会茱莉娅,仍然只和卡门说话。

"这人估计是脑子进水了。"男孩走了之后茱莉娅咕哝道,她开始继续吃沙拉喝可乐。

卡门站起身来。一个诡异的念头从她心中冉冉升起,她得想办法摆脱它,不然真的会被吓晕。

"你说你看过,不是吗?"茱莉娅问她。

"是的,也许我应该再去看看。"卡门顾不上吃完盘中的食物,她直接端起托盘。

茱莉娅也站了起来:"我陪你去,我吃完了。"

她们一起向主剧场走去,一路上茱莉娅都在不停地说,卡门听得心烦意乱。

"那家伙很可能看的是幕后人员名单,他弄混了。"茱莉娅说。

"是啊,很可能是这样。"

当卡门推开门进入大厅时,她突然想起那天她的确看过名单,不过只看了两张名单。当时她根本没想去看第三张名单,因为第三张可能是贴到别的什么地方去了,她也懒得找。她以为自己肯定没戏,所以刻意去找显得挺丢人的。

她和茱莉娅一言不发地走到名单前,双眼如激光般扫来扫去。的确,上面没有卡门的名字。

"还有一张。"卡门小声说道。她转身朝出口的另一端走去,那里有一张小小的名单。

"那是主剧场的名单。"茱莉娅说道。

即便如此,卡门还是义无反顾地走了过去。名单上有七个人,卡门名列其中。

至:Carmabelle@hsp.xx.com

自:Beezy3@gomail.net

主题:泥土＋我＝爱

卡门:

我有新爱人了。千万别告诉赫克托哦。

我的新爱人是泥地面。我爱死它了,我从此会一心一意。

我是它忠实的仆人。

我要嫁给它,我还准备和它生一堆泥孩子。

不过不要吃醋,卡门。我还是很爱你们的,虽然你们身上没有泥,身体也没它那么平。你知道的,这是两种不同的爱。

爱你的布布·维尔兰·泥地面夫人

最初的震惊渐渐退去后,茱莉娅终于能够开口说话了。

"真难以置信,卡门,真的是你。"她说。

卡门在剧场上到底是怎么表演的?她和朱迪说了些什么?茱莉娅想知道每一个细节。她还想让卡门再重新模仿一遍试演的整个过程,每一个字都不能放过。她怎么会表演呢?茱莉娅百思不得其解。

可是,就在电光火石之间,茱莉娅突然又不想再过问这事了。她说她累了,才不到五秒钟的工夫,她就蒙头大睡起来。

卡门盖上毯子蜷缩成一团,她怀疑这是朱迪跟她开的玩笑。她到底想怎么样?

明晚就是真正的试演了,现在她真的要准备吗?该如何准备?她一无所知。

准备又有什么意义?她根本就不是演员,一看到舞台的灯光就有如芒刺在身。她根本得不到那个角色。

上次试演糟透了,这充分证明了她不属于舞台,就算朱迪不这么认为

也无法改变这铁一般的事实。

第二天她一大早就起来了。大约九点的时候,她来到了朱迪的办公室,然后找到了朱迪。

"我想你肯定是弄错了。"她紧张不安地在朱迪的办公桌前转来转去。

朱迪摘下眼镜:"什么错了?"

"你不应该把我放在《冬天的故事》的复试名单中。"

朱迪不解地瞪着她:"我没弄错。"

"我想肯定是错了。"

"卡门,我俩到底谁是选角导演?"朱迪并不生气,但她的眉毛倒竖起来,颇有威胁的意味。

"我知道你是导演,可我觉得我不适合。"

"你甚至都不知道你要扮演哪个角色!"

"呃,的确如此,但我觉得我扮演哪个角色都不合适。"

"这是我的工作,你别管行不行?"朱迪的脸微微露出怒色。

"朱迪,说真的,我还不知道该怎么准备试演。我老记不住台词。我肯定不行的。我看这里有很多人都比我专业多了。比如说我的朋友茱莉娅·惠曼,她就是个好演员。我听过她念潘狄塔的台词,她念得比我好多了。她可以记住全部的台词。"卡门辩解道,话音刚落,她便觉得自己傻得无可救药。

"卡门,我无意冒犯你的朋友茱莉娅,不过这姑娘我一天能见到二十次。"

卡门没听明白,这怎么可能?随后她才明白朱迪只不过在用夸张的修辞手法而已。

"她举止优雅,颇有进取心,表演起来也很镇定自若,可她不是我要找的类型。我听过她念潘狄塔的台词,当时我还以为这牧羊女把自己当成公主了呢。我要的是把自己当牧羊女的牧羊女。"

卡门没完全听明白,但她不想再争辩下去了。

"我想找一个谦逊的姑娘,你明白吗?一个脆弱、不太自信的姑娘。"

卡门点点头,她第一次发现朱迪原来不是完全心血来潮。

卡门一回宿舍便迫不及待地给妈妈打电话。

"卡门!祝贺你!这真是太好了!"

"妈妈,这没什么好的。我都被吓得半死了。我觉得我肯定不行。我不知道该怎么演。"卡门一和妈妈说话就满腹牢骚,"你知道我不是演员!"

妈妈沉默了半晌:"呃,宝贝,你天生就属于舞台。"

"妈妈!"

为什么每个人都这样说呢?

从来没有一个周末过得如此缓慢。莉娜记得有一条格言说过,人可以根据自己在周日晚上的心情来选择职业。呃,如果你痛恨周五的晚上,那又该如何选择呢?

她热切盼望星期一的绘画课。当第一堂课下课时,利奥走到她的画架旁,她心花怒放。

"罗伯特说不行。"他失望地说。

"为什么?"莉娜问道。

"我们不能用画室。他说是因为一些安全问题,而且还必须保证大楼里有一名保安。我也不太清楚。他还说我们不能私下雇佣诺拉。"

"真的?"

利奥摇头不语。

"真见鬼。"莉娜说道,不过她还是挺高兴的,看来利奥似乎把她当朋友了,她已心满意足。

"是啊,够倒霉的。"

永远的牛仔裤

嗯,看来她不用偷妈妈的钻石了,可是下个周末她该怎么熬呢?

计时器突然咆哮起来,他俩匆匆各自归位继续画画。放学的时候,莉娜故意慢吞吞地收拾东西。当利奥走到她身边时,她的心狂跳起来。

"我并不是非得画诺拉不可,"他们并肩走出大厅步入阳光明媚的室外,这时他说道,"我的意思是,能画当然很好。不过我只是想天天练手而已,我们一天都不应该落下。如果周末不画,星期一我总觉得无法进入状态。"

"我懂你的意思。"莉娜慢条斯理地说道。

利奥的步伐快如疾风,莉娜几乎得一路小跑才跟得上他。

"我可以画静物,"他说,"但这个夏天我画的是人像。你知道,画人像更有挑战性,这和目不转睛地盯着几只梨子完全是两码事。"

"是啊。"

他突然站定:"要不要喝杯咖啡?"

"好的。"她说。

他带着她拐过街角。"这里的冰咖啡很好喝。"

"那太好了。"她附和道,利奥脸上的雀斑都长得这么帅。

他点了两杯:"你有时间坐一会儿吗?"

何止一会儿?一个小时都没问题!莉娜恨不得大声说出来。七个小时如何?她禁不住笑自己傻气。

"有时间。"她只是简单地吐出这三个字。

两人一起坐下。

"我有很多时间。"莉娜无比真诚地说道。

"真的?"

"是的。这个夏天我闲得很,有一大把的时间。"噢,她到底是怎么搞的?心口不一的时候说的话闷得可以一砸一个坑,等到心口合一了怎么又显得这么丢人呢?她什么时候才能把握好一个"度"字?

利奥望着她。他觉得她可怜吗？无事可做的人毫无魅力可言。

"我的意思是，我虽然得画画，"她急不择言，"我每个星期还得在图书馆打八小时的工。不过这个夏天我的朋友都不在这里，所以……"

"我明白。"

"嗯。"

他把冰咖啡中的冰块摇晃了一下，满脸都是同情之色："我马上得走了。你明天晚上有空吗？"

莉娜的脸"腾"地一下泛起一阵红晕。她觉得自己愚不可及。怜悯不是爱情。"呃，谢谢你问我，不过——"

"不过什么？我们一起吃顿饭吧，反正你又没有其他的计划。"

莉娜嫣然一笑："好吧。"

"这样就对了。给你。"他在背包中摸出笔和纸，然后在上面写了地址，"七点左右怎么样？"

"好的。"她无力地说道。

望着利奥走出咖啡馆，莉娜绷紧的神经渐渐放松。利奥请她吃饭，她和利奥有一个约会。

她半是欣喜半是忧伤，她知道这根本算不上是一个约会，利奥不过是同情她罢了。

不做毫无希望的事是有判断力的表现。

——亨利·戴维·梭罗

星期一，魔法牛仔裤到了，可蒂比的例假仍然迟迟未到。她盼了这么久的例假也许真的不会来了。

她决定改变战略，挑战命运。她穿了一条轻薄的蕾丝内裤，然后再套上魔法牛仔裤。蒂比准备就这样去报名参加暑期班。

她在电影大厦主楼的大厅里心不在焉地填表看宣传手册，同时满脑子一个劲地劝自己不要再想例假，不要再想了。

自从第一次穿魔法牛仔裤以来，她就一直担心哪天穿牛仔裤的时候来例假了。这条裤子是不能洗的。这条规则最重要，而且也最无聊。蒂比老是害怕经血弄脏了这条裤子，如果把沾染了经血的牛仔裤寄给下一个九月姐妹，那真是太恶心了。也许她可以偷偷洗干净，只要不被其他人发现就好。

自第一个夏天开始，只要穿魔法牛仔裤，她都会在里面穿最厚最不透气的内裤，而且还不忘贴一片护垫，不然发生人间惨剧可就后悔莫及了。有一次她无意中得知其他的九月姐妹也是这样做的。从这点来说，这可是基本的礼数，绝不能马虎。

但今天例外。今天她得大赌一把，不惜付出任何代价。下午等她大步

牛仔裤的夏天

114

永远的牛仔裤

迈进宿舍时,万万没有想到的事发生了。

"蒂比?"

她连连后退,直到最后抵在门上,全身的血一下子涌了上来,几乎站立不稳。这不是布莱恩第一次出现在她的宿舍中,但她从来没有像这样被吓得魂飞魄散过。

"对不起。"他发现蒂比被吓到后连连道歉。以前他总是坐在床上,可今天他只是傻傻地站着。他张开双臂准备拥抱蒂比,蒂比闪身躲开。

"今天我没心情。"她说道。

"你一直不回我电话,我怕你有事。"

"我没事。"

"真的?"他有很多话要对她说,蒂比看得出来。但她尽力控制住自己,唯恐放松一丝一毫。

"你今晚不上班吗?"她不解地问。

"我换班了。"

"那明天早上呢?"

"我等会就回去。"布莱恩答道。

"你今晚就回去?"

布莱恩点点头:"我只是想看看你。"

蒂比终于松了一口气。今晚他不在这里过夜。

"好的。"

他的头发乱蓬蓬的,似乎很久没洗过澡。

"我知道你很担心,我也担心。我只是希望我能——"

"你不能怎么样。"她毫不客气地抢白道,低头望着地板,"你是男人,我是女人,所以你总可以置身事外。"

布莱恩听到这话显然很受伤:"我没有置身事外。"

布莱恩的眼中满是痛楚,她知道自己的话杀伤力太大。她还是一门心思地想着牛仔裤和例假。伤害他又如何？只要能来一滴经血，还有什么是不能牺牲的？

"我知道你没有置身事外。"她知道自己太过分了。

"我真希望我能做什么。"

蒂比只希望他离开，这就是他能给她最大的帮助了。她只想一个人静静地等待例假。"如果我需要帮忙，我会告诉你的。"她打开房门站在一边，只等布莱恩离开。

"真的吗？"

"嗯。"

"你发誓？"

"嗯。"

"蒂比？"

"嗯。"

他似乎要哭出来了。他有千言万语要和蒂比说。

蒂比只想说，我们本不该做那事。那晚本来就是个错误。你为什么那么强烈地想要呢？你凭什么说会没事？

她知道应该和布莱恩说这些事，可这次她仍然缄默不语，独自承担所有的痛苦。

"什么？"蒂比不耐烦地问道，虽然她明明知道布莱恩想说什么。

布莱恩又看了她一眼，然后转身离开。

她觉得自己太无情了。是的，她本来就很无情。这一刻，她恨自己多过恨布莱恩。

布莱恩朝电梯走去。他大老远地跑来，可现在呢？又得灰溜溜地赶回去。只有布莱恩才受得了这种羞辱。

以往看着布莱恩离去的背影，蒂比总是感动不已。他信任蒂比和自己的感情，无论别人怎么想，他永远都可以招之即来，挥之即去。蒂比总是能

够理解布莱恩对自己毫无保留的信任,她最欣赏这一点。

可今晚她却丝毫不为所动。她关上门疑惑不已,这个半疯的男孩坐十二小时车只为了看自己十分钟,他到底有什么不可告人的目的?

茱莉娅练习法国公主的台词,卡门则局促不安地练习潘狄塔的台词。

"潘狄塔是国王丢弃的女儿,你知道吗?"在复试的前夜,卡门放下手中的书抬起头来找茱莉娅搭话。房间里死一般的沉寂,她只是想打破沉默放松一下。

"是的,我知道。"茱莉娅没好气地答道。

卡门尽量隐忍着不难过:"要不要我陪你练?我可以念俾隆或国王的台词。"

"不,谢谢。"

过了一会儿,茱莉娅似乎良心发现。"要不要我陪你念台词?"茱莉娅建议道。

"唔,当然,你真好。你念波力克希尼斯的台词好吗?"

"好的。"

"好,那我从她和波力克希尼斯的对话开始。"卡门知道她应该背台词,可还是忍不住瞥了剧本一眼,"呃,先生,欢迎……"

"继续。"

"先生,欢迎!/是我父亲的意思要我担任/今天女主人的任务——"

"不对,"茱莉娅打断她,"是'职务',不是'任务'。而且不要说'我父亲',这样太俗了,你应该说'家父'。"

"好的。"卡门说道。她开始练第二遍。

她刚念了三句茱莉娅就粗暴地打断她:"卡门,你以前有没有读过莎士比亚的戏剧?"

"没读过很多,也没大声读过。为什么这么问?"

"因为你停顿的地方全错了,毫无韵律节奏可言。"

"噢。"她们是亲密无间的朋友,茱莉娅虽然刻薄,但卡门还是觉得茱莉娅是为了她好。

"不是我不想教你怎么念,"茱莉娅说道,"可我也要准备我的复试,我还有许多事要做。"

"好吧。"卡门说。她被伤得体无完肤,眼中噙满了泪水。

茱莉娅合上书,完全无视卡门的痛楚。

卡门继续看剧本。

"听着,卡门,我没有冒犯之意,可是,你真的有必要练下去吗?你根本不是那块料,你知道吗?这需要很多精力的,而且你得到这个角色的机会微乎其微。我觉得你应该放弃算了。如果我是你,我很可能早就不练了。"

此时,卡门的哭意顿消。"我早就试过放弃,"她的声音小得像蚊子哼,"我去找过朱迪,我说她肯定是弄错了。"

"真的吗?"茱莉娅大声质问道,"她怎么说?"

"她说没有。"

茱莉娅漂亮的脸蛋刹那间因妒忌和怀疑而变得扭曲狰狞。卡门只得凭记忆来回忆茱莉娅的美,她怎么会和这种人做朋友?

"没有什么?"

"她说她没有弄错。"

"呃,不过怎么说呢,你应该比她更了解自己。"

卡门默然地点点头。她倒在床上,面朝着墙壁。她到底是怎么了?茱莉娅仿佛对她施了魔法一般,她现在脆弱得只想大哭一场。那个火爆性子的卡门到哪里去了?那个会为自己据理力争的卡门现在在哪里?

再忆起那个卡门,简直恍若隔世。那个卡门不是这个卡门。那个卡门早已渐行渐远,把这个脆弱自卑、毫无魅力可言的卡门扔在了原地。

也许你得强大起来,为自己据理力争。你需要感受到爱,和信任的人

永远的牛仔裤

在一起、和爱自己的人在一起，找回那个会任性会耍脾气的卡门。

她真希望能一觉睡过去，最好能错过复试，忘记这所有的一切。也许茱莉娅并不是真的想羞辱她，也许她只是实话实说而已，实话总是很难入耳的。卡门的确不知道该如何读莎士比亚的戏剧。毫无疑问，她的节奏肯定是错的。

她真希望能一觉睡过去，但她睡不着。茱莉娅早已关了灯，卡门躺在床上还是心痛得无法入睡。她感到绝望，就算穿着牛仔裤，她也依然找不到一丝快乐。

然后，她想到了一点点寻找快乐的方法。她悄无声息地从枕头下拿出剧本，再悄无声息地走出宿舍步入走廊。

她在门外找了一处灯光明亮的地方坐下，带着一丝不服输的倔强，开始认认真真地研究台词。

她把剧本全部都读完了——不仅仅是潘狄塔的台词，而是全部的台词。接下来，她把剧本又读了一遍。在黎明到来之前，她开始重读潘狄塔的台词，每读一遍就对人物的理解更加深一层。她没有背台词，也懒得理会茱莉娅说的节奏韵律。她只是试着理解潘狄塔。

卡门不知道该怎么做一个演员，但突然之间，她觉得自己没必要知道。她只需要知道该如何扮演潘狄塔即可。潘狄塔的父母关系冷淡，父亲犯过错误但后来真心悔改，母亲受尽艰辛，隐姓埋名几十年，但始终能够保持一颗赤子之心。卡门要扮演的就是这样一个女孩，也许这个角色很适合她。

一天的时间足以使我们变得更强大。

——保罗·克利

永远的牛仔裤

　　莉娜精心打扮准备赴约,突然之间,她想起自己已有两天没有想念卡斯托斯了。曾经的她无时无刻不在想念卡斯托斯,所以和以前相比,两天简直就等于一辈子。她成功忘记卡斯托斯了吗?这算不算是忘记?也许还不算,至少现在还不算。

　　莉娜希望能打扮得漂亮一点,但不是赴约的那种漂亮。她不想打扮得太过精心,但她希望利奥能注意到她的美。或者能认为她很美。一想到此,她不禁莞尔。利奥,也许你还没正眼瞧过我,不过别人都对我惊为天人,知道吗?

　　利奥对她的漂亮脸蛋毫无兴趣,这固然是件好事,但莉娜还是希望能吸引他。她气质脱俗,清丽优雅。在大多数情况下,她的美只会为自己招来压力和烦恼——直勾勾的目光,没完没了的闲言碎语,有的人会认为她故作高贵,还有的人则认为她是个势利鬼。与其这样痛苦,还不如偶尔放开手脚肆无忌惮地打扮一次。

　　不知道为什么,她突然想起了自己最后一次精心打扮的场景。是的,那是在爷爷的葬礼上,她存心打扮给卡斯托斯看。

　　莉娜一下没心情打扮了。她颓然地把眼线笔扔在梳妆台上,然后无力地坐在床上，双手塞在腿下。那天的记忆太痛苦了，她永远都不想再想起。

她低头看着自己的脚，过了一会儿又抬头看了看窗外的建筑物。这不算忘记，她对自己说道。

等到起身时，她抹去脸上的妆容，把头发还原为原样，再穿回使她的脚显得像一双大船的平底鞋。她恢复了素面朝天的本色，就让一切顺其自然吧。

她按纸条上的地址一直向前走。利奥住在哪里？他有室友吗？这算是一次正儿八经的约会吗？或者只是利奥出于同情的善意之举？她不知道自己到底情愿是前者还是后者。

她转身走到利奥住的街上。她知道这条街，不过对这一带不熟。这里看起来很荒凉，似乎治安还不太好，不过有一些古老的高层建筑倒是极富浪漫气息。

她在 2020 号楼前停住了，然后按下 7B 键，蜂鸣器"哔哔"响了起来。莉娜打开铁门走进大楼，小心地把身后的门锁好。

她虽然猜到了上百种可能性，可站在门口的那一刹那还是被震得目瞪口呆。

"嗨，我是杰奎琳，你是莉娜？"

莉娜倒抽了一口凉气，畏畏缩缩地伸出手："我是莉娜，你好。"

杰奎琳是个高大的非裔女人，大约五十岁出头。她身穿一件溅满颜料的工装衬衣和一条橄榄绿工装裤，脚上踩着一双优雅的棕色凉拖。她的一头长发编成了许多小辫子，上面别了三只闪闪发光的发卡。她真美。

莉娜的目光越过杰奎琳，打量着这套公寓，大脑开始高速运转起来。这套阁楼大得惊人，一楼的地板距天花板至少有六米，旁边有一个阳台似乎可以通向二楼。阳台的扶手上挂满了硕大的挂毯和几条古色古香的地毯。

对莉娜来说，这个女人还有这套阁楼具有强大的视觉冲击力，她一时

不由得看傻了眼。原来利奥比自己想象的还要开放,显然,他的口味很重,也许熟女是他的最爱。

利奥从杰奎琳身后走了出来:"嘿,欢迎欢迎,快请进。"

她跟着他们穿过一楼,来到阳台下面的一间开放式厨房。餐桌已经布置好了,炉子上的锅里正煮着菜。空气中弥漫着辣椒和大蒜的味道。

"我希望你能够喜欢,呃,口味比较重的菜,"杰奎琳说道,"利奥每次做菜都喜欢放一大堆的大蒜。"

又是一个意外,莉娜又一次被震得目瞪口呆。她点点头,"我是希腊人。"她说道。

杰奎琳微微一笑。"这太好了。"她说。

厨房里一共有四个煤气炉,每个都没闲着,利奥从容不迫,应付自如。莉娜虽然生在厨师之家,但她连一个煤气炉都招呼不了。

"妈妈,帮我拿黄油好吗?"利奥叫道。

莉娜一下子听晕了,大脑中的点点滴滴开始呈旋涡状旋转开来。杰奎琳是他妈妈?

杰奎琳拿了黄油。显而易见,她正是利奥的妈妈。这里除了利奥之外,只有莉娜和杰奎琳。除了杰奎琳之外,还有谁是他妈妈?

莉娜的目光在杰奎琳和利奥身上扫来扫去,她看到了利奥古铜色的肌肤。呃,还是很靠谱的,利奥继承了他妈妈的美,他们的确很有母子相。

莉娜知道自己身为一名赴宴的客人,一声不吭是很没有礼貌的。"我可以帮忙吗?"她彬彬有礼地问道。

"我看菜快准备好了。"杰奎琳一边在碗橱里找东西一边答道,"利奥,可以开饭了吗?"

"再等几分钟,"他说,"嘿,莉娜,能不能帮我拿几只餐盘?我要装菜。"

莉娜一看有事可做便欣欣然。她拿了几只黄色的餐盘,小心翼翼地把它们摞在一起。"这些餐盘真精致。"她小声嘀咕道。

"这是我妈妈的。"利奥说。

难道他的意思是这些餐盘属于他妈妈？莉娜想了一会儿才明白并非如此。

"你的意思是……"

"这些餐盘是我妈妈做的。她的主要职业是陶艺师。"

"这是您做的？"莉娜傻乎乎地问杰奎琳，而此时的杰奎琳正在桌上摆玻璃杯。

"是的。要喝点什么？白开水、果汁还是红酒？"

"请给我白开水。"莉娜说道。她禁不住以一种近乎膜拜的眼神打量杰奎琳。她真是一位气质美女，看起来很年轻。她做的黄色餐盘美轮美奂。突然间，莉娜很想了解利奥的爸爸。他爸爸呢？桌上只有三只餐盘。

莉娜想起了自己的妈妈，她妈妈只会穿剪裁考究的米黄色衣服，手挎闪闪发光的公文包。

莉娜唯一没倾倒的感官只剩下味蕾了，尝了几口菜之后，终于她全军覆没，连味蕾都彻底臣服了。咖喱羊肉辣得够劲，还有一些让人胃口大开的蔬菜，甚至连米饭都美味至极，郑重如御用贡品。"太好吃了，"她一脸惊讶地对利奥说，"真不敢相信，这菜居然是你做的。"

他置之一笑，莉娜才意识到这样的赞美偏离了她的本意。"我的意思并不是说你看起来不像个会做菜的人，"她口不择言地加了一句，"我这样说是因为我做菜的水平太差了。"

为什么她总在利奥面前贬低自己呢？她到底是中了什么邪了？

"你很可能是没有多少机会练习。"利奥说道。

"说得对，我们家除了我之外，都是专业水平，所以我没必要做菜。"她想起了这段时间为了省钱天天吃方便面吃得要吐，"我爷爷奶奶是在希腊开餐馆的。"

话匣子就从这里"咔嗒"一声打开了。杰奎琳问了她家的情况以及她

永远的牛仔裤

父母是如何移民到美国来的。莉娜谈了一会儿,当她害羞不知道该说什么的时候,杰奎琳欣然救场,她讲了一个很有趣的故事。她以前曾和前男友一起去希腊,可他们两人却在雅典卫城附近的一个集市走散了,自那之后,两人便再也没有相遇。

聊到后来,莉娜终于知道了利奥的父亲的情况。他是一名来自俄亥俄州的商人,只是早已不属于这个家,利奥差不多是杰奎琳一个人带大的。

"妈妈靠卖瓷器和挂毯把我养大。"利奥自豪地说道。

莉娜兴致勃勃地欣赏了挂毯和墙上、架子上装饰的其他手工艺品,每一件都那么精致。这个家到处都是利奥和杰奎琳的杰作——油画、陶罐、雕塑、素描画,所有的一切给莉娜留下了难以磨灭的印象。

她想起了家里空洞的米黄色墙面,还有随处可见的金属和大理石表面,简约而冰冷。父母生于浪漫奔放的国度,长于古老的家庭,那里陈设随处可见,极富家庭气息。可现在他们却只迷恋美国式的时髦。

你长大了,莉娜对自己说道(她希望父母也能听到),你可以离开家,看看别人的生活方式。

莉娜环视四周,满怀渴望之情,深深沉醉于其中。她希望能有这样的一个家。

天色已晚,布丽奇特仍然趴在地上,现在她还不想休息,又清理了几平方米的地方。她清理得上瘾了,连晚饭也顾不上吃。她可以借着月光清理,她也可以在黑暗中清理。一连三个晚上,她在梦里都清理。她只是迷恋用手一寸一寸寻找地面的感觉。她觉得自己肯定能找得到地面。

今晚有些不同,因为彼得正跪在几米之外的地方陪她一起清理。他虽然还没学会像布丽奇特那样寻找地面,但他已把铲刀扔到一边,和布丽奇特一样用手清理了。布丽奇特看在眼里,不免有一丝得意。她的动作比彼得麻利娴熟,每清理一个小时,她的把握就增加一分。

"你可以走了,"她说道,"说真的,我没事。我知道我是个工作狂,我也拿自己没办法。但我发誓绝不会毁掉这里的任何一件东西。"

"我知道你不会,"彼得急于为自己辩解,"我待在这里不是为了监督你。"

布丽奇特粲然一笑:"嗯,很好。"

他的眼神很专注,和布丽奇特用手摸索地面时的神情一模一样。"我的意思是,"他举起脏兮兮的手,"干这活太容易上瘾了。"

"大概是吧。"

"比吃开心果还容易让人上瘾。"

"是啊。"

他离开了一会儿,片刻之后,便拎了一盏照明灯过来挂在发电机上,接着又跳回到布丽奇特身边。

"嘿,看。"她拿起一片陶器,"又是另外一片。"他们已挖掘了一大堆的陶器。天色越来越暗,他们已没时间给这些陶器编号。

"应该是圣餐杯的一部分。"他说。

"应该是的。"

"丫头,我们也许可以找到所有的部分。"他掩饰不住脸上的兴奋。这就是他疯狂工作的动力,布丽奇特完全理解他的激动。

"是啊,完全有可能。"她打趣道。

彼得又离开了一会儿,回来的时候他带了几片皮塔饼、一大块巧克力和半瓶红酒。他殷勤地把这些食物递给布丽奇特。

填饱肚子后,他们又默默地工作了很长时间。山那边不时有欢声笑语传过来,布丽奇特知道那边在举行夜间派对。

"又找到一块破片,"他说道,"是灯上面的。"

"难听死了,"她打断他,"是'碎片'!不许说'破片'。"在所有的考古学术语中,最让布丽奇特抓狂的就是"破片"这个词。

他投以挑衅的一瞥:"破片。"

"不许说!"

"破片。"

"我讨厌这个词。"

"破片。"

"彼得!闭嘴!"

"破片。"

她冲过去狠狠地推了他一把。他吓了一大跳,整个人失去重心,重重地倒在泥土中。

虽然她觉得自己太过野蛮,但还是忍不住笑得前仰后合,怎么也控制不住。她跪着走到他身边,她想说"对不起",可这三个字却怎么也说不出来。

彼得也扑过来报仇雪恨,凶神恶煞似的把布丽奇特推倒。布丽奇特仰天摔在地上,笑得几乎快透不过气来。两人一起借着酒劲和傻气倒在泥土中。

彼得笑够了之后坐了起来,他伸出手。"休战好吗?"他把布丽奇特拉了起来。

布丽奇特跪在地上,彼得的手仍然牵着她粘满泥污的手,他把那只手拉向自己的胸口。

她本来也想说"休战",可刚一准备开口,又忍不住爆笑起来。

"破片。"彼得吐出这两个字。

试演完后,卡门端着餐盘坐到茱莉娅身边。"复试得怎么样?"茱莉娅问她。从茱莉娅的表情来看,卡门知道她应该说茱莉娅希望听到的答案。

糟透了,我的脸都快丢光了。这就是卡门应该说的答案。

她大可以顺着茱莉娅的意思这样说,如果这样说,她们两人都会哈哈一笑,然后又恢复到以前亲密无间的状态。

卡门放下餐盘。可茱莉娅明明是她的朋友啊,她为什么希望听到这样的答案呢?如果卡门有本事维护自己的利益,那为什么非要说这些违心的话呢?为什么茱莉娅非要她做个废物?为什么卡门硬要死乞白赖地迎合她?

"我不知道好不好,"卡门一字一顿,真诚地说道,"我真的说不上来。"

"朱迪和你说话了吗?"茱莉娅脸色一变,刹那间阴云密布,电闪雷鸣。

"她说'谢谢你,卡门'。"

"就这?"

"就这。"

她们之间的空气瞬时变得冰冷,卡门估计这顿饭就得在死一般的沉寂中度过了。可没想到的是,几分钟后,两个住在她们对面宿舍的姑娘走了过来。"嘿,卡门,听说你试演得很成功。"亚历山德拉说。

卡门不想掩饰她的惊讶之情:"真的?"

"是本杰明·波特告诉我的。他说你的表演很清新。"

卡门吃不准这姑娘的话是否发自内心:"谢谢,其实当时我紧张得手足无措。"

"紧张有时也是件好事。"另外一个叫雷切尔的姑娘说道。

"不管结果怎样,我真的希望你能通过,那该有多酷!"

卡门目送她们离开。突然之间,她真希望陪自己吃饭的人是亚历山德拉和雷切尔,而不是茱莉娅。

当她们离开餐厅时,卡门看见前桌旁有一堆实习生都在目不转睛地盯着她。其中一个她认识,好像叫杰克什么的,这个男孩向她挥手。"你会通过的,卡门!"他大声喊道。

卡门走出大门,脸"腾"地一下红了。她真后悔今天没戴耳环没化妆。胸口一股兴奋之情直涌上来——她该做回那个惹眼的卡门了,她有这个

永远的牛仔裤

责任。

  至:Tibberon@sbgnetworks.com
  自:Carmabelle@hsp.xx.com
  主题:给我回电,给我回电
  嘿,谜一般的女孩,给我回电话好吗?我有重大消息要宣布,不过我不会在这里告诉你。你得打电话给我,哈。
  别老像以前那样趁我不在偷偷摸摸地打过来留言了事。

爱你的卡门

  到了晚上十一点,莉娜快乐得有些飘飘然了。她吃撑着了。她知道自己恋爱了,如果不是爱上利奥,那肯定就是爱上了他的妈妈。
  "虽然我们不应该雇用诺拉,但我还是问了她给我们当模特的事。"利奥一边说,一边吃剩下的最后一点野草莓和奶油甜酥饼。
  "她怎么说?"莉娜把手肘支在餐桌上饶有兴趣地问道。
  "她说她会考虑,不过我可没抱乐观态度。"
  "我还是实话实说吧,"莉娜坦言相告,"我虽然很想画她,但我很可能付不起钱。除非我去偷妈妈的首饰换钱,我真的准备考虑去偷。"
  利奥不禁喷饭:"我们分摊也只用一小时八美元而已。"
  莉娜揉了揉太阳穴:"我知道,可我没钱。我上暑期班差不多都是用的自己的钱,而且你知道……"
  "学费差不多是天价,"杰奎琳接过话头,"你试过申请助学金吗?"
  "我没资格,"莉娜解释道,"我父母都是有钱人,但我爸爸不希望我……搞艺术。"莉娜一直羞于启齿,她觉得这太丢人了。但今晚提起这些她反倒有一丝自豪。
  "你应该申请奖学金,"利奥建议,"我就是这样的。"

"那你学费全免吗?"

"不仅学费全免,还有生活补贴可拿。我是黑人,申请奖学金更有利。"他说道,"不过我几乎有资格获得任何一种奖学金。"

那是当然,因为你是全校最优秀的美术学生,自然会申请到奖学金,申请不到才怪。莉娜在心里暗暗嘀咕道。"我没获得全额奖学金,只有部分奖学金,"她说,"我准备明年申请全额的,八月份我会准备相关资料。"

"你肯定会成功的,"利奥鼓励她,"我可以帮你准备资料,如果你需要的话。"

莉娜兴奋得满脸通红。"谢谢。"她以前画过几幅得意之作,但担心利奥看了会不屑一顾,她不知道该不该把那些画拿给利奥看,"不过我先得准备几幅画好的画,你知道吗?"

杰奎琳起身收拾茶杯:"知道我以前上艺术学校时是怎么做的吗?也许你们也可以这样。"

"怎么做的?"利奥一边问,一边把脚跷到桌子上,莉娜可以看到他脚上褪色的蓝色棉袜。

"那时我们互相为对方摆造型。画油画、人物素描等等时,都可以这样。免费的,而且很公平。我在上艺术学校的那几年画的大多数素描和油画都是画的朋友。"

"我和绘画班上的同学不熟。"莉娜实言以告。

杰奎琳指了指利奥:"你们就很熟,你们完全可以。"

利奥陷入了沉思,莉娜才刚刚开始明白杰奎琳的意思。她一下子紧张起来,"你的意思是,我为利奥摆造型,然后他为我摆造型?"利奥和杰奎琳的目光齐刷刷扫过来,似乎在说少见多怪,莉娜觉得自己的问题幼稚之极,她无话可说了。

利奥开始热情高涨:"也许我们可以计划一下。比如我星期六为你摆造型,你星期天为我摆造型。以后的几个周末我们都可以这样做。"

永远的牛仔裤

莉娜听傻了,嘴张得老大,怎么也合不拢,眼珠子瞪得有如牛眼那么大。她不停地告诉自己,要淡定,淡定。

"摆造型对学画画也有好处,我早听别人说过了。"利奥自顾自说着,莉娜只觉得他的声音嗡嗡嗡,仿佛从很远的地方传来似的,"我们可以设身处地体会模特的感觉,这可以增强我们和模特之间的互动。"

莉娜只剩连连点头的份。

"你知道的,等到夏末时,我们都可以画完一幅人物素描。"

莉娜孤立无援,千头万绪在脑海里如万马奔腾嘶吼。他要给她摆造型画人物素描?奶油甜酥饼太干,硬邦邦地顶着喉间。她也要给他摆造型?"我们还可以画油画。"她紧张不安,差点没被噎死。

"你也可以画油画,"利奥显然没明白莉娜的意思,"只要你喜欢。"

甜酥饼卡在喉间无法下咽,它就顶在那里,堵得莉娜无法呼吸。她知道要想成为一位人物素描家就不能拘谨古板,不然永远都成不了气候,可她仍然无法改变自己。

她又用力地吞咽了一下。也许爸爸是对的。

隆冬之际，我终于发现，原来心底里还有一个永不凋零的夏天。

——阿尔贝·加缪

永远的牛仔裤

次日清晨，卡门找出了一条红色的喇叭裤，自去年夏末开始，她就再也没穿过这条裤子了。去年夏天她和温一起去塔吉特百货买学习用品，那天穿的就是这条裤子。温在停车场深情吻她时，她还在头上系了一块头巾。

老天，再忆起那个卡门，恍如隔世。

她套上性感的黑色背心，戴上一对硕大的银耳环，然后在唇上涂了一层火红的唇膏，她知道这个颜色很配她。她取下头上平淡无奇的发夹，一头不羁的长发披散下来，充满了野性美。走出宿舍迎接明媚阳光的那一刹那，她觉得自己已经脱胎换骨了，但这个全新的卡门却似曾相识。

她向剧院大厅走去，一路上，她不停地对自己说，走慢一点，别激动，不要指望太多。她知道自己的名字出现在演员表上的可能性微乎其微。她能入围就已经算是天大的幸运了，复试的人一共有七个，另外六个都比她专业，个个都有备而来，不像她那样仓促上场狼狈不堪。

两天以前，她觉得朱迪肯定是弄错了，还跑到朱迪的办公室闹了一场笑话。可现在……现在怎么了？

现在她想要这个角色。为了准备复试，她牺牲了一整晚的睡眠时间练台词揣摩人物的心理,她不想让自己的一番心血付诸东流。

她走进剧院,心兀自在胸中怦怦直跳,力道强劲得无法形容,卡门几乎站立不稳。从某种程度上来说,不想要这个角色反而还好受些。

但渴望的感觉很美好,就算得不到角色,她还是很享受这种感觉。心中存着渴望才有点儿人样,卡门很高兴自己总算又有点儿人样了。

剧院大厅里站满了人,似乎七十五名实习生都倾巢出动挤在这里。虽然这里吵吵嚷嚷,如炸开了锅一般,但卡门却有一种奇怪的感觉——他们都在等她。

这种感觉太诡异了,卡门怀疑自己可能是想得发疯产生幻觉了,可眼前的情景却让她不得不相信。人群纷纷为她让路,一条通道徐徐展开,一直延伸到贴演员表的公告牌前。他们似乎在鼓励她继续往前走看演员表。卡门站在公告牌前,她看见了,其中一个角色和演员的名字似乎显得尤为粗壮惹眼,卡门已看不见其他的名字。

"**潘狄塔**",上面写道,旁边是演员的名字——"**卡门·洛威尔**"。

在利奥家吃完饭后,莉娜回到家差不多已是半夜。冲凉之后便已是凌晨,莉娜对自己说道,我没有答应。也许她已经默许,但她并没有明确答应。

如果现在反悔,利奥肯定会失望。

莉娜透过雾气蒸腾的镜子,凝视着自己赤裸的身体。这是一块小小的镜子,莉娜无法看到全身,不过这反倒是件好事。

她是个保守的女孩,这一点必须承认。她很矜持,甚至矜持过度了。她是个希腊人,父母都很传统守旧。她甚至羞于看自己的裸体。

她试着想象自己一丝不挂地站在利奥面前的情形,只消想一秒钟,脑中便"轰"的一声炸开了。她怎么做得出来?

她太害羞了。她真希望自己不要这么害羞。问题到底在哪里?她的身材曲线玲珑,骨肉均匀,正所谓多一分则胖,少一分则瘦。找遍全身上下,

也找不出一丝赘肉。体毛极淡,胸部大小也恰到好处。那问题到底在哪里?

她真希望自己能像布布那样没心没肺。布布在足球训练营的时候就能在员工更衣室大大咧咧地沐浴,就算旁边有几乎不认识的男孩她一样照洗不误。莉娜听到布布说到此时,她张大了嘴,久久合不拢,甚至都被吓得口吃了。布布懒得理会她,"这算得了什么?"布布说道。

她又想起了卡斯托斯,想起了在希腊的那个夏天和他在水池边相遇的情形。上天明明知道她害羞,却偏偏一连跟她开了几个玩笑,实在是太恶毒了。

至:Carmabelle@hsp.xx.com

自:Beezy3@gomail.net

主题:呀——!!!

卡门!看到你的信,我发了疯般地尖叫起来,吓得我的同事都要给我叫救护车了。

你太让我感到自豪了!

幕后人员成为大明星了!你真是荆钗布裙难掩国色,天生丽质难自弃啊!

爱你的布布

如果例假星期二不来,蒂比就准备买一根验孕棒。

如果星期三不来,她还准备再买一根验孕棒。

如果星期四不来。

如果星期五还不来。

星期六的早上,蒂比站在药店里。她像条眼镜蛇似的小心翼翼地看着药盒上的文字。验孕棒在柜台后面,一块有机玻璃挡住了她。你不能直接从货架上取下来,正面朝下放在收银台上。你得问售货员要。该怎么开口呢?蒂比纠结万分,痛苦不堪。我可以要嗯——?就是这里的啊——?盒子上写着那个的——?

如果说不出口,那又怎么能买到验孕棒?

离她最近的售货员是一个脸上留着超长鬓角的男人。不,绝不能问他,还是走人吧。

她抚摸着自己的小腹,手指充满柔情,和以前的感觉截然不同。

她走出药店,热辣辣的阳光砸下来,她不由得抬头看了一眼。天空中没有一丝云彩,阳光肆无忌惮。今天她不用上班,今天的天空纯净如蓝宝石,可她却紧张得无法呼吸,恐惧深入骨髓。无论到哪里,都摆脱不了恐惧,就算是蒙头大睡也无法排解。

双腿木然地走着,不知不觉,她来到了华盛顿广场公园。欢乐的人群聚在中央喷泉边。一个男人和一个女人坐在长凳上深情热吻。蒂比百感交集,也许其中有一种感觉是寂寞。

她想起了朋友们。忧伤一点一点涌上心头,缓缓浸入全身的每一寸肌肤。

噢,姑娘们,我做爱了!我不再是处女了!你们能相信吗?我真的做了!我和布莱恩做了!

但她不能这么说,一旦说出口她会更害怕。蒂比信奉"落下的第二只鞋"理论①,她一直在等待第二只鞋落下,不然就会一直惶恐不安。可这只鞋迟迟不落下,快乐变成了痛苦,爱变成了恨。

难道这不是报应吗?你生平第一次做爱,和心爱的男孩一起缠绵,然后安全套破了,最后,你死定了。

怀疑固然是绝好的防护屏障。当怀疑变成现实时,至少你可以获得判

---

①译者注:来源于一个故事:一个年轻人住在二楼,一个老头住在一楼。每天晚上年轻人回家,先上楼梯,响声如雷,然后开门关门,最后脱鞋,"咣当",第一只鞋,再"咣当",第二只鞋。楼下的老头好不烦恼,每天只能等第二只鞋落下之后才能安稳睡觉。在小说中,此处形容蒂比只有等例假来了,一颗悬着的心才能落下来。

永远的牛仔裤

断正确的快感。可今天,她不想获得这种快感。她不想正确,蒂比平生第一次希望她的怀疑是错的。

"请问几点了?"一个戴灯芯绒帽的年轻男人问她。

"我不知道。"蒂比冷漠地答道。她其实可以看看手机,但她就是懒得动。

她再也坐不下去了。她又走到药店。

难道非要买验孕棒吗?她不敢。难道非要验一下吗?也许在以后的九个月里,她可以装做若无其事,把这事给忘了。她怎么敢问售货员要呢?也许她会成为在课间上厕所时突然生孩子的女孩之一。

她向市中心走去。她穿过休斯敦大街,深入苏豪区腹地。这里到处都是购物的人。游客们蜂拥而至,他们本想体验国际大都市风情,不过他们能看到的除了人还是人。

她一直走到运河大街,在中国城里晃荡了片刻。她路过一座楼梯,爬上楼梯便是二楼的一家餐馆,她曾和布莱恩还有隔壁宿舍的两个姑娘一起在这里吃过一种黏糊糊的食物,虽然看起来恶心,但味道却是鲜美无比。那晚他们坐的餐桌就在落地窗边上,可以一边大快朵颐一边欣赏雪花飘落的美景。那晚的她容光焕发,兴高采烈,可现在的她却生不如死。蒂比又向北边走去,鬼使神差地又回到了药店附近。她在药店门口晃悠,可就是不敢进去买东西。不敢买也不敢走,只得绝望地徘徊。

蒂比第三次碰到了街边那个无家可归的女人。她从手袋里摸出一张五美元的钞票,面容浮肿的女乞丐彬彬有礼地接过钞票,蒂比不禁疑惑,这女人到底有过什么遭遇?她为什么会流落到如此田地?

蒂比低头继续走。很可能这女人的悲剧始于做少女妈妈吧。

彼得疯狂地爱上了污秽不堪的地面,他的迷恋之情绝不亚于布丽奇特。布丽奇特喜欢比自己更结实的男人,不过现在她却对和自己心灵契合的人更来电。

这是一个星期天。其他人都到海边嬉戏去了，只有布丽奇特和彼得留在挖掘现场，他们仍然在乐此不疲地挖掘地面。

"你们两个真是疯了。"爱丽森离开之前扔下这么一句。他们都连连点头，深以为然。

挖掘工作至少已经完成了三分之二。他们清理出了一间宽敞的、方方正正的房间，大致雏形已基本明朗，挖掘现场的每一个人都兴奋不已。他们找到了两只六世纪晚期、完整无缺的雅典壶，做工精致，美轮美奂。此外，他们还找到了许多碎片，至少可以拼成五只壶。这一发现甚至连主管都深感意外，找出的物品之多，房屋之华丽，实在令人叹为观止。其他人只负责墙面，把灰泥和壁画一点一点地清理出来。

"如果我们把手头的工作做完了，我真不知道我下半辈子该做什么了。"布丽奇特的手在泥土中忙乎着，若有所思。

"我明白你的意思。"彼得说。

"我爱死这份工作了。我会想念它的，到那时我会觉得生活毫无意义。"

他点点头。他从前觉得布丽奇特疯疯癫癫的。随着时间的流逝，他却和布丽奇特一样痴迷挖掘。

"你知道吗，用这种方法挖掘最顺手不过了。"他说道。在炙热的阳光下他的声音变得懒洋洋的，"很少有人会用这种方法。"

"我一向不走寻常路。"

"是啊，你一看就是娇宠惯了的，你肯定有个幸福的童年。"他深以为然。

"是啊，我很幸福。"她听见自己这样说道。

"是吗？"

"是的，在所有极其重要的方面。"

他停下手中的活，坐了起来。"什么意思？"几天以来，他一直不敢直视她的眼睛，但现在他没有再逃避。

布丽奇特把两只手平放在脏兮兮的地面上。"在我很小的时候,我妈妈去世了。"她总是得澄清这一点。她知道一旦说出实情,别人看她的眼光便会为之一变。她的悲剧就如同她身上特有的香水味道。

"我真为你难过。"

"谢谢。"她总隐隐约约地觉得,妈妈的去世似乎和这脏兮兮的地面有某种联系,但到底是什么联系,她一时也想不出来。

"难怪你不愿意谈论家人。"

我有什么家人好谈的,她差点吼了出来,可回过头一想,这样说似乎是不对的。她有一个家,家人都在二十岁以下,虽然她们都和自己没有血缘关系,但她们令她找到了存在感,她们让她找到了最好的自己。"我有一个不寻常的家。"她对他说。

彼得没有再说话,布丽奇特继续挖掘。她很感激彼得没有追根问底。

"我觉得这些人活得很潇洒,"落日渐渐浸入大海,"他们在壶上作画,在墙壁上作画,他们建造圣殿,这里四处都写满了他们的故事。"

"是吗?"布丽奇特伤感地应着,她开始感觉疲倦了。

"这正是我选择这个专业的原因,我本可以选一个不用离家太远的专业,但我没有那么做。这些人留下了太多的东西等着我们去发现。"

她点点头,打了个哈欠,然后靠着墙在阴影下昏昏欲睡。这几天一直在室外工作,阳光把她的皮肤晒成了巧克力色,头发上的金色亦变淡了许多。

她想起了自己的家,在那里,她活得一点也不潇洒。以后会有考古学家发现她吗?他们能发现妈妈吗?她和妈妈在家里没有留下一丝痕迹。那些老照片和旧物呢?它们现在在哪里?是不是爸爸把它们都扔了?

她手脚并用又爬回到她的真爱——地面——的身边。她慢条斯理地清理,她要让这些旧日痕迹永恒。

"嘿,这是什么?"她问道。她擦掉几块金属物品上面的泥土,然后把它们递到彼得的手中。

彼得仔细研究了好半天："你知道它们是什么吗？"

布丽奇特摇摇头，这个问题似乎是一个设问句。

"依我看，它们是用来压织布机的。我以前只在照片上见过，还从未亲眼见过呢。"他的声音里透着兴奋，"快把发现这些东西的方位记录下来。"

布丽奇特点点头。她把脏手放在短裤上揩了几把，从口袋中掏出数码相机，然后拿记号笔做记号。

"你知道我在想什么吗？"

"不知道。"布丽奇特说道。

"我在想这间房以前的模样。我们知道了朝向，知道了从哪条路可以走进这间房。我们还找到了一些壶。现在又找到了这些东西。"

布丽奇特耐心地等待，她给他时间思考和发表意见。

"我估计这里应该是Gynaikonitis。等大卫回来我们跟他说说，他肯定会乐疯了的。"

"你叫这里什么？"

"Gynaikonitis，意思是闺房，女人住的地方。只有大户人家才会设专门的闺房。男人不喜欢让女人抛头露面，就算是在自己家也不能到处走动。女人一般待在宅院里比较僻静的房间里，免得让人看见。"

"为什么？"布丽奇特听傻了。

"为什么？因为——"他停下来思考，"因为男人很爱吃醋，我猜是吧。不然还能有什么原因？"他坦诚地望着她，也许太坦诚了，"人本来就是容易吃醋、容易犯错误的生物。我们每个人或多或少都有这样的毛病，看看自己的内心你就知道了。"

"喂？"

蒂比在星期天的晚上接起电话只有一个原因，仅仅只有这么一个：她

在等外卖的送汤过来，她以为是保安打电话叫她下楼去拿汤。

"喂？蒂比？你在听吗？"

如果她知道电话那头是莉娜，她就算死也不会拿起电话。

"蒂比？是我啊。你说说话好吗？你在听吗？"

一听到莉娜的声音，蒂比憋了很久的泪水终于决堤而下。焦虑、痛苦随之而来，一点一点上升，直至涌上心头。蒂比不想让莉娜听到抽泣声，她拿开话筒。一滴眼泪跌在魔法牛仔裤的大腿上。然后，又是一滴。她的身体停不住颤抖，哭得不可抑止。

"蒂比，我在这里，我可以耐心地等。求你说句话吧，你知道我在这里。"

莉娜的一番轻言细语融化了蒂比心中的坚冰。她拼命地吸了一口气准备说话，可脸上涕泪四溢，用手擦了还有，擦了还有，没有穷尽。她除了哭之外，一个字也说不出来。

"好吧，蒂比，没事。我听得到你的声音。不想说的话就什么也不必说了。"

蒂比点点头，泪水纵横。不知道为什么，她想起妹妹凯瑟琳曾经拿着电话点头不说话，结果她气得发疯，对着妹妹大吼了一通。

"我就在这里陪你。"莉娜说道。

"好的。"蒂比泣不成声。

蒂比想起了上中学的时候，那时大家还没网聊，她们经常煲电话粥，互相为对方放音乐，和对方一起看电视节目，常常一聊就是几个小时。

蒂比想起曾有一段时间卡门的妈妈晚上经常加班，卡门很孤独，她只希望家里能有一点声音。卡门每晚都找她煲电话粥，她们这样聊啊聊，一聊就聊到了大半夜。蒂比有好几次都聊得睡着了，话筒无声地滚到枕头上。

蒂比吞吞吐吐，拼命地挤出了几句话，她不想显得太过怪异。"我很害怕——我有可能——也许——"在咸咸的眼泪的冲击之下，她一贯的刻薄话顿时被淹没了，她再也说不出话了。

莉娜同情地"嘘"了一声。有很多人只要嗅出一点不对劲的味道，便会立即刨根问底，追问个不休，他们非要把事情的原委弄得一清二楚不可。蒂比很庆幸莉娜不是那种人。

蒂比哭了很久，而莉娜一直在电话那头守候，极有耐心。

"莉娜，我心里很乱。"最后蒂比终于说话了。她尴尬地笑了笑，此时又无意中擤鼻涕弄出很大的声响。她的确够乱的，不过即使如此，只要能勇敢承认就意味着朝理智迈进了一小步。

"我来看你，好吗？"

"不用了。"

"我想看你，很方便的，走不了几步路。"

"你确定？"

"当然。"

蒂比叹了一口气。

"要我帮你带点什么吗？"莉娜问道。

蒂比想了想："事实上，我真需要你帮我带件东西。"

"是什么？"

蒂比清了清嗓子："你可以帮我带根验孕棒吗？"

星期天的晚上，卡门和一群朋友一起坐在剧院的楼梯上喝冰咖啡。"我以前的目标是做幕后人员，真的。"卡门说道。

"我听说你连另外两部戏都没有试演。"坐在卡门下面一层台阶上的一个叫迈克尔·斯凯利的男孩说道。

卡门意识到，很多人对她这匹传说中的黑马充满了各种猜测，卡门既想勾起他们的好奇心，又不忍心把他们的胃口吊得老高。"这只是因为我根本就没打算试演任何一部戏。那时我在看别人试演，突然朱迪就叫我去念潘狄塔的台词了。事情的经过就是这样。"

永远的牛仔裤

大家连连点头。

"伊恩·欧班农长什么样？"雷切尔问道。

伊恩·欧班农是一位著名的爱尔兰戏剧演员，这次他在《冬天的故事》里面扮演里昂提斯。

卡门哑然失笑。"我现在还没胆量跟他说话。第一次通读剧本的时候，你要看到他，你肯定会以为他在过去的二十年里一直都在扮演里昂提斯。"

几个月以前，卡门是个隐形人，几乎没人看她一眼，可看看现在，她是众人瞩目的焦点，这真是太不可思议了。他们不知道卡门曾经是多么的不起眼，只能游离在舞台之外，眼巴巴地看着别人表演。他们不知道，也许是因为现在的卡门是如此的艳光四射，他们哪里想得到？

这些人为卡门感到高兴。他们所有人都祝贺她。只是他们不知道卡门曾经找不到方向，一度自卑消沉。

只有一个人没有祝贺她，那个人也没有为她高兴。那个人知道卡门曾经如何迷惘如何自卑，不幸的是，那个人正好是卡门的好友。

茱莉娅得到了去社区剧场演出的机会，她将在剧末扮演跑龙套的角色，而且她穿的戏服丑得惊天地泣鬼神，看上去活像一只猫头鹰。

朱迪是不是对一天到晚在自己面前晃来晃去的女孩子恨之入骨？卡门深表怀疑。

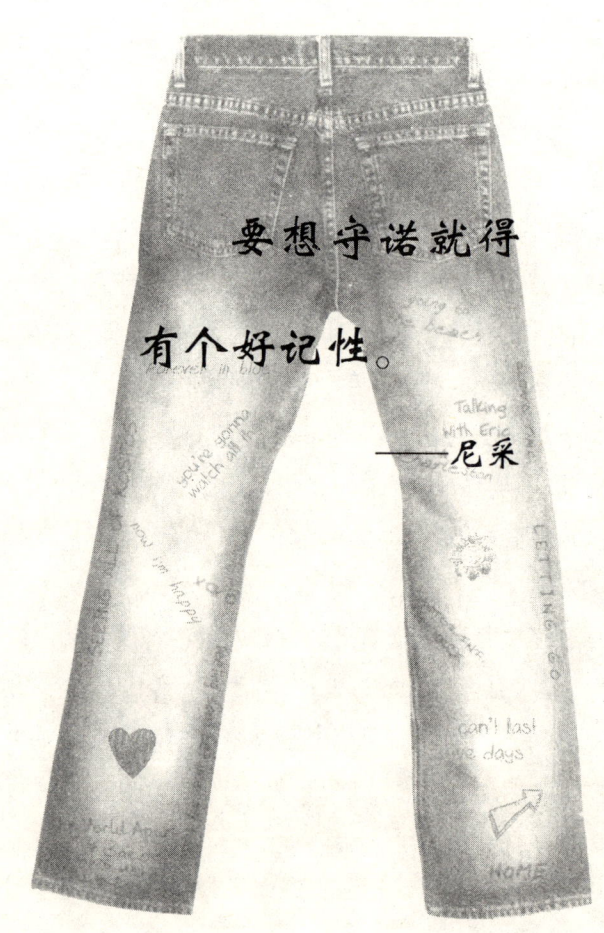

要想守诺就得有个好记性。

——尼采

永远的牛仔裤

蒂比正在一边喝汤一边泪流不止的时候,例假终于来了。"我真怕会怀孕,吓死我了。"她说道。胡萝卜和豌豆无言以对,但她无所谓——把这话说出来心里顿时舒坦多了。

夜里她和衣而睡。早上醒来的时候,她换回睡衣。她穿着睡衣等莉娜。等了好久还不见莉娜的影子,蒂比终于不耐烦了,于是她穿着睡衣到大厅里等。

内裤浸满了经血,蒂比却浑然不觉,她现在只一心等莉娜,其他的事一概不管。

当莉娜出现在街角时,蒂比正站在玻璃门前。蒂比冲到人行道上向莉娜猛扑过去,莉娜站立不稳,差点就摔了个大跟头。她不知道莉娜为什么目瞪口呆地望着自己,是自己的拥抱太过猛烈?还是因为自己穿着睡衣影响纽约的市容?

在上电梯的时候,莉娜握住了蒂比的手。

"你能等我一会儿吗?"从电梯里出来时蒂比说道。

"当然。"

蒂比走进洗手间,不到五分钟就出来了。

"你猜怎么着?"她觉得身体轻松多了。

"怎么了?"

"我的大姨妈比你先来。"她忍俊不禁,满脸的笑意无处藏匿。

"真的?"

"是。"

"那估计你就不需要这个了。"莉娜举起药店的塑料袋高兴地说道。

蒂比拿出药盒看了一会儿。她那天在药店里被吓得心惊胆战,拼死也不敢买。现在看来,买验孕棒也没那么可怕。"老天,这玩意儿真贵。"

"这验孕棒的保质期有一二十年吗?"莉娜问她。

"还是你留着吧,"蒂比说道,"我这辈子都不想用这种东西。"突然之间,一阵倦意袭来,好像身体里的骨头被抽走了一般,她浑身无力地瘫倒在床上。

"呃。"莉娜说道。她的好奇心可不能抑制一辈子,"你准备好告诉我事情的所有经过了吗?"

蒂比准备好了。她平躺在床上,莉娜坐在窗边的椅子上。蒂比一边说,莉娜一边在素描簿上画蒂比的赤脚。蒂比全身的肌肉缓缓放松,舒坦至极,有如劫后余生,她觉得自己就像遭遇飓风后侥幸捡回一条命的冲浪运动员。

终于解脱了。她对自己暗暗发誓:我会记得这种感觉,我一定会记住。以后我绝不会把任何事都视为理所当然。

星期四,诺拉又开始了一轮新的模特生涯,这一次还是为期四周。学员们拿号决定座位。莉娜拿到了第3号,她满意地就座,不过她很担心拿到其他号的同学可能会挡住她的视线。牛蛙只要一遇到危险便会将嘴鼓起来摆出一副凶神恶煞的样子,此时的莉娜活像一只牛蛙,每每有同学进来她都会瞪他们一眼。

永远的牛仔裤

利奥拿到的是第14号,这也是最后一个号。让莉娜吃惊的是他把画架搭在一只矮凳上,那只凳子虽然仅到莉娜的膝盖,但似乎还是会挡住她的视线。如果是别人这么做,她肯定会暴跳如雷。不过,等到诺拉开始摆造型的时候,利奥刷刷几笔勾勒出了人物的轮廓,令莉娜惊叹不已。

利奥并没有挡住她的视线,莉娜可以看得一清二楚。不仅如此,她还可以看到利奥的后背和手以及画布。她可以看到利奥画画的每一个动作。利奥知道她一直都渴望这样吗?她一直都渴望能从他那里偷学几招,做梦都想。

一开始的时候,她屏气凝神盯着利奥的每一个动作。画画的时候,她盯着利奥太过专注,让她觉得自己的大脑已通过一条宽带和利奥连在了一起,她现在可以随意下载利奥的思维了。

是的,她讨厌自己以前的画和以前的标准。她对自己太过挑剔。不过她并不是个悲观主义者。她只是以前不知道该如何提高,不过现在她真真切切地知道了。

下课时,莉娜和利奥仍画得不亦乐乎。到了四点钟的时候,莉娜的手酸痛难忍,脚已失去了知觉,但她毫不在意。她以前从未这样拼命地画过画,这个下午让她受益匪浅,甚至有"看君半日画,胜读十年书"之感。

她和利奥一言不发地收拾背包,然后一起走出画室。她不敢说话,唯恐一说就破。心底涌满了激动、兴奋和感激,仿佛塞得满满当当、再无一丝余地的衣柜,只要抽出其中的一件衣服,其他的衣服都会轰然倒塌。

利奥似乎明白她的心思。他拍了拍她的手臂道别。"星期六见。"他说道。

那个晚上莉娜躺在床上,身体和大脑沉甸甸的,压得人生疼。她不知道该把这些乱糟糟毫无头绪的感觉归到哪一类。

有渴望,也许还有爱慕,或者欲望。还有绘画技巧取得进步的兴奋,亲睹艺术精神的感动。如何把这些感觉拼凑在一起?她不知道。

在无数个痛并快乐着、辗转反侧无心睡眠的夜里,莉娜的脑中总会浮现她和卡斯托斯的缠绵镜头:有的是已经发生的,有的是她幻想的,有的则是她盼望如有一天他们重逢时可能会发生的(虽然他们不可能再见面)。

今晚她的脑中又浮现出了许多缠绵镜头,不过今晚的主角是利奥。

布丽奇特坐在实验室里做一些粗浅的记录工作和文字工作。她给格蕾塔寄了一封信,现在正等着用电脑。她已经四天没有查电子邮件了,埃里克很可能正在催她回信呢。

她想念埃里克的时间越来越少,从大半天的时间不想,一直到现在一连几天都抛之脑后。她怎么能这样呢?呃,当然,她太沉迷于清理地面了。不过当她和彼得在一起的时候,她总是迫使自己忘记埃里克,这就很不对劲了。她不该这样。

自埃里克去墨西哥之后,她几乎已记不起他的模样。这真是太不可思议了。她只能忆起他的脸形、发式,但中间的一大块却是一片模糊。为什么会这样?她可以记得和自己毫无关系的人。比如学校里那个一脸横肉的会计。她还记得室友阿依莎的姐姐,虽然只见过一次。可她怎么就记不清男朋友的脸呢?难道埃里克不在身边,她就把他抛得一干二净了吗?为什么?从理智上来说,她知道自己爱埃里克,但她现在就是感觉不到自己对埃里克的爱。

为什么?为什么和埃里克在一起爱是那么的强烈,可一旦分开却没感觉了呢?

因为他总是不在。

难道她的心不正常了吗?难道它不会跳动了?什么也感觉不到?

她想到了彼得,心怦怦狂跳起来。不,心还是会跳的,而且心跳强劲有力,充满了生命力。

但这颗心有它的局限性,布丽奇特知道,这颗心过于务实,它只为身边人而跳动。它既像沙漠里的空气,一旦太阳落山便无法再保持任何热量;又像开闸的河水,只会往一个方向流——向前且永不回头。

她该给埃里克写什么?有什么话可说呢?他能感觉得到她的勉强或逃避吗?他会不会吃醋?他是不是个很容易犯错的人?

一位名叫马丁的男孩走出办公室,布丽奇特起身准备走进去用电脑。"没用了,"他说道,"卫星系统坏了。"

"完全查不到电子邮件?"布丽奇特连忙问。

马丁摇摇头。

布丽奇特反倒挺高兴的,她一点也不难过,因为这是一个极好的借口。她出门的时候正好碰上彼得。"还是连接不上吗?"彼得问她。

布丽奇特点点头,"我白来了一趟。"

"今天早上就断线了,"他说,"我看上网是没指望的了。"

在去实验室的路上,她顺道去了停尸间。"我的小美女克莱登妮丝特拉好吗?"她问生物主管安顿。

看到布丽奇特突然造访,安顿似乎颇为兴奋:"我们把她完完整整地挖掘出来了。我们还做了很多研究工作。"

"哪些研究工作?"布丽奇特笑盈盈地问道。

"比如说研究她多少岁、吃什么食物、怎么死的等等。"

"真的?她怎么死的?"

"难产而死。"

布丽奇特脸上的笑意顿时消失了:"你怎么知道?"

"也不是很肯定,但有这种可能。"

她点点头:"她多少岁?"

"很可能十九或二十岁。"

布丽奇特离开实验室时,脚步比来时沉重了许多。她在想,克莱登妮丝特拉的宝宝活下来了吗？如果他们在克莱登妮丝特拉身边又挖掘出一具小小的尸体怎么办？营地的人叫自己"傻大胆"是不是因为这个原因？

布丽奇特低头走过墓地。克莱登妮丝特拉已经几千岁了，但布丽奇特突然觉得她始终都只有十九或二十岁。

噢，我亲爱的布布：

我有好多话要对你说。你是不是没法收电子邮件？我又不好把这些事写在这封信里，不过请你尽快给我打电话好吗？

希望你穿这条裤子能有好运气，我不能做的事你可千万别做哟，否则你会遗憾终生。不过，怎么说呢，有一件事你可能以为你不能做，但你知不知道？这件事我可以做而且已经做过。哈，不可说，不可说。

噢，我有没有告诉过你是什么事？

爱你的蒂比

"我这个周末可能没时间。"蒂比在电话里鬼使神差地对布莱恩说。

"我就只星期天来。"

"星期天我要上班，而且，我还得准备星期一上课的东西。"

"噢，那好吧。"

她可以听见布莱恩在房间里踱来踱去的声音，鞋子"咚咚"踩在地板上，发出"咯吱咯吱"的声响，她还可以听见布莱恩从地毯上走到地板上的声音。

"我可以星期三晚上来。"布莱恩提议。

蒂比已经给了这么多暗示，布莱恩怎么就不明白蒂比根本不希望他来？他为什么这么蠢？

"星期三不行。"她说道。如果他还是这么执迷不悟，她也不用费心找什么借口了。

"那我下个周末来。"

"到时再说吧。"

她听见他的踱步声。"蒂比？"

"嗯？"

"我们都担心的那件事……"

他本来以为蒂比会打断他不让他说下去，但蒂比却没有一丝制止的意思。

"你上次说……你不再……担心了？"

"是的，我早就跟你说了。我想会没事的。"

星期天例假来时蒂比欣喜若狂，可她为什么就不告诉布莱恩呢？她吝于告诉他坏消息，但更吝于告诉他好消息。

蒂比挂上电话，木然地坐在地板上，她只是想不明白。为什么要这么讨厌布莱恩？既然例假已经来了，也不用再担惊受怕了。既然没事就没必要怨恨了，不是吗？她为什么就不能恢复平常心呢？上个星期她还在想，只要内裤上有一滴血，一切都可以再回到从前，可事实上，再也回不到从前了。为什么会这样？

蒂比内心似乎有某种东西误入歧途以至于走火入魔了。

布莱恩期期艾艾的声音，一遍又一遍疯狂地给她打电话，迫不及待地想知道她是否安好。为什么她老想着这些呢？

可奇怪的是，也许她不该这样问，也许她应该问一个更深入的问题：为什么她以前就不想这些呢？

利奥九点整按约定的时间准时到达，他真像一位敬业的模特。

莉娜打开门，将利奥请进了她的蜗居。她刚才一直待在死一般沉寂的房间里，木然地坐在床上，双手直冒冷汗，思想一片空白，就这样发呆了二十分钟。

她没法掩饰紧张,事实上,也没有必要掩饰。

"你准备好了吗?"利奥问道。他的声音比平时提高了一个度吗?

"我想是的吧。"莉娜抖抖索索地说。她指了指她的法式画架,上面已经放好了18×24英寸的油画布,画布上还有她刚刚刮的石膏底。调色板也准备好了,颜料一应俱全。

房间里多了一个人便小得转不开身了。在这种地方该怎么画画?她满眼只有利奥的肋骨,想后退看全身都难。看来请他来真是失策了(她当时太紧张,哪里能想得这么周到)。

"我应该躺在……床上吗?"他问。他也一样犹豫不决。看到利奥忐忑不安的样子,莉娜更害怕了,可与此同时,她觉得自己应该拿出点主人的样子。总得有人主持大局。

"我看……好的。只是——"

"是的,你不能——"

"是,太近了。"

"那我……"

利奥一连摆了几个睡姿,谢天谢地,他还穿着衣服。不管他用什么睡姿,莉娜发现自己总在不自觉地而且是直勾勾地盯着他的裆部。这也是没办法的事,因为实在是太近了。

莉娜隐隐约约地觉得这一切挺滑稽的,但她太紧张了,哪里笑得出来?况且这事对她来说和遭遇空难一样可怕,飞机要坠毁了乘客还笑得出来吗?

利奥似乎看透了她的心思。他连忙坐起来。"我坐在床上怎么样?"他说。

他又摆了几个坐姿。

莉娜尽量往后退。利奥帮她把梳妆台移到一边,现在莉娜可以靠墙坐着,她摇了摇头:"我看我们得在墙上凿个洞,然后我在隔壁达娜·崔威的房间画你，不然实在没法画。"

他耸耸肩："达娜也许不会同意。"

是不是放弃得太快了？至少他们已经试过了，也许现在该出门喝杯冰咖啡。

"我知道该怎么做了。"利奥说道。

喝冰咖啡吗？莉娜没敢说出来，她只是清了清嗓子："怎么做？"

"用缩短法。"

"是吗？"

他把床拖到房间的另一头："你等会儿就知道了。"

他把画架摆到墙角里，然后躺在床上，头离她很近，脚离她很远。

莉娜站在画架旁，怔怔地看着他躺在那里。这个角度太诡异了，画出来的人物头和肩将庞大无比，但脚却小得几乎看不见。他的肩会像投影世界地图上巨大的格陵兰岛，至于脚嘛，那就小得像蚂蚁了，活像地图另一端上的好望角。从这个角度来看，他的裆部没有那么显眼，可能就和厄瓜多尔差不多大。

这只能是万般无奈之下的权宜之计。

"我看这样行。"她说。

"那就这么定了。"

"好。"

"好，那我得……"

"好。"莉娜低头盯着颜料，脸烧得通红。她真像个害羞的孩子。布布是这样说她的吗？

利奥坐起身来脱下T恤。莉娜的脑袋仍然垂得低低的。"我以前从没摆过造型，感觉怪怪的。"

莉娜连大气也不敢出。

"可模特儿在画室里就觉得挺自然的。"

她点点头,目光仍然不敢从一管镉红颜料上挪开。

"我的意思是,只是摆个造型而已,为了艺术献身嘛。"他一边自说自话,一边脱下牛仔裤。

"是的。"她好不容易才挤出一个含糊不清的词。

他真的会脱内裤吗?唉,她真像个害羞的孩子。

"嘿,只是画画而已,这算不了什么……"他嗫嚅道,说着说着便没声音了。他以闪电般的速度褪下内裤躺在床上。

她怎么能看?她怎么能集中精力画画?

他凭什么以为这算不了什么?他都一丝不挂地躺在她床上了,这还不算什么?

莉娜的脸上汗如雨下。手心里也全是汗,还不住地颤抖着。她死命地捏住画刷。如果举起画刷,利奥就能看见她的手如筛糠一般颤抖。

他说这算不了什么。哼,他到底什么意思?

"准备好了,"他说道,"你可以计算时间吗?"

不,她不能。她什么也做不了。她甚至连眼球都转不动。

"你没事吧?"他问她。她听得出来他的关切和友善。

莉娜挪了一下脚。"我是希腊人。"她好不容易说出实情。"希腊人"这个词有无数的含义,希腊人喜欢吃大蒜,希腊人保守害羞。

"噢,"利奥恍然大悟,"你能不能就把我当做画室里的普通模特儿?"

莉娜艰难地抬起眼睛,然后,小心翼翼地抬头坐直。利奥的脸虽然不住冒汗,但和她一样都红得如番茄一般。他们的目光碰撞到了一起,虽然这不是她的本意。

他真的以为这算不了什么?

诺拉摆造型的时候她不紧张,马文摆造型的时候她也不紧张,可是碰到利奥摆造型她便再也无法淡定了,就算他摆几百万次莉娜仍然会这样紧张。

永远的牛仔裤

这太不公平了,莉娜恨恨地想道,她抬起眼睛,虽然眼球早已无法聚焦。她死命地捏着画刷对准画布。这样行不通,她的笔触笨拙粗劣,惨不忍睹。

画布丑得不能看了,莉娜狼狈之极,只好转而看着利奥。见鬼,才出虎口,又入狼窝。她望着利奥的身体,沿着古铜色的肌肤一直往下看。噢,老天。她看到了那里。她怎么能视而不见?那里不是厄瓜多尔,那里更像是巴西。

她以闪电般的速度移开目光。这还不算什么?这可算得多了!

她颓然地把画刷放在调色板上。

"我们休息一会儿吧。"利奥说。

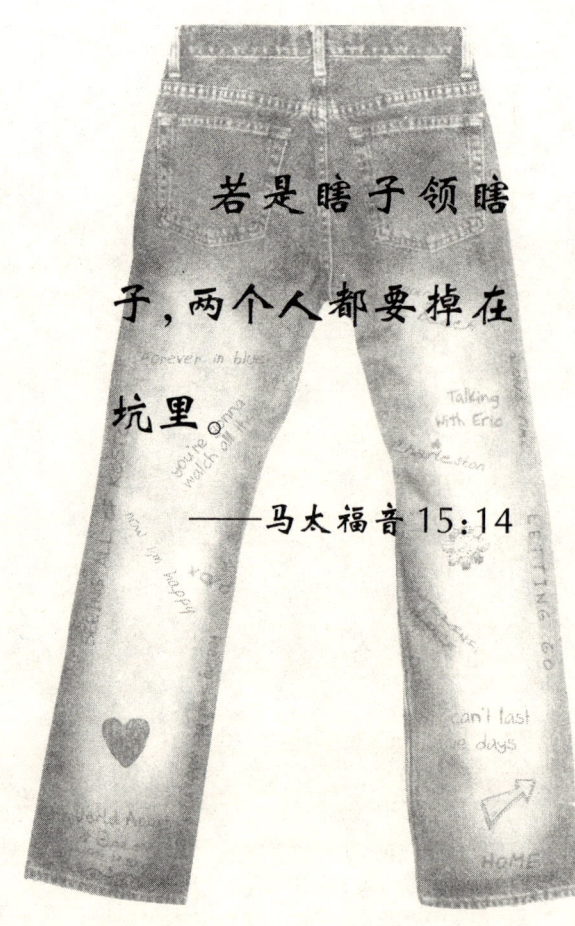

若是瞎子领瞎子,两个人都要掉在坑里。

——马太福音 15:14

永远的牛仔裤

"您会消瘦到一阵正月的风
可以把您吹来吹去的。
——现在,我英气逼人的朋友,
我希望我有几枝春天的花朵,
可以适合您的年纪——"

卡门抬头喘了一口气。

眼前这位演波力克希尼斯①的演员演过很多电影,卡门至少看过其中的四部,但她还是觉得他长得几乎和她的哈尔叔叔一模一样,这真是太不可思议了。此时的她站在这位演员对面紧张得无法念台词,索性把他当做哈尔叔叔好了,至少可以不那么紧张。"哈尔叔叔"对她点点头,示意她继续。

"还有你,还有你,
在你们处女般的嫩枝上,花儿尚含苞未放。普洛塞庇那啊!

----

①译者注:莎士比亚戏剧《冬天的故事》中的波希米亚国王。

现在所需要的正是你在惊惶中从狄斯的车上

堕下的花朵！"

她现在正对着那位爱慕潘狄塔的王子弗罗利泽①说话。这位演员至少比她大十岁，他涂了一层厚厚的舞台妆，从表情来看，他显然对波力克希尼斯更有兴趣。

终于可以休息了，卡门松了一口气。现在他们每天几乎要排练十个小时，有时还得穿舞台服装。

她看到了里昂提斯②，他刚才一直在舞台边看他们排练。卡门一看到他就浑身紧张，唯恐避之不及。里昂提斯充满了帝王的威严，卡门吓得连一句潘狄塔之外的台词都不敢说。

要躲已经来不及了，里昂提斯的目光正好落在她身上。

"卡门，演得太好了。"他说道，而此时的卡门则像一只准备仓皇逃到大海的小海龟。

"谢谢。"卡门吓得连声音都在颤抖，全身的毛孔不住地往外冒汗。

但一走出大门，卡门满心的喜悦禁不住往外直冒。"太好了"，他刚才说的是"演得太好了"。

"演得太好了。"他就是这样说的。卡门自顾自傻笑个不停。T恤的腋下全都汗湿了，显然，这种感觉是不太美好的。

这样的评语让她大感意外。真的。她这辈子从没觉得自己在任何方面有任何的天赋，她所有的一切都是通过艰苦奋斗、威逼利诱或坑蒙拐骗得来的，从来都没有因为天赋而不劳而获。

比如说，她数学成绩优秀，是因为她在数学上所花的心血比一般人多两倍。她考SAT获得高分，是因为她用心学习词汇表，每个星期都进行模

---

①译者注：波希米亚国王波力克希尼斯之子，他爱上了潘狄塔。
②译者注：西西里国王，潘狄塔的生父。

永远的牛仔裤

拟考试，连续两年，一直都没有间断过。她物理考了 A，是因为她考试时坐在物理天才布莱恩·杰维斯的右边，布莱恩·杰维斯是个左撇子，他从不遮挡自己的试卷，所以卡门可以毫无顾忌地抄。

可现在她居然"演得太好了"，要知道，她可从来没在演戏上投入过什么精力。

迈密勒斯王子[①]从侧门走了出来。他看见了卡门，于是便挨着卡门坐下。卡门不知道这位演员的名字。虽然迈密勒斯王子是潘狄塔的哥哥，不过在潘狄塔出生之前，迈密勒斯王子就已经去世了，所以他们没有演对手戏的机会。

"你好吗？"他问道。

他在台上演王子的时候说的是一口古老的莎士比亚英语，不过现在在台下，他说的英语似乎带有浓重的新泽西口音。卡门不禁莞尔。

"很好。"她说。他的脚踝上文了一只獾。这是一个帅气逼人，风度翩翩的男孩。

"花很漂亮。"

卡门伸手拢了拢耳后。导演安德鲁·科尔要求她在演爱情戏的时候戴花，以体现"花神"的魅力。"噢。"卡门觉得戴花真傻，不过现在她不这么想了。

迈密勒斯王子凑过来，离卡门非常之近，他闻了闻卡门头上的花。"唔，真香。"他说。卡门的头发可以感觉得到他的呼吸。

"要我帮你拿杯柠檬水吗？"他起身问道。看来他这人挺好动的。

她本来准备说"不"，但后来还是改口了。"谢谢你。"她说道。

迈密勒斯王子顽皮地对她扬起眉毛，然后转身走开。卡门过了半天才反应过来，原来在这里最有可能和她调情的人居然是她的"亲哥哥"迈密

---

①译者注：西西里国王里昂提斯的儿子。

勒斯王子。

三小时后，莉娜在平平整整刮好石膏底的画布上把价值几美元的颜料涂得一塌糊涂。她不仅浪费了颜料和画布，而且还浪费了利奥的时间。这幅画简直不配称为画，妹妹艾菲随手画的都比这幅像样得多。

莉娜的脸急得涨成了青紫色，她绝不能让利奥看到这幅所谓的画。

"今天就到这里吧。"她哭丧着脸说道。

"你确定？"他似乎毫无反对之意。

"是的。"

毫无疑问，利奥也一样无地自容："对不起，我这个模特糟透了。"

"不，不，你很好，真的。"

莉娜去洗手间洗画刷，以便利奥穿衣服。回到房间后，她和利奥一起并排坐在床上。

"都是我不好。"她说。

"不，不是的。"

他们沉默了片刻。

"你是处女吗？"他问。

她简直不敢相信自己的耳朵，他怎么能问这个问题？

"对不起，我知道这可能是你的隐私。如果不愿意，可以不用回答的。"

她本来不想回答，但利奥并无恶意，他只是很关切地望着她。他虽然衣衫不整，但仍然帅得让人无法呼吸。

"这不算隐私。老天啊，你难道没看出来吗？"

"只怪我眼拙，不过，你没必要觉得不好意思。"

他把手放在她的手上，并没有握住她的手，而只是放在上面。

他离开后，莉娜瘫倒在床上，她只觉得全身的骨头都要累得散架了。她在床上躺了一个小时，无法动弹。她隐隐约约地预感到，他们这种互换摆造型的交易远没有结束，更艰难的还在后头。

永远的牛仔裤

布丽奇特星期六一整天都在游览曾经的哈利卡纳苏斯陵墓——如今的博德鲁姆市。在车上她一直在看彼得借给她的书，从第一代希腊人在小亚细亚定居一直看到波斯人入侵几乎毁灭希腊为止。书中的时间跨度之大，信息量之多，布丽奇特一时间消化不过来，差一点就吐了。

看古代遗迹时，她四处蹿来蹿去，体育场的每根柱子、每条小道和每级台阶上都留下了她的足迹。她爱死了这里，不过回到营地的时候她便把哈利卡纳苏斯陵墓抛之脑后了，因为营地里有她的包裹，那是蒂比寄给她的魔法牛仔裤。而且，营地里还有她心爱的地面。

现在她穿着牛仔裤坐在地面上，一想起牛仔裤可能会永久性地粘染上一丝远古泥土的气息，她便乐不可支。她可以和这条牛仔裤——以及彼得——一起见证时光。事实上，只有她和彼得。卫星系统仍未修好，布丽奇特很享受现在这种与世隔绝的时光。

需要清理的地方只剩不到一米了。她和彼得正在不紧不慢地清理。

"几点了？"他问。太阳早就下山了，他们已在这里默默无闻地挖掘、整理了很久很久。

"我不知道。你要我去问别人时间吗？"

他点点头："你能去问问吗？"

她站起身来。

"嘿，我喜欢你的牛仔裤。"他说道。他好像刚刚才发现。

她走到他身旁，借着灯光，好让他看清楚一点："这条裤子属于我那不寻常的家。"

他点点头，仔细看着正面裤腿上的一些图案和签名。看完之后，他抓住牛仔裤上的皮带环，示意她慢慢转过身，然后他继续饶有兴趣地研究背面的裤腿。

你是在看我的牛仔裤吗？布丽奇特在心底默默地问彼得，但她怀疑彼得很可能在借机研究她的大腿。

布丽奇特窘得满脸通红，她爬上临时搭建的木楼梯逃也似的离开了房间。堤上几乎每晚都有派对，此时正是散场之际。"你们谁知道现在几点了？"

达利斯有手表。"十二点四十分。"他说道。

布丽奇特顺着楼梯爬下来，进房间后便告诉了彼得。

"你猜怎么着？"他说。

"什么？"

"我三十岁了。"

"现在吗？"

"四十分钟以前。"

"哦，我的天！生日快乐！三十岁生日可是个大生日呢！"

"谢谢。"他靠着墙坐下，拍了拍手上的灰。突然，他摆出一副多疑的模样。"如果你胆敢告诉别人，我就杀了你！"

"哈，你反应过激了。"

彼得开怀大笑："你说得对，但不管怎样，别告诉别人好吗？"

"好的。"在布丽奇特看来，彼得和她分享小秘密是再自然不过的事了。她细细打量他的脸。他看起来很年轻，一点也不像三十岁的男人。

"你很想有生日蛋糕之类的东西，是吗？"

"我宁愿没有，我从小就怕陌生人对着我唱《生日快乐》。"

"有意思。"

"是啊，能在这里过三十岁生日，我已无憾。"他顿了顿，然后又望了望布丽奇特，"还有你陪我。"

布丽奇特本不想把这话当一回事，可她的脸却红得发烧。"谢谢，我荣幸之至。"她觉得彼得的情绪变化挺微妙的，她实在看不透。

"能有你陪我，我也很荣幸。"这几个星期他们天天在一起，亲密无间。

永远的牛仔裤

这一刻，他们无需刻意保持距离，因为这也是强装不来的。

她灵光一闪："嘿，等我一会儿。"

大帐篷里的厨房区域四下无人，但布丽奇特找到了一只手电筒，在手电筒光的照耀下，她找到了半碟果仁蜜饼、一根许愿蜡烛和一瓶酒。她还找到了一盒火柴、两只塑料杯。布丽奇特把这些宝贝一股脑儿地带到彼得身边。

她坐在清理完毕的地面上，倒了两杯酒，再把点好的蜡烛放在果仁蜜饼旁边。"我估计你肯定不希望我唱《生日快乐》，"她说，"不过我要对你说，我的朋友，生日快乐！"她的语气一本正经，她是真心的。因为今天是个大日子，三十岁生日应该好好庆祝一番。彼得吹蜡烛许愿，布丽奇特低头看着地面。

彼得是她的朋友，所以布丽奇特觉得她有责任为他庆祝三十岁生日。她举起酒杯和彼得干杯，与此同时，她还靠在了彼得身上。她不知道自己为什么要这样做。也许是出于本能想拥抱彼得或吻他的脸吧，她对许多人都这样做过，这并不算什么。

但彼得会错了意，或者是布丽奇特自作多情。布丽奇特向彼得行贴面吻颊礼，然后就轮到彼得还礼了，布丽奇特正在犹豫是该凑上前去一点还是该后退一点，说时迟那时快，不知道是有意还是无意，两个人的嘴唇突然碰到了一起！

第一次亲密接触以笨拙慌乱告终。第二次亲密接触随之登场，这一次可是来真格的了。布丽奇特可以感觉得到彼得的体温和气息，她一时意乱情迷，居然鬼使神差地抚摸他的脸。这样的动作绝不能算作是常规礼仪。她深情地吻着彼得，彼得的手也深情地搂上了她的脖子。

"这只是生日快乐吻。"她一边说一边后退。一股冲动涌上来，她几乎失去理智。她必须冷静。他也必须冷静吗？

他飞快地站起身来，布丽奇特也站了起来。"要不要出去散散步？"他问她。

他们两人都需要散散步,吹吹风。

他们朝海边走去,一直走到小山顶,那里有一片柔软的草地,头顶上是一片一览无余的星空,无数颗星星眨巴着眼睛密密麻麻地铺陈开来。

布丽奇特突然有一股冲动,她想一路冲下山坡,跳入大海,一直游到海的另一边。她还有一股冲动,她想再次搂住彼得狂吻,脸依着他的脖子,和他紧紧地贴在一起。

她身上仍穿着今天早上穿的那件肮脏不堪的白背心。夜里降温了,她本应冷得打哆嗦,但她感觉不到。

彼得抓住她的一只手,把它放在自己的大腿上:"布布。"

"嗯。"

"我必须得承认,我疯狂地迷恋上你了。"他一字一顿地说,似乎经过了深思熟虑,"我一直都深深埋在心底,可又希望能亲口告诉你。"

布丽奇特用另外一只手托着腮,定定地望着他。"我也有这种迷恋。"她说。

"迷恋地面?"

"是,迷恋地面,还有你。"

"还有我?"

"对,你。"说出来感觉好多了,不是吗?

"对此我不应该感到高兴。"他说道,但布丽奇特可以听得出来他的违心。

"是啊,我也不应该这样。"

微风拂来,布丽奇特的秀发随之飞舞,挠得他的手臂痒痒的,秀发的魔力正在于此。布丽奇特不知道现在是否要更多的魔力。

"这种感觉很微妙……"他又开始一字一顿地说话,有时需要停顿一会儿斟词酌句,有时则是因为呼吸困难无法继续,"我并不是说我现在爱

上你了。这只是一种强烈的感觉,感觉你在我身边很美好。只用看上你一眼,我便忍不住问自己,为什么不能呢?"

"不能什么?"

彼得的脸上阴云密布:"不能说。"

她挑衅地望着他:"那你要怎么样?"

那种不计后果的快乐又回来了。彼得再也控制不住自己了。从这点来说,他们都是一类人。他无需压抑自己的感情:"你真想知道?"

布丽奇特点点头,虽然她知道自己不应该知道。她不应该问,也不应该知道答案。

"那我告诉你吧。我想搂着你一起滚下山坡,然后把你剥得精光,吻遍你全身的每一寸肌肤。然后我想抱着你在那片草地上疯狂地做爱。"他指了指山下的一块草地,"我想搂着你沉沉睡去,等到太阳出来,我们再疯狂地做一次。"

布丽奇特闭上眼睛想了一分钟。这个话题太危险了。彼得的一番话让她心之神往,她如何能不渴望?

"那现在你该怎么做呢?"她低声问道,声音里满是挑逗。

她几乎可以想象彼得的大脑里正在进行着剧烈的思想斗争。她不知道哪一方会赢,她甚至不知道自己该支持哪一方。

彼得的眼神黯淡了下来,布丽奇特猜到了结果。"我们会亲吻,因为今天是我的三十岁生日,我一直都渴望你能吻我。然后,我会送你到宿舍,跟你说晚安。"

"好的。"布丽奇特既喜且悲。

他吻了她。他把她按倒在草地上,疯狂地吻她。他的手伸入她的衬衣,按在她赤裸的背上。布丽奇特可以感觉得出彼得强烈的欲望,她有些微醺了。

不,他们不能这样!在进入下一个阶段之前,布丽奇特猛地坐了起来。

在回营地的路上，他们执手而行。在宿舍的门口，彼得在布丽奇特的脸上轻吻了一下。

"赶快回宿舍吧，不然我们会进入下一个阶段，"他在她耳边低语，"你知道，滚下山坡的那个阶段。"

她挨着他的脸点点头。"生日快乐，老师。"她撅着嘴小声说道，那神态像极了演员梅·韦斯。

告别之后，布丽奇特按下心中如烈火一般的欲望独自躺在破旧的帆布床上。夜深之时，欲望呈冲天大火之势，烧得她不能自已，痛苦不堪。

他们侥幸逃过了今晚，可是明晚还有以后还能这么幸运吗？

唇上仍有他的吻残留的痕迹，身上还能感觉得到他的体温。彼得那番露骨的话既已说出便再也无法收回，布丽奇特无法忘记。他们之间的界限差不多已全线崩溃，现在该如何保持距离？是的，还有一样界限可以使他们保持距离，但布丽奇特不敢想。也许彼得和她都已看到了这条界限，但他们却故意视而不见。

经验是一位最严厉的老师,因为她先考试后教学。

——维农·罗

星期天的上午,当利奥看见莉娜出现在他家门口的时候,他着实吃了一惊。吃惊的不止是他一个人,还有莉娜。

"我真没想到你会来。"他说。

"我也没想到我自己会来。"

"你来了我真高兴。"他加上一句。他看起来的确很高兴,不过也有几分犹豫。今天他看着她的眼神似乎多了一点别的什么东西,和以往完全不同。

"我很紧张,"她坦诚地说道,"不过我们之间应该公平。"

他投来一瞥,莉娜的心跳加速,她也不知道这是为什么。"你很公平,"他说,"但你并不是非得这样做不可。"

她惴惴不安地挤出一丝笑容:"谢谢。"

"要来杯咖啡吗?"

"好的。"她的神经系统乱成一团糟,整个人坐立不安。"也许还是喝茶好了。"她一面含糊地说着,一面跟着他走进厨房。

利奥按下电热水壶的开关,然后坐了下来。明媚的阳光从落地窗外照射进来,懒洋洋地洒在他们肩头。

"你妈妈呢?"莉娜问。

"她今天一整天都在教堂做志愿者,"利奥答道,"我想她不在,我们画画会更方便一些。"

莉娜点点头。

"不过你真的没必要非摆造型不可,我理解你。"

"嗯。"

她坐在那里,内心开始了剧烈的挣扎。

利奥把手肘支在餐桌上,托腮打量着她。莉娜的目光和他相遇时,他报以一笑。莉娜也微微一笑。

是该喝完茶走人,还是应该留下来褪尽衣衫让利奥画呢?第二个选择似乎不可行,可奇怪的是,第一个选择似乎也行不通。她迫于无奈,只得回头继续考虑第二个选择。她仔细想了想,现在看来似乎是可行的。她没法扔掉这一想法然后选择遗忘。她不是那种善忘的人。

"我想我们应该试试。"她说。

"你确定?"

"那你确定吗?"

"我确定。"

"那就这么定了。"

"如果你觉得难堪,我们可以随时停下来。"

她笑着耸了耸肩。"我肯定会难堪,那是不是要直接停下来不必开始了呢?"她深吸了一口气,"但我们总该试试吧。"

利奥的睡房宽敞明亮,在莉娜没来之前,他已把一张小小的红玉色沙发拖到了卧室中间,并在上面铺好了淡黄色的床单。他的画架还没打开,仍折叠着放在角落里。

"我想这里挺好的。"他怯生生地说道。这里现在看起来俨然像一间有板有眼的画室,所以莉娜不用直接躺在他床上。莉娜知道他花了一些心思。"不过你也可以躺在其他地方。"

黄色的床单令整个房间生辉,窗外的阳光透过窗帘投射进来,一切都完美至极。她几乎可以看到画好之后的画像。"不,这里很好。"

利奥离开了一会儿,等到再次出现时,他手里拿着一件浴袍,可能是他妈妈的。利奥把浴袍递给莉娜时,眼中充满了疑问。你真的要这样做吗?"如果你不愿意,我一点都不生气,真的。"他说。

"但我会生我自己的气。"莉娜说道。

他点点头:"就只是一幅画而已。"

对莉娜来说,这不仅仅只是一幅画。不管怎样,她心意已决。

"我先离开一会儿,你好准备一下。"他说。

"我用不了多少时间。"她心惊胆战之时还不忘开玩笑。这有点像医生离开检查室片刻,以便病人脱衣服或穿衣服一样。毕竟,一个人穿脱衣服不至于太尴尬。

她迅速脱掉衣服,不敢多想,否则她很可能会停下来夺门而逃。背心、宽松的瑜伽裤和凉拖堆在地板上。她太紧张了,实在没法叠衣服。她来之前故意穿了宽松容易穿脱的衣服,模特儿都是这样穿的,她们的腰带和胸罩都不能太紧,不然会在身体上勒出一道道红色的勒痕,让人看了会大煞风景。她甚至还把身上的体毛刮干净了,现在她的肌肤光滑水嫩,散发着诱人的光泽。

她手忙脚乱地穿上睡袍。有必要吗?她想不通,穿了马上又要脱,纯属多此一举。不过模特儿总是穿着睡袍的。也许睡袍就像超人的电话亭[①]吧。穿上睡袍时的她还是个紧张害羞的处女,一脱掉睡袍就会变成训练有素的人体模特了。

她脱下睡袍坐在沙发上,然后又躺了下来。她试着摆了几个睡姿。利奥敲门了。"准备好了吗?"

---

①译者注:在《超人》系列影视中,超人一般都是在电话亭里变身的。

永远的牛仔裤

莉娜身体的每一寸肌肉顿时都绷得紧紧的,如同拉满的弓。她感觉肩膀、脖子和脑袋刹那间变得很僵硬,美感荡然无存。显然,这件睡袍还是没有变身功能,她仍然还是那个古板保守的希腊处女。

"准备好了。"她含糊说道。

"莉娜?"

"准备好了。"这次她的声音大了一点。此情此景具备了一切春宫喜剧片的元素,莉娜真希望自己能找到笑点。

利奥也一样拘谨不安。他不敢马上直勾勾地盯着莉娜,他怕莉娜难堪,所以他一进房就装模作样地摆弄画架,视房间里一丝不挂的姑娘如无物。莉娜说了一些"今天天气真热"之类的闲话,也假装自己没脱得一丝不挂。

"准备好了,我的朋友。"他说道。利奥已拿好了画刷,他准备好了。此时此刻,他正以画家的眼光打量着莉娜。

"我也准备好了。"莉娜深吸了一口气。"我的朋友"这个称呼让莉娜觉得很刺耳,也许利奥把她当朋友,但她可没把利奥只当朋友。

利奥把画架移到左边,然后再往前推进几步以便看得更清楚一些。他从画架后走过来。"头抬高一点。"他一边说,一边朝莉娜走近了几步。

莉娜抬起头。

"很好。"他又继续往前走了几步。现在,他正盯着莉娜,"不错,手摆这样的姿势。"他用自己的手做了个示范动作,谢天谢地,他没有走上来摆弄莉娜的手。

莉娜一一服从。她真希望身体能够放松一些。

"美极了。"他说。但此时他仍在打量莉娜,"腿……放松一点点。"

莉娜胆怯地一笑,笑容极为勉强。她看得出来,此时的利奥一心只想着画画,无暇顾及其他。为什么她在画利奥时就不能这么淡定呢?

"好了,哇哦。"他回到画布前,眉毛高高扬起,一脸的兴奋。莉娜知道他只是因为画画而兴奋。

第二天早上,布丽奇特抱着燕麦碗,用勺子漫不经心地拨弄着糖霜麦片。就在这时,一辆她以前从未见过的车开进了临时停车场。她开始的时候并没在意,昨晚发生了太多太多的事,她一时还不能理清思绪。

她隐隐约约听见车门"砰"的一声关了,接下来帐篷的那一头便响起了一阵骚动。很快,她便不能置身事外了。

"你见过彼得吗?"卡瑞娜问她。

她眯缝着眼,把一口麦片咽了下去。"今天早上没见过。"她答道。过了好一会儿,她才感觉到这个问题有些怪异。在帐篷的另一头,一个素未谋面的女人正在和爱丽森说话。然后,映入布丽奇特眼帘的是一个小小的人儿——一个头发乱蓬蓬、马尾辫歪在一边的小女孩。这里很少有小孩。

等到爱丽森一路小跑火急火燎地冲过来时她才终于恍然大悟。"你知道彼得在哪里吗?他的妻子和孩子都来了,正准备给他一个惊喜呢。"

他的妻子和孩子。她们都来了,正准备给他一个惊喜?爱丽森的话在她的脑海中回荡,"滴答滴答""滴答滴答",一点一点加速,最后转为"砰砰砰""砰砰砰"!!!他的妻子和孩子本来只是一个概念,可他们却跳脱出了这个概念,成了活生生的人。他们来给他一个惊喜。

肯定是为了给他庆祝生日,布丽奇特这才意识到,现在她心中一团糟,毫无头绪。他的秘密生日,她本以为只属于她一个人。原来并非如此,布丽奇特的心隐隐作痛。他的生日属于他们。

彼得的妻子和孩子在帐篷的另一头,阳光太过强烈,布丽奇特睁不开眼,她看不清她们。

"不,我不知道他在哪里。"布丽奇特木然地答道。突然之间,她羞愧得无地自容。为什么每个人都来问她呢?她们到底知道什么了?她们难道有所怀疑吗?这段日子她真不该在挖掘现场加班到大半夜,现在后悔已经太

迟了。难道室友不知道她每晚都回宿舍过夜吗？问她干什么？她哪里知道？

如果彼得的妻子知道所有人都来找这个嘴唇昨夜被吻过、眼神迷茫、一脸疲倦的金发女孩打听她丈夫的行踪，她会如何想？布丽奇特恨不得拍案而起为自己辩解，可是，她能对谁辩解呢？

她如坐针毡，嘴里的麦片吞也不是，吐也不是。身后某处隐约传来了彼得的声音，这时布丽奇特才意识到她必须在彼得一家团聚之前离开这里。这不仅是为了给自己留点脸面，更是为了不让彼得难堪。她不能让彼得看见自己在这里。她弯下腰。该不该爬到桌子底下躲起来？布丽奇特犹豫不决。

他有妻子。妻子，这不只是一个概念，他的妻子就在这里。她披散着深棕色的头发，肩上背着一只帆布包。他有妻有女，有一个真正的家庭。他有孩子，有个在父亲身边跳来跳去缠着要这要那的孩子。

她转而又想到了彼得的女儿。是啊，那是他的女儿。布丽奇特自己也为人女儿，一个有过希望有过失望的女儿。

这里真的很危险。

蒂比最后终于同意让布莱恩星期天过来，但这一次布莱恩注定要失望。她在大厅里截住了布莱恩，不然等他上楼进了房间场面会更尴尬。

"今天的天气真好，你想出去走走吗？"他兴冲冲地问她，眼神里满是天真。

她以前很欣赏他的天真。现在，他的天真却让她反感不已。他是不是愚蠢得无可救药了？不，不是愚蠢，真的。她不能用"愚蠢"这个词来定义他。他的智商极高，在很多方面都聪明绝顶。那他至少应该算得上是某种白痴天才了吧。

"那我们出去散步吧。"蒂比违心地说。

也许她的心在没有暗淡透顶时仍然还是欣赏布莱恩的天真的。

他们没有走很远,刚走到阿斯特广场,蒂比就把话挑明了。

"布莱恩,我觉得我们应该冷却一段时间。"她说。她觉得用"冷却"这个词比较合适。

布莱恩怔怔地望住她,头扬得高高的,活像一只拉布拉多寻回犬:"什么意思?"

"我的意思是,我觉得我们应该分开一段时间,不要再见面了。"

"你是说……"

他信任的眼神中渐渐渗入了一丝忧伤和惊讶,可蒂比没有任何感觉。她看在眼里,心中波澜不惊。以前看到布莱恩痛苦,她会心如刀绞。现在为什么会没有感觉了?

"为什么?"他问。

"因为……因为……"她早就应该料到布莱恩会这么问,但却没有想好答案,"我只是觉得……嗯,因为我们之间相隔太远,见面很不容易……"

"我不介意两地奔波。"他急忙说。

蒂比恶狠狠地瞪着他。你能不能顾全一点面子马上走?她恨不得对着他大吼。你快生气呀,你快骂我下贱呀。快走啊,走啊。

"我不希望你跑来跑去,"她没好气地说道,"我只是想一个人静一会儿。我甚至不知道该怎么解释。"

布莱恩不知如何是好。风吹动了他的T恤,此时的他变得瘦弱无助。

布莱恩从来不会把心事埋在心底。他一向想说就说,想做就做,畏畏缩缩、期期艾艾可不是他的风格。蒂比以前很欣赏他这一点,可现在,优点却变成了最致命的缺点。她本以为布莱恩会因为心胸狭窄和恐惧而扭头就走,可现在看来,他似乎根本就没听懂她的话外之音。他到底是不同意分手还是没听明白?他为什么就不能退让一次,什么也不要追问直接扭头就走?

永远的牛仔裤

妈妈有一位眼神迷离、举止乖张的朋友,她曾经这样对蒂比说过一句话——这世上根本就没有深情这回事。在这一瞬间,蒂比想到了这句话。不,这世上还是有深情的。蒂比自忖道。

"是因为——"他开始试探了。

"我不知道是因为什么,"蒂比抢白道,"我只知道我不想再这样下去了。"

他无奈地抬起眼帘,继而又低头不语。拉斐特大街上人来人往,他盯着公共剧院门口那面在风中翻飞的旗帜。蒂比担心他可能会泪流满面,但他没有。

"你不希望我再来看你了吗?"

"是的,不希望。"

"你也不要我再打电话给你了吗?"

"是。"

布莱恩明白暗示了吗?这不是明摆着的吗?他为什么还要多此一问?他的脑袋是不是要挨上一闷棍才会开窍?

突然之间,她心底冒出了一个恶毒的问题。她现在用路人的眼光来打量布莱恩,接下来又打量她自己。别人会不会以为布莱恩根本就是个白痴?他们会不会笑自己连这种白痴都要?

蒂比恨自己如此无耻,但人的大脑是不以意志为转移的,你无法强迫它什么能想什么不能想。

我恨他吗?蒂比问自己。我真的爱过他吗?

那个可怕的夜晚改变了一切,那晚他们做爱了,蒂比醒来后变成了另外一个人。她甚至都记不起曾经的蒂比是什么模样了。世上最诡异的事莫过于此。仿佛一觉醒来,催眠术或魔咒便解除了,现在的蒂比才是真正的蒂比。

"那我们该说再见了。"他说道。

他把头扬得高高的,蒂比看了看布莱恩的脸,又看了看他的眼睛,她

175

明白布莱恩终于读懂了她的决绝。他的眼神仍如受伤的小兽,只是不再有任何疑问。

"是——是的。我看——是该再见了。"蒂比语无伦次。看来,布莱恩比她更决绝。

她知道以布莱恩的个性,肯定不会怒气冲冲地扭头就走(虽然她可能希望如此)。她以为布莱恩会追问会乞求,可让她意外的是,布莱恩只是站在原地直视她的眼睛。

"再见了,蒂比。"他没有一丝怒意,眼中亦没有一丝期待。他到底怎么了?

"再见。"蒂比生硬地在他的脸上吻了一下。这个告别吻感觉糟透了,吻到一半的时候她便恨自己不该这么多此一举。

布莱恩背上破旧的红色背包,转身向地铁走去。蒂比望着他的背影,但他没有回头。

他的步伐是如此的决绝,仿佛提出分手的人是他,只剩蒂比独自一人傻呆呆地立在原地。

就在这一刻,蒂比突然内疚万分,她明白了布莱恩为什么从不生气只是无限度地包容:原来他深爱自己,他可以盲目不顾一切地爱她,虽然她不配。

噢，我可爱的小姑娘，让我保护你，给你温暖。

——安妮·塞克斯顿

莉娜发现生活中几乎所有东西都是可以习惯的，这是一个令人鼓舞的奇怪事实。你甚至可以习惯在陌生年轻男人的注视下，赤身裸体地躺在红玉色沙发上做人体模特。即使一个出生于保守家庭的希腊少女也会对此习以为常，但她父亲知道后估计会气个半死。

　　人体模特也不是随便就能当上的。万事开头难，第一个小时，莉娜感到极度痛苦。

　　第二个小时，她的肌肉开始逐渐放松。

　　第三个小时，莉娜开始注视利奥。她看着他画画，看着他看自己的身体。她观察他在如何观察自己身体的不同部位，以及他正在描绘自己的哪一个部位。利奥画到她的臀部时，她感觉到一阵兴奋，然后利奥接着开始画她的大腿。

　　莉娜和平时一样惧怕他人目光，但利奥的注视给她的感觉却完全不同。这是一种不同的注视方式。他似乎想要看透她，长时间凝视后才开始在画布上勾描。他的目光好像盛水的筛子一样，令她毫无保留。

　　他在修饰色彩强度，她开始放松下来。莉娜觉得他一心扑在他的画作上。他关注的是画中的自己，而不是鲜活的自己。放松心情后，她开始上下

打量着这座公寓。这就是他们之间的所有关系吗？是否涉及任何艺术表现呢？

她喜欢阳光弥漫在皮肤上的感觉。她的思绪开始飘飞，她开始喜欢他的眼睛触摸她的皮肤的感觉。

他打开音乐，并告诉她这是巴赫的曲子，唯一使用的乐器是大提琴。

第四个小时，当她回过头时，看到他在看她的脸。起初，两人都有些尴尬，避开了彼此的目光。然后，在同一时刻，他们又都回过头来。他停下画笔，一脸的迷惑，之后又缓过神来，继续画画。

第五个小时，她停止思绪，像中邪了一样，没精打采的。利奥也像着魔了。两人各有心事。

第六个小时，她想象他抚摸着她，脸颊不由泛起红晕。

他接着放另一首巴赫的曲子，这次是小提琴独奏。在她耳中，此时的音乐浪漫无比。

他当时正在画她的脸。"眼睛向上看，"他说道。她抬起头来。"我是让你看着我。"他解释道。

他是要我看着他吗？莉娜很不解。

接下来的一个小时，他看着她，她也望着他，像较劲儿似的，而且赌注筹码似乎越来越大。但两人都没有移开目光。

最后，他终于放下画笔，脸颊变得和她的一样通红。两人都喘不过气来，都像中了魔。

他靠近她，仍保持着眼神接触。他把手轻轻放在她的肩上，俯下身来，吻了她。

过去，布布伤心沮丧时，总会扑在床上歇斯底里大哭一通。这种悲伤带来一种穷追不舍的痛苦，现在，她呆若木鸡。

她赤脚走出餐厅，将麦片糊吐在草地上。她担心她会把胃中的食物吐空。

她很庆幸自己换下牛仔裤放在了小床上，可不能让牛仔裤看到她这样的丑态。

她走出营地，朝着太阳的方向一直往前走。她就这样一直走着。据说如果一直朝着东方走的话，可以走到印度去，走到中国去。她一直走到脚底传来刺痛。天啦，要一直走到中国去，那脚得有多痛呀！

慢慢地，太阳升到头顶。她意识到她真的走了很久。她不想一直跟着太阳走，太阳最终会回到起点。她不想回去。她颤抖着。中国会很冷吗？

她觉得自己像一个爬虫类动物，靠阳光温暖着全身的血液。她觉得自己无力产生任何温度。

她从一开始就知道彼得已婚并有孩子的事实，今天上午并没有出现什么新情况。但现在，他的妻子和孩子的形象却比以往任何时候都真实。她看到了她们，这几乎摧毁了她内心的平静。

眼不见，心不烦。她怎么能容许自己这样呢？只有失忆症患者和脑部受损的人才这样。只有蝾螈和青蛙才这样，她有什么错？为什么不能在心中留存一份念想呢？这是无能为力的，没有任何借口可以解释的。

她进入了一场不同以往的比赛。在这场比赛中，没有场地挑战，没有热身，也没有混战，这是一场真正的比赛。彼得和她都已是成年人，他们进行真正的较量。

她可以在已婚男人面前大步走过，并炫耀身姿。她可以吻已婚男子，并假装这是最大的乐趣。但事实并非如此。

其实她走过时打着寒战，这说明她还不成熟。她向前望到了山峰，决意要越过它。

她高大的身体笔直挺立着。如果她自己都不曾认真考虑自己的生活，那还有谁会去在乎呢？人生的每一次选择都是有影响的。她要为自己的一生负责。

卡门喜欢待在剧场，即使最冗长最怪癖的深夜彩排都好过在宿舍发呆。安德鲁·克尔只需看她一眼，就会把她吓坏，但仍比她的室友友好。

慢慢地，校园里每个人都发现了卡门的存在，只有一个人除外。在漫长的两个星期里，尽管她们共处一室，但茱莉娅仿佛卡门不存在一样。

因此在第三个星期的彩排中，当茱莉娅转身问她节目怎么样时，卡门感到非常惊讶。

当时卡门在试穿戏服，正在扯她的袜子，她兴奋无比。

"一切都非常完美。至少，我希望如此。"

"和伊恩·欧班农合作感觉怎样？"茱莉娅问。

她问这个问题的语气，就好像她们还是无话不说的好友。卡门都不敢相信这是真的。

"他……哎，我甚至都不知道他是干什么的。我每天都感到吃惊，我现在也是。"

"哇。你真幸运，你能和他一起工作。"

卡门掂量着这些话，但并没有想到这是对她的嘲笑或讥讽。

"我真的很幸运呢。"卡门谨慎地回应。

"就好像……一辈子难得的经历吧。"

卡门再次权衡这些话，并仔细探究茱莉娅脸上的表情。她曾认为茱莉娅面容姣好，高高在上，但现在她表情诡秘，让人摸不着头脑。茱莉娅身上曾让卡门羡慕无比的优点现在看来却很极端。她太瘦了，太平静，太谨慎了。

"我想是的。"卡门回答。

晚上，卡门回忆着是什么事情融化了她们之间的关系，想着想着竟睡着了。

卡门仍很庆幸这一切。所以，当她第二天早上醒来的时候，她虽半信半疑，但仍抱有希望。

"你穿绿色的裤子应该会更好看。"当卡门正在翻箱倒柜搭配衣服时，茉莉娅说。

卡门转过身问:"穿绿色裤子好看吗?"

"是呀。"

"谢谢你的建议。"卡门穿上了绿色的裤子,尽管她并不觉得好看。

"你们今天彩排什么呢?"茉莉娅问。

卡门告诫自己即使为了她的面子,也要表现得友好并感到高兴:"我想应该是里昂提斯神经错乱这一部分吧。潘狄塔直到第四幕第四场才出现,但是安德鲁要求我去看看。他总是边用手指敲打我的脑袋,边说要'观察并学习'。他觉得这样也是一种娱乐。"

"他是一个古怪的人吧?"茉莉娅又问。

"嗯,有点儿。"但卡门突然觉得这种古怪没什么不好,她接着说,"我没多少舞台经验,但我认为他是个好导演。"

茉莉娅本来想张口说点他的不是,但她并没有,而是说:"他声誉很不错。"

"声誉不错?"

"是呀。"

"哦。"在卡门看来,谈话到此结束将会让她一整个星期都感到非常愉快,但茉莉娅却继续说着。

"我可以和你一起读台词,如果你想增加一些额外的练习的话。"她提议说。

卡门谨慎地望着她:"你人真好,谢谢,我想练习的时候一定告诉你。"

"我是认真的,你可以随时找我。我在《爱的徒劳》中戏份不多,你知道的。"卡门不想被迫赞同,只好说:"你来决定吧。这不是大问题。"

"那我们就晚上熬夜对台词吧。"

"好的。"

茉莉娅悔恨的表情一览无余:"我们的导演R.K.问我是否能在停机期间帮助布景。"

永远的牛仔裤

卡门试图不露声色:"那你怎么回答的呢?"
"我说布景又不是我的事情。"

Carmabelle:哇,利奥是黑人?
LennyK126:嗯,算是半个黑人吧。
Carmabelle:你真想气死你爸爸吗?
LennyK126:差不多,只要找个有色人种,他都会气死。
Carmabelle:利奥觉得自己是白人还是黑人?他自己弄清楚了没?
LennyK126:什么?
Carmabelle:我是有色人种,我问这问题唐突。
LennyK126:还是搞不懂你在讲什么。
Carmabelle:好吧,他听U2乐队的歌曲吗?

那晚布丽奇特最终还是没能走到中国,她坐在脏兮兮的地面上,肩膀严重晒伤,刺痛难忍。

她很高兴能重回这块泥地面。她曾担心自己之所以迷恋这块泥地面,很可能多多少少是因为彼得的关系,不过现在她发现并非如此。这是属于她自己的快乐,谁也不能带走。

她也很高兴听说彼得和家人去镇上吃晚饭了。她不想吃晚饭,但她不想因为彼得而不吃晚饭。

她继续胡思乱想着,这就是成长的烦恼。工作团队的同事对她是不是太小心翼翼了?

她的手依然知道怎样发现地面,她下到昨晚他们两人庆祝的地方,她还沉浸在昨天的亲密中无法自拔。

干过搜集、筛选及分类这些了,最后她的手指痛得不敢碰任何硬物了。不过现在已经习惯这种状态了。她猜想这是一件陶器碎片,和其他碎片一样。但她又摇了摇头,然后将它举起,但光线太暗,无法辨清。她在指间感受着这个小物件,它并不像黏土多孔,也不像金属沉重。

她记下其出处,然后跳上楼找到一个手电筒。在灯光下观察着,她觉得她的心开始扑通直跳。

她把它带到实验室,很高兴地看到安东仍在熬夜工作。

"你拿着什么呢?"他问。

她递过去:"我想这是一颗牙齿吧。"对此,她很震惊,觉得腹部一阵寒意。

他看了一下,然后又用放大镜看了看说:"对,这是一颗牙齿。"

"小孩的牙齿。"

"当然是小孩的。"

"你知道这是谁的牙齿吗?我的意思,是男孩的还是女孩的?"

他摇摇头:"根据小孩的骨头还不能分辨性别。青春期之前,男孩和女孩的骨骼是完全一样的。"

为什么安东对此显得很快活高兴,而她却恶心嫌弃呢?

"我是在屋子里发现的,在新的房间。怎么会在房里呢?这类东西应该在太平间出现。"她似乎在抽泣,但她真的不想哭。

安东仔细地看着她:"布丽奇特,这颗牙齿不可能在太平间出现,因为小孩并没有死。"

"是吗?"

"或者我应该说,这颗牙齿和死亡没什么关系。"

"是吗?"

"是呀。"安东笑了,显然他是想哄她开心,"小孩换牙,牙齿掉在地板上了。或许是孩子的母亲保存了这颗牙齿。"

布丽奇特点点头走了回去,她几乎要放声大哭。这个人不管是男是女,都已经死了很久很久。但死的时候不应该还有小孩一样的牙齿。小小的牙齿不代表死亡,而是代表着成长。

我便是喝了
酒而看见那蜘蛛
的人。

——威廉·莎士比亚

"你想他吗？"卡门问。

"不想吧，我也不知道。"蒂比用肩膀夹着电话，手指在抠着脚指甲。一些夏季班的学生挤在大厅看电视。这里太吵闹了，并不适合严肃地交谈。

"你自己都不确定？"

"嗯，我不知道。但我非常确定我要和他分手。我不想见他，但我有时又会想他是否会给我打电话什么的？"

"嗯哼。"

"我有些希望他给我打电话吧，但他不会打的。你明白我的意思了吗？"

"嗯，明白。"卡门提高声音说。

蒂比知道卡门根本就不明白。而且，自夏天开始，对于这段感情，蒂比就没说过任何有意义的话。

"你想和他谈点什么特别的事情吗？"卡门问。她的声音一点说服力都没有。蒂比惊讶地发现，这个夏天自己是一个多么成功的女演员。

"不想，真的不想。"蒂比无力地回答。大厅传来叫嚣声。

以前和卡门聊天时，她们的内容一般都有故事情节，甚至还有猛料。有关是否恋爱或是否分手之类的话题。有时她们会对某个话题达成一致，有时可能会不欢而散。有时是她给蒂比建议，有时则是蒂比给她建议。

"这儿真吵。我们以后再聊吧？"她对卡门说。

"好吧。"

保持通话或者挂断电话都让人感觉不快。

蒂比坐在桌边，找出电脑中的文件——这些文件中应该有电影剧本创作强化班的剧本。文件夹故意命名为"剧本"，但其实并不包括任何类似剧本的文字。她在这个班已经快三个星期了，仅做了一页不工整的笔记，且内容毫无联系，杂乱无章。她甚至不记得记下一些提示性的内容。

她让电脑处于待机状态，轻按开关打开电视。从电脑屏幕到电视屏幕，她的生活似乎无比充实。她的全部需求就是一个电子盒。

她等着她最喜欢的大鼻子且笑声爽朗的新闻小姐玛丽亚·布兰凯特。蒂比觉得她是虚伪世界中唯一的真实。但这时新闻广播已经转到天气预报。

她还在想着布莱恩打电话的事情。他可能会打电话给她，因为他已经做了秋天的安排。他会给她打电话，假装提供有关房子或各种要求或饮食计划等建议。她几乎可以肯定，如果他九月份去纽约大学，那他们至少可以做回朋友。

那她会怎么做呢？她会说什么呢？她应该帮助他吗？如果她鼓励他的话，会不会是一个错误？那样将会使他更难熬过来吗？

那天深夜，布丽奇特在空无一人的办公室给蒂比打电话，声音仍显哽咽，她非常庆幸卫星服务系统已恢复正常。她知道这个电话将会花去一大笔钱，但她不在乎。她以前没有告诉过任何人彼得已婚的事实，但现在她觉得有必要这样做了。

"我觉得自己好傻。"她放任眼泪肆虐。她感觉自己伤痕累累，她需要愈合伤口。

"亲爱的布布。"蒂比安慰着她。

"我知道他结婚了,我知道他有孩子,但总之事情已经发生了。"

"我知道。"

"我今天早上看到她们了,我觉得自己很恶心。但为什么以前觉得这些不重要呢?"

蒂比"嗯"了一下,表示她在听,但并不是在作出什么判断。

"他是家庭中的一员。他们是他的家人,都依赖着他。而我永远都不会属于他。"

说完,布丽奇特沉默良久,突然哭了起来。她发现在蒂比面前,她比预计的更诚实。

"布布,没关系。以后一定会有一个属于你的人。"蒂比坚定地说。

布丽奇特想到了爸爸,感到一种无法抵抗的绝望。她想到了埃里克,感到没有权利得到他的爱。她想到了妈妈,感到一种尚未放下的痛:"蒂比,我只属于你、莉娜和卡门。我只有你们了。"

星期一上午,莉娜第一个来到画室。利奥随后进来,并立即来到她身边。她又感到不好意思了。

"我太兴奋了,都睡不着觉。"他告诉她。

利奥看起来确实非常兴奋,但也非常疲倦。这是那幅画吗?这是她吗?

"我把画带来了。给你看看吧?"他举起手上薄薄的画板。

"不要在这看。"她有点不安。这时已有其他同学在附近走来走去。

"我知道的。我们等会去人少的地方看吧。"

"好的。"她紧张地看着画框。

她努力将注意力集中在她的绘画上,努力进入工作状态。

下课后他迅速收拾完东西,她也赶紧追上他。他们在二楼找到一个没

人的教室,然后关上身后的门。

他将画斜靠着墙,把她拉近,亲吻她。他的脸压在她的脸颊上。

"诺拉是个不错的模特。但我现在只想画你。"

他长长地吻着她,她简直透不过气了:"我从来没有吻过任何模特,我从来不画我吻过的女孩。"

"你怎么不吻诺拉?"

他脸色略变。

"或者马文?"

他的脸色更加难看了。

观赏画中的自己是很尴尬的。她每看一会儿,就想象一下一位学生在画一位女模特。这里到处都是这样的画作。

但是这一幅不一样,画上的人是她自己。她无法在欣赏利奥作品的时候,撇开自我意识的判断。

但当她稍微放松的时候,她发现这幅画确实很美。它不同于学校的绘画作业。这幅画在利奥从小生活的房间里画成,而且画的是她。他在绘画期间,她是完全属于他一个人的。

她还有些别样的感觉。大多数学校绘画作业都刻意避开性感的画面,这幅画却不是。

"看起来很性感吧?"

他也不好意思地笑了:"是很性感。"

"我希望我爸妈永远不会看到这幅画。"

"他们看不到的。"

两人都还是有些尴尬。见过对方裸体,却不了解对方的任何朋友。确实有些令人窘迫。

前天绘画结束的时候,如果她没有穿上睡袍的话,如果她任由他亲吻的话,接下来会发生什么事情呢?她知道结果肯定是他想要的。她自己也有这样的想法。

"在这一行,你做得比我好多了。"她说。

利奥看起来非常遗憾:"但你是个更好的模特。"

"你是个更好的画家。"

"或许少些羞怯会更好。"他说。

她仍能感觉他的手指触到肌肤的感觉:"那样才公平。"

"也许我们可以再试一次。"

"我不知道。"

"你就答应我吧。"他看似有些绝望,"因为如果你不画我的话,我就不能要求你,对吧?但我真的希望你能再次做我的人体模特。"

难道他想要的就是一幅画?如果她同意的话会发生什么呢?"可以呀。"她答应了。

"是真的吗?我也愿意做你的人体模特。"

"没必要吧。"

"星期日怎么样?"

"我考虑下吧。"她觉得被请求的感觉还不错。

"那就星期日?"

"好吧。"

"明天一起吃晚饭吧?"他非常高兴地收起画,她知道他得去工作了。

"在你家里吃饭吗?"

"我们还是出去吃吧。"他边说边领着她下楼去大厅,"我不敢在我妈妈面前吻你。"

当演员们解散去吃午饭的时候,茱莉娅等候在主剧场的后门入口处。卡门看到她很吃惊,但仍很高兴茱莉娅在等着她,而且似乎看起来很友好。

扮演迈密勒斯王子的演员叫乔纳森,和卡门并肩走着,因此卡门向他

介绍了茱莉娅。

"你去咖啡馆吗？"当他们来到路口分叉处，乔纳森问卡门。咖啡馆是一个更小更漂亮的餐厅，为专业演员预留。去咖啡馆的人从来不去餐厅，而去餐厅的人也从来不去咖啡馆。卡门深知这一点，尽管伊恩和安德鲁，尤其是乔纳森都劝卡门和他们一起去。

"我就不去了。"她说。

"去吧。"

她不想这样推来推去，只好说："我不应该去咖啡馆呀。"

"瞎说，你当然可以去。"

"乔纳森，这样不好吧。"

"你可以带上你的朋友。"

卡门转向茱莉娅，她似乎对这个提议异常兴奋。"你想去吗？"茱莉娅满怀期待地问卡门。

但卡门还是不想去。

"我只是觉得去咖啡馆会很好玩。"茱莉娅试图劝说。

卡门看了看乔纳森，说道："咖啡馆是为专业演员预留的。但如果王子诚心想和我们一起吃饭的话，可以叫上外卖带到草坪上去吃。"

乔纳森无奈地摇了摇头："好吧，我被打败了。那就草坪上见吧。"

"让女实习生们见识一下你的真面目嘛！"卡门开玩笑地说。

让茱莉娅高兴的是，乔纳森真的来到餐厅外的草坪，所有的实习生都在这里。他拿出三份火鸡三明治。卡门觉得这些三明治的味道和餐厅里的没什么两样。

王子的出现确实引起了轰动。看来，大多数人都比卡门更了解乔纳森最新参演的影片。茱莉娅愉快地与他交谈，讨论他参演过的每部影片。

看着茱莉娅，卡门揭开了某种神秘面纱。她意识到，茱莉娅之所以再次变得友好起来，是因为她相信卡门可以帮助自己接近真实的演员。

卡门本应对此很生气，但出于某种原因，她却没有。很明显茱莉娅是在利用她，这总好过一言不发。

仅在过去几天，卡门就深深感受到和一个不理自己的人住在一起是多么痛苦。她极度后悔曾经这样折磨妈妈。

卡门一直觉得沉默不语是很难受的，同时也对茱莉娅最近的转变感到不安。但现在她明白了个中缘由，就感觉好多了。

后来，她在后台遇到乔纳森，向他表示感谢："虽然那三明治确实难吃，但我想我的朋友很感激你能和我们一起吃饭。"

他笑了起来，伸手拉了下她的卷发发梢："不客气，小妹妹。"

"现在她想知道你今晚晚餐吃什么。"

乔纳森再次笑了："你的朋友是那种我们称之为奋斗者的女孩。你能在洛杉矶发现很多这种类型的人。"

呃，布丽奇特挖掘到了最底下一层，这里的文物也是最重要的。那天晚上布丽奇特躺在帆布床上思忖，能摸到底的感觉真好。她像鸭子一样趴在地上，虽然腰酸背疼，但她可以忍受。

彼得曾经说，她可以向希腊的逝者学习一二，他是对的。希腊人理解苦难的轮回。他们知道家族的咒语会代代相传。甚至一点微不足道的过错就可能引发战争和背叛，导致成千上万无辜的孩子白白牺牲。最终，悲剧也仍然在战争、背叛和成千上万无辜的孩子的牺牲中结束。

不——事实上，不是这样结束的。悲剧压根就没有结束。在历史上，悲剧总是因为人类的愚昧和盲目而一再上演，并且有愈演愈烈之势。

她的打算也正在于此。她有一个不快乐的家。所以说，既然她的家不快乐，别人的家也休想快乐。从某种程度上来说，她不希望彼得——或任何人——拥有她不曾拥有的东西。她甚至不希望彼得的孩子幸福快乐。

现在，她感到很纳闷。难道是彼得有家室的事实打击了她对他的兴

永远的牛仔裤

趣？抑或是加剧了这种兴趣？她将最具破坏性的冲动掩饰成浪漫让人有多心寒。

那些盲目笨拙的希腊人似乎总是犯同样的错误。他们不能吸取过去的教训，他们总是狂妄自大地阔步向前冲，他们拒绝回头看。而她正好也是这样的人。

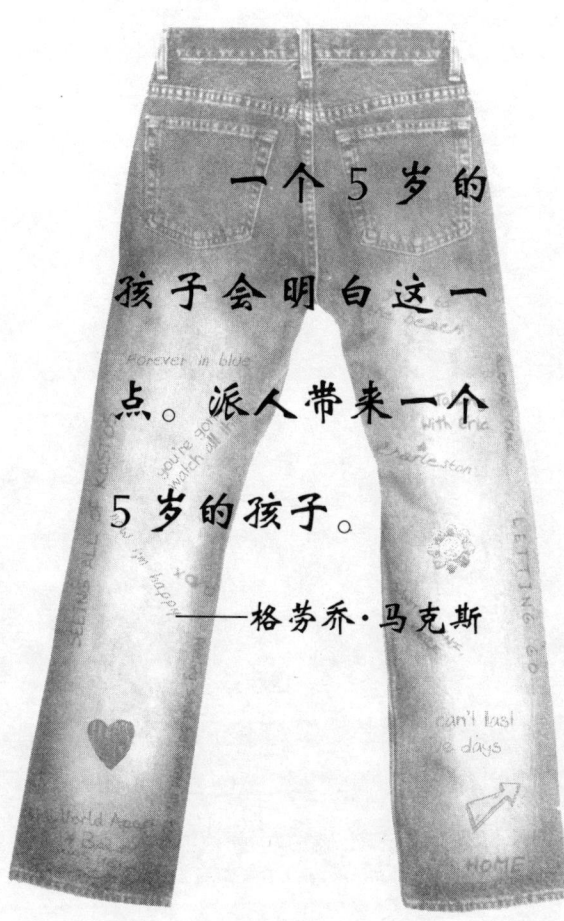

一个5岁的孩子会明白这一点。派人带来一个5岁的孩子。

——格劳乔·马克斯

永远的牛仔裤

蒂比削减了自己的工作时间。或者更准确地说,查理建议她削减工作时间。他认为,如果她的工作时间少一点,她可能对客户更有耐心。查理雇佣了一个涂着香味润唇膏,穿着热裤,不在乎电影好坏的女孩。查理对蒂比简直是太仁慈了,不忍心炒掉她。

蒂比也不介意这些。这些天来,她找不到任何人一起外出吃饭或者看电影,所以她并不需要那么多钱。这样她有更多时间专注在剧本上。或者至少有时间打开命名为"剧本"的文件夹。

七月末,她回家过周末。凯瑟琳和尼奇的日间夏令营演出很多,她想大家见到她应该有些惊讶。

她会见到布莱恩吗?在火车向南驶进的吭哧声中,她就在思考这个问题,当她等着妈妈来贝塞斯达地铁站接她的时候,她仍在思考着这个问题。

她将见到他,她确信她会的。她怎么能不见他呢?布莱恩爱她的家人。事实上,他对他们的感激比她这个真正的家庭成员还要多,并给予了更多的回报。她现在的感觉一言难尽。

事实上,星期五早上,当蒂比正在吃早餐时,布莱恩来到了厨房。

"嗨,早上好。"凯瑟琳兴奋地围着他转圈,"今天你来接我们吗?"

看到蒂比，布莱恩惊讶吗？她自己也不确定。起初，她以为他会想见她，但现在根据他脸上的表情，她不知道他是否早已知道她在厨房。

"蒂比，早上好。"他招呼道。

"早。"她眼睛一直看着果汁软糖。她想表现得友好，但又不想误导他。

"布莱恩有时候在星期五代替妈妈来接我们。"凯瑟琳高兴地解释。她完全抛弃了自己的麦片，去讨好布莱恩。

蒂比听到妈妈在楼上吼着让尼奇关掉电脑并穿好衣服。

"嗯，这样挺好。"蒂比生硬地说。

"你应该吃你的早餐，凯瑟琳。"她又接着说。她无法想象布莱恩主动接她的弟弟妹妹去营地，毕竟她才是他们的亲姐姐。

布莱恩没有兄弟姐妹。正是因为没有，所以他才有这种热情。

"你们怎么不拥抱一下？"凯瑟琳疑惑地问道，眼睛从布莱恩看向蒂比，又从蒂比看向布莱恩。

布莱恩被凯瑟琳踩了一脚，但仍没有回答这个问题。蒂比脸色泛红，继而转向盛着麦片的碗。

"你们吵架了？"凯瑟琳追问。她将双手放在蒂比的膝盖上，靠向她。

蒂比抓住茶匙搅拌着。粉红色的心、黄色的月亮、蓝色的钻石①使牛奶变成令人作呕的灰色："没吵架，只是这个夏天我们各有各的事情。"

凯瑟琳并没有马上接受这个答案。

"你想一起来吗？"布莱恩彬彬有礼地问蒂比。

"去……"

"带我们去营地！"凯瑟琳上了车，"你也一起来吧？"

"嗯，那好吧！"

几分钟后，蒂比才回过神来。她坐在妈妈车子的后排座位上，和前男友开车送弟弟妹妹去营地。但真正的尴尬是在两个喧闹的乘客下车之后。

①译者注：早餐甜麦圈有各种颜色和形状。

"你最近怎么样？"布莱恩小声问。

他看似比她轻松。他并没做什么错事，不是吗？

"我很好，你呢？"

"我想我尝试着过得更好些吧。"他愿意说实话，但她不愿意。这就是她不愿意和他交谈的原因。

她想不出有什么可说的。他们停下来等待长时间的红灯。她一直非常讨厌阿灵顿大道上的交通灯。布莱恩为什么要走这条路呢？

"学校里怎么样？一切都还好吧？"最后她问。

"你想说什么呢？"他反问。最后，他们继续前行。

"助学金的各种资料。"

"我可能不需要了。"

"是吗？但是我认为……"她现在开始和他交谈了。

"在马里兰州，是……"

"不是，我是说在纽约大学。"她解释。

他有一会儿什么也没说。

她希望能收回她的话，她调整了一下坐姿。

"我不打算去纽约大学了。"正当他们转向她住的街区的时候，他缓缓地说，"我几个星期前退回了我的通知书。"

车还未完全停止，她就打开了车门。"哦，对。"她一时忘记了这是她妈妈的车，布莱恩可以把车停在她的车道上。"真有意思。"她心慌意乱，在人行道上向他挥了挥手进入家中。

他看着她，但她不确定他的表情，因为她并没有真正地看着他。

"我走了，再见。"说完，她的身影消失在屋子里。

她走进自己的房间，僵硬地坐在床上。她望着窗外，但什么也没看到。

布莱恩不去纽约大学了！他是因为她才去的，但她已经和他分手了。

布莱恩似乎已经接受了他们分手的事实，这点突然变得清晰起来。

但她自己接受了这个事实吗?

那天晚上,当卡门结束彩排回家的时候,她惊讶地发现茱莉娅在她的床上为她留了一堆书。

"这个是关于伊丽莎白时代的舞台剧的。"茱莉娅指着卡门拿起的第一本书,热情地解说,"下面那本大书是关于语言和发音的。这本书非常有用。然后这一本是对《冬天的故事》分析的。"

卡门点点头,翻看着书:"哇,太好了,谢谢你。"

"我觉得这些书都是有用的。"茱莉娅继续说。

"好的好的。"这些书触发了卡门的某根神经,她怎么就从未想过去图书馆呢。

她精疲力竭,但并没有马上睡觉,而是开着灯,思考着各种不同的韵律。

第二天晚上,茱莉娅教她跳出文字理解言外之意。然后卡门阅读茱莉娅推荐的关于里昂提斯的资料,茱莉娅则在兴奋地写着什么。午夜时分,卡门正准备关灯,茱莉娅把写的东西递给了她。

"看看吧,我帮你做了一些标注。"

这是一叠影印的资料,足有半英寸厚,上面标着一些令人眼花缭乱的符号和说明。

"我帮你把韵律标出来了,还有节奏。"

"真的!"

"是呀。这样似乎对你有些帮助。"

"太好了。"

茱莉娅指着第一行,用夸张的节奏给卡门进行示范。

"嗯,我明白了。"

"是吗?"

"我想我应该明白了吧。"

永远的牛仔裤

"那你试着读一下?"

卡门并不想尝试,因为她并没有真正搞懂节奏。她觉得自己好傻,而且她很困了。

"试着读一两行嘛。"茱莉娅用鼓励的眼神看着她。

卡门只好读了几句。

"不是这样的。"茱莉娅再次做了示范。

最后,卡门感到身心俱疲,头疼顿生。

蒂比准备星期日去看望老朋友贝莉的母亲格拉夫曼夫人,然后晚上乘火车返回纽约。她想在离开前去看看她。

"我们在咖啡馆见面还是其他什么地方?"蒂比在电话里问格拉夫曼夫人。

"咖啡馆吧,就在海兰角落附近那。"

"好的。"蒂比松了一口气,她也不想去格拉夫曼夫人的家里。

蒂比曾想过要去看望格拉夫曼夫人,或者至少打电话问候。但她去年回家的次数实在没几次。她经常想着这件事,搞得今天像是在完成任务一样。

蒂比在门口轻轻地抱了一下格拉夫曼夫人。她们要了咖啡,然后在前窗的小桌旁坐下。

"最近怎么样?"格拉夫曼夫人问。她看似非常悠闲,穿着宽松的瑜伽裤,鞋子上沾着些许泥泞,也许刚从花园回来。和半年前或一年前相比,格拉夫曼夫人貌似精力更充沛了。

蒂比不假思索地回答:"挺好的。你呢,怎么样?"

"嗯,你知道的,老样子。"

蒂比点点头。"你知道的"意思就是说她想念贝莉。当你失去唯一的孩子时,生活中就缺少了很多快乐。

"但工作还不错。我换公司了,告诉过你没有?"

"你不是才换过吗?"蒂比很惊讶。

"我重新装修了楼下的浴室。格拉夫曼先生在做海军陆战队马拉松赛训练。"

"哇,真酷。"

"我们试着活得更有意义些。你知道吗?"

"嗯。"蒂比答道,格拉夫曼夫人看起来有些悲伤,但还没到迫切需要安慰的地步。"亲爱的,你怎么样?"

"我在参加编剧强化课程。我们要在八月中旬完成全部剧本。"

"听起来真有意思。"

蒂比突然意识到格拉夫曼夫人想要知道编剧到底是怎么回事。

"编剧是干什么的呢?"果不其然,格拉夫曼夫人真的问了这个问题。

蒂比喝了一大口咖啡,结果却烫到了舌头。"我主要是搜集各种不同主题和图像。你了解这个吗?"她曾听人这样说过,并认为这种工作很酷。但她和格拉夫曼夫人之间的这种交流听起来像是骗人的谎言。

"有意思。"

这是表达我还没有开始的另一种说法,蒂比想这样说,但最终没有说出口。

"布莱恩呢,他怎么样?"格拉夫曼夫人笑着问。她是布莱恩的一个妈妈级粉丝。

"嗯,他还好吧。我也不是经常见到他。"

格拉夫曼夫人眼神中透着怀疑,所以蒂比只好一直说话,不给她提问的机会:"是呀,我们不常见面的。我有一份工作,而且还要上课。他有两份工作。我们又不在一个城市。所以就不常见面。"

"哦,我能想到。那你们明年就能在一起了吧?"格拉夫曼夫人问。

"嗯。我不知道。谁也无法预料。"蒂比想回到她的小宿舍看电视。

我和他分手了，现在，这一切似乎已成定局。我们再也不能在一起了。我们也不会出现在彼此的未来。世事弄人呀，谁能料想到这个结局呢？

格拉夫曼夫人意识到蒂比不想谈论这个问题，这样她们之间就更无话可说了。

"你会来参加我父母在八月举行的晚会吧？"蒂比边问边收拾着她的东西。

"当然。我们收到了邀请邮件。哇，结婚二十周年呢。"

蒂比漠然地点了点头。她讨厌计算数字，甚至都没想到是父母结婚二十周年的纪念日。到此，这个谈话很快又被画上了句号。

蒂比发现她更喜欢简单的单向的互动，比如看电视。

莉娜已经忘记了要遗忘卡斯托斯。当你记得要去忘记一件事情的时候，其实你还记着这件事。只有当你忘记了要去忘记一件事情的时候，才说明你真的忘记了这件事。

莉娜想起卡斯托斯并不是因为脑海中的任何想法（如果还有想法，证明并没有真的忘记），而是因为七月末一个炎热的星期四下午的敲门声。

当莉娜真真切切地看到卡斯托斯的时候，她想起了他。

身为一个美丽的少女，

这种奋斗能有何结局？

历史的故事不会重演，

特洛伊难再倾覆。

——威廉·巴特勒·叶芝

永远的牛仔裤

事情发生在下课后。莉娜踢掉拖鞋,穿着短裤和T恤就倒在床上睡着了。头上的马尾辫散落着。正在她沉睡时,传来了敲门声。她满头是汗,头昏眼花摇摇晃晃地打开了门。

她觉得眼前这个黑头发的男人似乎是卡斯托斯,但又不太肯定。尽管这个男人有着和卡斯托斯一样的脸、一样的脚,甚至一样的声音,她仍坚持认为这个男人也许是别人。

这个男人为什么站在她宿舍门口?而且还长得这么像卡斯托斯。恍恍惚惚中,她想着给卡门打电话,告诉她罗德岛州有一个男人长得简直和卡斯托斯一模一样。

然后她想起卡门说过卡斯托斯什么时候会来,她想起了要忘记这一切。

她突然感到颤抖和恐慌,就好像在SAT考试中途醒来一样。这是否意味着这个男人就是卡斯托斯呢?

但这是不可能的。卡斯托斯住在数千公里之外的希腊小岛上。他生活在过去,他生活在婚姻的围墙之中,他活在她的回忆和想象中。他属于那里,而不是这儿。

他不会出现在这儿。这里只有匆忙午餐剩下的火鸡三明治,破烂的束带运动裤剪成的短裤、脚踝处蚊子咬的红色印记、两个星期前她用透明胶带贴在墙上的素描。卡斯托斯不会出现在这儿。她怀疑自己的耳朵和眼睛,她的表情也给他传递了这样的信息。

"是我。"感觉到她的恍惚,卡斯托斯支吾着,不知道她是否认出了自己。

她当然认出他了,但这不是问题的关键,不是吗?她简直难以确信。是他又怎么样呢?

难道仅仅因为他是卡斯托斯,因为他站在她的门口说"是我",就能说明他曾经在她的现实生活中存在过吗?她想告诉他这些。

这些想法像梦一样缠绕着她,她忘记了要问他什么问题。她曾经有问题要问他的,不是吗?

"我应该先打电话的。"他喃喃地说。

她承认,她的心跳时快时慢。她想也许她会完全停止心跳。然后她再怎么做呢?

出于某种原因,她打开思绪,往事像柜子门被开启般从回忆中飞出来。

她清醒了吗?她本想问问他,但他是世界上最后一个知道的人,她的现实生活中已经不再有他。

"我想我应该坐下来。"她无力地说,就好像老式电影中被胸衣勒得喘不过气来的女孩。

他站在门口,也不敢进来。他看起来疲惫不堪。也许他真是一路颠簸辛辛苦苦才来到这儿的。

"要不你过会儿再来吧?"

他的表情让人觉得似乎万箭穿心。他不知道怎么回答。"那我晚上八点左右再过来吧?"

她想知道,八点左右是什么时候?按照他的时间还是她的时间呢?但她并没有问他,只是礼貌地说:"可以。"可他们真的说的是同一时间吗?

听到门关上,她用枕头捂住耳朵。如果他八点回来,她就能确认他真的来到这儿了。

也正是在这个七月底的炎热的星期四,保安打电话到蒂比的房间,告诉她有人找她。

她马上想到了布莱恩,尽管从贝塞斯达返回后,她就再没有见过他,也没有和他讲过话。她感到心跳加快。"是谁呀?"她紧张地问。

"等一下。"蒂比听到电话那头模糊的问话声,"艾菲。"

"谁?"

"艾菲。她说她是你的朋友。"

听到这个回答,蒂比的心跳改变了节奏:"哦,我一分钟后就到。"

她将弄湿的头发披散下来,穿上一件紧身短背心和一条皱巴巴的短裤。突然,她很担心莉娜是不是出了什么事。她飞快地来到大厅电梯口。

电梯停在大厅打开,艾菲快速后退了几步,差点被蒂比绊倒。

"没出什么事吧?"蒂比焦急地问。

艾菲挑了挑眉毛,说:"没有啊。没出什么事。"

"莉娜在哪儿?"

"她在普罗维登斯。"看着蒂比无比焦急的神情,艾菲真切地感受到莉娜的朋友实际上并不等于是她的朋友。

"哦,没事就好。"蒂比意识到这样似乎就是在问那你来这儿干吗呢?因此,她耐心地等着艾菲解释到这儿来的原因。

"你现在忙吗?"艾菲问。

"还好,不算忙。"

"嗯,你也不像匆匆忙忙去什么地方或做什么事情的人。"

"是啊。"蒂比非常好奇,觉得像是发生了什么事。她已经很久没和朋友们联系了。

"你要喝杯咖啡吗？这附近有没有咖啡馆？"

蒂比感觉到艾菲有点紧张，也有些不安，手脚都不知道往哪儿放。她穿着一件粉红色的低领上衣，领口处露出深深的乳沟。

"这儿到处都是类似咖啡馆的地方。"蒂比暗自劝诫自己要有耐心，不要表现得很心急。艾菲大老远地来看望她，她是需要某方面的建议吗？难道她突然觉得电影是一个有意义的职业？或者她听说纽约大学有非常多的帅哥靓仔？"我们可以到韦弗利去喝冰咖啡。"

"走吧，这个地方听起来蛮不错。"艾菲擦了擦嘴唇上一层细细的汗珠。

"你到纽约多久了？"蒂比边走边问，试图寻找一点蛛丝马迹。

"今天才到的。"艾菲说。

蒂比叫了一杯两美元的冰咖啡，艾菲要的是五美元的白色摩卡星冰乐。她们坐在咖啡馆背后一个昏暗冷清的地方。音箱中正放着意大利歌剧，震得艾菲头昏脑涨。

艾菲的饮料非常浓，她不得不使劲吸。蒂比看着她，等她说些什么。

"听说你和布莱恩分手了。"艾菲最终挤出这句话。

"是的。"

"刚听说时我简直都不敢相信。"

蒂比耸耸肩。这是什么意思？她到底想说什么？

"你觉得你们还能再和好吗？"艾菲面无表情地问。实际上，她紧张得一直在拨弄吸管。

"我想不会和好了。"

"真的吗？"

蒂比试图装出没有被激怒的样子。这女人是来找事的吧，真讨厌！

"真的。"

"是你要和他分手的吧？"

蒂比仔细地分辨着艾菲脸上的表情："我说过是我要和他分手的吗？"

艾菲摊开手，好像要证明手中什么都没有一样："是呀。"

"我不确定，我自己都不知道。"

艾菲也耸耸肩，继续吸着饮料："我是想问，如果你看到他和别人在一起，你会不高兴吗？"

这个问题在蒂比脑海中翻来覆去，感觉脑子里像塞满了糨糊一样。她眼眶有些湿润，但仍拼命不让眼泪流下来。她试图保持冷静。

艾菲是不是知道些什么？她看到布莱恩和另一个女孩在一起了吗？布莱恩带着另外的女孩在贝塞斯达到处晃悠了吗？艾菲都看到了什么呢？这到底是怎么一回事？

蒂比喝了一口咖啡，深吸一口气。她不能在艾菲面前丢脸。不管她罩杯多大，终究只是个小妹妹。

她迫切地想问问艾菲都知道什么，但又不想让艾菲看出她很困扰，很沮丧，很不安。她不能这样。

"你是不是有点不高兴？"艾菲试探着问。

即使什么都没有了，蒂比仍还可以保留着她的骄傲："当然不会。我只是有点吃惊。要知道，是我提出和他分手的。毫无疑问，我们也确实应该分手了。对于我来说，这是再正确不过的决定。"蒂比突然意识到一个字一个字地说出来比闷在心里感觉上好多了。

"你真是这么想的？"

"当然。我们真的结束了。布莱恩可以做任何他想做的事情。他是完全自由的，他想和哪个女孩好都是他自己的事情。真的，他可以和任何人出去，只要他想。"蒂比言不由衷地说着，感觉脑袋摇摇欲坠。

艾菲边听她说边点了点头，吸了一口咖啡。她睁大了眼睛，认真地听着每一个字："如果他和一个你认识的人在一起呢？"

蒂比从未想过这个问题。认识的人？那会是谁呢？布莱恩会和谁在一起呢？一个她认识的人？布莱恩和一个她认识的人在一起？到底是谁呢？他怎么能这样呢？蒂比绞尽脑汁想要从脑海中揪出这个人。

她想问艾菲到底是谁，但又不想显得自己很悲惨？可是不问的话，她就得被这个问题折磨至死。

"这不是没有可能的。"艾菲严肃地说。

许久，蒂比恢复意识，她不能在艾菲面前崩溃。她可以给莉娜打电话问清真相。万不得已的时候，她还可以打电话问问妈妈。

"是吗？"蒂比冷冷地敲打着手指，"就算我认识这个人，我为什么就要不高兴呢？"

突然，歌剧中那个该死的歌手似乎在声嘶力竭地尖叫。"布莱恩不再是我的男朋友，我也不再是他的女朋友。他和谁好关我屁事。我和谁好他也管不着。"蒂比几乎像在吼。

艾菲慢慢地点了点头："那就好。"

蒂比对自己的回答非常自豪。这番话听出来像是完全正确的，即使并非她的真情实感。她试着屏住呼吸。她希望歌剧演唱者能唱些应景的旋律。

"如果这样就好多了。"艾菲深吸了一口饮料。

"那……"艾菲放下饮料，调整了一下坐姿，她的眼睛紧盯着蒂比，"那你不会介意……"

艾菲打开桌下原本交叉着的双腿。蒂比也想将双脚放在地板上，她屏住呼吸，等着艾菲继续往下说。

"你不会介意我和布莱恩好呢？"

这样的事情不应该发生在莉娜身上。她看着窗外的砖，看着灰泥几乎全部掉落的砖缝。这样的事情应该发生在别人身上，比如说艾菲这种擅长装模作样的人。

微弱的灯光显得砖墙更加昏暗。到八点钟了，她只得开始梳理头发。

她想起两年前爷爷葬礼的那天,她也曾为了他这样梳理过自己的头发。

　　种种失落感扑面而来:爷爷的死、祖母的痛苦、父亲的严厉。当然还有卡斯托斯带来的失落。所有这些像带着毒素的疾风将她彻底摧垮。

　　梳理头发时的回忆让她意识到卡斯托斯已经抛弃了她。她想起他说过的一些事情。她一直都记着,过往的一幕幕就像低沉的广播声一样在她心底慢慢播放着。

　　"永远不要悲伤,因为你认为我是不爱你的。"他这样说过,"你并没有做错什么。""如果我让你伤心了,其实我的心比你痛上一千倍。""我爱你,莉娜。我没有办法不爱你。"

　　最令人难忘的事情不是他不爱她了。这些她最终是可以接受的。最令人难忘的事情是他做到了这一切。他在远方仍然爱着她(有时这是她爱自己的方式)。他对她的爱亘古不变,不容玷污,她小心翼翼地守护着。

　　她是可爱的,她坚信这一点。她是值得被爱的,这点很重要,不是吗?即使他娶了别人,即使他毁了她的全部希望。

　　她是可爱的。她梦想着听他说他仍然爱她,他无时无刻不在想着她。她是令人难以忘怀的。这是最重要的事情,甚至比快乐更重要。

　　但她被孤独地弃在希腊。她是可爱的,但从来没有被爱过。

　　这让蒂比想起《飞天万能车》中儿童最喜欢的场景,糖果卡车突然变成了一个笼子。

　　蒂比坐在艾菲对面,杯中的冰融化后桌上出现了小水珠。她想象着四面的实心墙变成了一个笼子。她被困在里面,而且还是她自己走进去的。她该怎么办?她能说什么呢?艾菲事先都挖好了坑,等着她往里跳呢。蒂比恍然大悟。

　　蒂比觉得不能再想下去了。她不希望与艾菲争斗。她反复地轻轻摇着头。

"你还是会介意的吧？"艾菲怯怯地说道，但蒂比明显看到了艾菲的洋洋得意。艾菲看似有备而来，一副胜券在握的姿态。

"没关系。这没什么。"蒂比喃喃自语。除此之外，她还能说什么呢？艾菲站起来，看起来感觉好极了。"噢，你能这样说，我就真的放心了。你不知道我有多担心。我整天魂不守舍，不知道怎么办才好。现在知道你不会介意，我真是太高兴了。"艾菲滔滔不绝地说着。

她们走在人行道上，蒂比感觉自己像行尸走肉一样。

布莱恩和艾菲？艾菲和布莱恩？艾菲和她的布莱恩在一起？这真的是他想要的吗？他真的想和艾菲在一起吗？她突然想到了艾菲深深的乳沟。

"很高兴你一点都不介意。这个夏天就只有我和布莱恩在家。得知你不在乎此事，真是太好了。我之前都担心死了。"

"我没事啦。"蒂比故作镇定地说。回到宿舍，她觉得自己都要崩溃了。

你应该知道真相,并且真相会让你发疯。

——奥尔德斯·赫胥黎

八点时,卡斯托斯真的来了。

莉娜伸手碰了一下他的手腕,试图确认眼前这个人是真实的。他的手是有温度的,他不是鬼魂,这不是她的幻想。他的眼睛可以动,他的嘴唇可以动,他的胳膊也可以动。他活生生地站在她的门口。她不得不让他进来。

于是她后退了几步,静静地打量着他,全然忘记了自己的存在。她似乎只是一双眼睛,而不是一个能与人互动的人。

这就是卡斯托斯。她以为她完全记不清他的脸了,但事实并非如此。尽管隔着一定的距离,她仍能感受到他脸部的力量。

他非常诚挚地握住了她的手。他俩之间的距离让他无法看清她的表情,他不知道是否可以拥抱她。

这就是卡斯托斯。这就是莉娜。历经岁月的洗礼,苦难的打磨,他们在罗德岛州普罗维登斯一个学生宿舍的门口面对面望着彼此。她目不转睛地望着他。

莉娜知道,有些人是可以生活在同一个时间里的,而她和他却晚了一个小时甚至一年。

永远的牛仔裤

"莉娜,如果你不想让我留下来,我也不强求。"他小心地迈进小小的房间,"但有些事情我想亲自告诉你。"

她点点头,嘴巴撅得像小鸟的喙尖。她的名字从他的口中说出来让她觉得非常刺耳。

莉娜觉得他们应该边走边说,这样就不用四目相对了。"我们走走吧。"她说。

他们一前一后走下楼梯。她带他走出了大楼,走向河边。周围的空气变得温热但并不潮湿,给人很舒适的感觉。

她隐约地觉得,他们可以一直顺着河边走下去。夏夜,河中央有着星星点点的火光。这是普罗维登斯为数不多的景点之一。但她不记得这些灯光是什么时候点亮的,也不知道它们在哪儿。

"我不知道你会怎么想。"他走到她的旁边说。

她自己也不知道该怎么想,她完全没注意。她需要别人来告诉她该怎么办。

她带错了路。最终,他们穿过一个加油站,经过一家7-eleven便利店,选择了黑暗中一条繁忙的道路走了下去,她实在不是一个好导游。

她想起了美丽的圣托里尼,想起卡斯托斯对道路了如指掌。这些让她心里堵得慌。

"我要离婚了。"在两辆超速行驶的车辆之间,他突然冒出这么一句。他看着她,她点了点头,以证明她至少在听他讲话。

"六月份正式办理离婚手续。"

她并没有因此震惊。当她在门口见到他时,她潜意识里就似乎知道他离婚了。

他表情严肃地站着,等着一辆辆汽车从他们面前通过。他耐心地等待着。他们都很有耐心,也许是过分耐心了。这正是他们的共同之处。

她带着他返回到校园,坐在灯光昏暗的花园长椅上。这是位于两栋行政楼之间的一个绿色花园。这里没有橄榄树,但适合他们进行交谈。

"我们没有孩子。"他小心翼翼地说,似乎事先想好了措辞。

"孩子怎么了?"她觉得这样问有些冒昧,但也还算合理。

他毫不掩饰地看着她,全然没有两年前她见过的愤怒或戒心,谈论并不存在的孩子不是很困难的事。

"哎。"他心情复杂地叹了口气,"玛丽安娜说她流产了。但这个怀孕时机是很难解释的。她的姐姐私下告诉我她并没有怀孕。她想要结婚,认为孩子也就会在适当的时候到来。"

"但结果却没有。"莉娜说。

从他的目光中,她就知道了这个结果。只是他在想着怎么合适地说出来!"我开始非常生气,我想知道事实的真相。我不想作为她的丈夫和她生活在一起。"

莉娜想知道所有这一切的意义。美国人在面临卡斯托斯这样的情况时,会怎么对待呢?

"第一个半年后,我们分居了,但没有离婚。因为我觉得离婚会让我祖父母蒙羞。在老一辈的家庭观念中,离婚是不能接受的。只有新到的移民和游客才会觉得离婚没什么大不了。"

莉娜发现卡斯托斯是深深渴望幸福的,并希望能够实现愿望。这是他们的另一个共同之处。他是伊亚所有家庭的宠儿,他也希望成为大家都喜欢的人,即使这意味着将幸福搁置在一边。应该说,是将他和她的幸福一起搁置在一边。

这种强迫自己得到别人喜爱的需要是什么呢?他们都有这种需要,都受这种需要的束缚。为了这种需要,他们甚至牺牲了彼此。

但她觉得他们承受着不同的折磨。他想保留他在别人眼中的价值。这是因为他失去了父母,他必须这样做。父母是这个世界上唯一无条件爱你的人。

而她呢？她在不由自主地怀疑谁的爱呢？

不用想她也知道。在她最早的记忆中，她就觉察到所看与所感之间是存在鸿沟的。她知道她怀疑谁的爱。不是她的父母，也不是她的朋友，而是她自己。

"结果呢？"她含混不清地问。

"我确实最在乎我的祖父母。你也知道，他们年岁已大，思想非常传统。我拖延着我必须要做的事。我害怕告诉他们这一切。"

她知道他也想到了这些。他事先准备好了这番话。她点了点头。

"当我最后把这一切告诉祖母的时候，我原以为她一定会疯掉。"

"但她没有。"莉娜猜测着。

卡斯托斯摇摇头："她告诉我，她每晚都在祈祷我能有勇气这么做。"

她在脑中想了想他们俩的祖母，瓦莉娅和瑞娜。这是两个令人惊奇的老太太。瓦莉娅都知道了些什么？

"可瓦莉娅什么都没说。"她说。

"我让她别给你说。我想亲自告诉你。"

莉娜专注地望着他那张平静的脸，突然有一种被冒犯的感觉。

"如果我是你，我会很愤怒。"她说。

"可愤怒有用吗？"他反问道。

她感到愤怒，尽管她不是他。她感到愤怒，因为她白白地愤愤不平了一场，而卡斯托斯居然毫不领情。"如果我是你，我会追问为什么要这样。"她激动地说。

卡斯托斯看上去很痛心，但他耸耸肩："我选择了放手，就这样。这又不是什么大不了的事？难道非要我责怪别人吗？责怪又有什么用？"

这又不是什么大不了的事？卡斯托斯可以觉得没什么大不了。的确，这不关她的事。可是，她的心猛地被揪紧了，想想她过去两年里痛苦不堪的生活，这难道没什么大不了吗？

难怪人家说男人来自火星,爱上这种人简直是愚不可及。她不能让他看清她的愤怒,她得学会隐瞒,学会不动声色,就像那个假托怀孕来骗婚的疯狂女孩一样,她得学会遵循希腊那一套压制人天性的习俗。

这不是她想要的生活,否则她会窒息而死。她非常想念爸爸。她受够了这些旧习俗。

然后,她突然想起了利奥。想起了他的阁楼,想起了他的红玉色沙发,想起了躺在上面的感觉。

她感觉无法呼吸。她觉得这是不能容忍的。她怎么能在想着卡斯托斯的同时想着利奥呢。她觉得身心俱疲,灵魂出窍了,就好像她生活在两个空间,是同一时间存在的两个不同的人。

她已经忘记了利奥,这于她是另一个打击。

她是真的不能忘记很多事情吗?也许比她想象的情况要好些吧。

但那是她想要的东西吗?

不。不是。别管我。她想要尖叫。她不想头脑再次被撕裂。她不想要卡斯托斯。她什么都不想要。

"卡门,你到底在干什么?"

卡门力求做到不受恶魔般的安德鲁的影响。

"我在说台词。"卡门说。

"你没问题吧?听起来像一个机器人。甚至比机器人更糟。我宁愿听机器人讲话,也不愿意听你讲话。"

卡门使自己站稳脚跟。这不是安德鲁的第一次长篇大论,尽管有可能是第一次如此直接地针对她。

"再试一次。"他命令道。

卡门照办了。

"嘟嘟。嘟嘟。你是机器人呀!"安德鲁夸张地说。

永远的牛仔裤

她深吸了一口气,她不会哭的。他累了。她也累了。这是非常漫长的一天。"我想,或许我可以休息一会儿。"

"那你就休息吧。"他恨恨地说。

你真可怕,我讨厌你。她在心里默默地咒骂着安德鲁。尽管她知道他并不可怕,她也不是真的讨厌他。

她摇摇晃晃走到后门,将门打开。但空气还是又热又黏。

她坐下来,脑袋无力地搁在胳膊上。她讨厌安德鲁,但他并没有错呀。台词在她嘴里说出来就显得很呆板。她考虑得太多了,或者说,她过分地关注说话的技巧反而显得不自然、做作。

几分钟后,卡门抬头看见茉莉娅。

"卡门,是你吗?"

"是啊。"卡门说着,坐得更直了。

"你怎么了?没什么事吧?"

"今天的彩排糟透了。"

"啊,不是吧。出什么问题了?"

"我觉得所有的事情都一团糟。"卡门沮丧地说。

"不会吧?"茉莉娅看上去真的很担心,她坐到卡门旁边,"这样可不行的。"

卡门绝望地闭上眼睛:"我真不想再回到那儿去了。"

"你知道是什么原因吗?"

"鬼才知道!"

"这是很常见的啦。第一次接触这些东西确实让人困扰不堪。你要做的就是继续前进直到搞定它。慢慢地就会得心应手了。"

"真的是这样吗?"

"当然,我还骗你不成。"

当卡门彩排结束回到房间后,茉莉娅正等着她。

"看看,我尝试着使用了一种新的标注方法。"茱莉娅得意地说,"我想这样会更容易了吧。"

卡门看着潘狄塔熟悉的台词,觉得越来越遥远。现在,她正在不同语境中思考这些台词,她无法以原来的方式接近这些。她无法重建简单。她似乎不能走回去了。所以,也许茱莉娅是正确的,她就应该继续向前。

她很感激茱莉娅陪着她一直熬夜到天亮。

莉娜气得无法入睡。

她被迫接受了这些,她一直处于无意识状态,一直闷闷不乐,现在她很生气。那些悲伤的往事像电影一样在脑海中快速混乱地回放。

不久前的一个深夜,她穿着白色的睡袍欢天喜地来到卡斯托斯身边。今夜,她穿着黑色的外套抵挡外面的风和雨,敲着汽车旅馆的门。

卡斯托斯穿上裤子打开门。她看到他身后那个熟悉的行李箱、熟悉的衣服、熟悉的鞋子。这一切都带着曾给她带来伤害的熟悉气味。他为什么带上这么多东西呢?

"你不应该来这里的。"她说,脸上的表情就像她过去凌晨两点敲他门的表情。

他昏昏欲睡的脸上露出惊奇、疼痛及防卫的表情。脸颊上还留着枕套皱褶压出的痕迹。

"你到底想做什么?你觉得会发生什么事?"

"我……"他欲言又止,用手揉了揉眼睛,看着就好像被自己的狗咬伤了一样。

"我只是想弄个明白!"她大声地说。

这绝对是扯淡。她并不只是想求个明白,她想抓住他,惩罚他。

也许他并没有做那样的事情。也许他太擅长做那样的事情。也许他根本就不在乎被责怪,即便被人毁了自己的生活,他也不在乎。但是,也许她

无法摆脱这些。

"我想告诉你发生了什么事。我想你有权利知道。"

"用不着。这跟我有关系吗?"她怒气冲冲,"你结婚了,现在又离婚了,这都几年前的事了。这跟我还有什么关系!"

女人呀,永远说着言不由衷的话。即使这样说,但她仍不知道她是否想他相信她。

看他脸上的表情,他无疑是相信她了。"我……"她不知道怎么说下去,他看了看她头顶的夜空,看着汽车旅馆院子里停着的几辆车。他尽力控制着自己。

她将夹克紧紧地抱在胸前,似乎要把肋骨勒断。

"对不起。"他确实很难过的样子。

她想要去摇醒他,大喊着问他为什么说对不起。

因为来到这里?

因为觉得我在乎这些?

因为在乎你自己?

因为伤透了我的心?

因为选择了其他人?

因为了解我此时多想撕碎了你?

因为了解我在乎这些,并对你恨之入骨?

因为看到我不是你过去想象的样子?

她紧紧地咬住牙关,以至于耳朵上传来疼痛感。"我是不是应该冲进你的怀里?"她嘲弄地问道。

他看着她不觉一惊,他仍相信她是可爱的:"不,莉娜,我没有这样想,我只是……"

"我现在有男朋友了。"她故意刻薄地说,"你来得不是时候。不,这也不是时候的问题。"

谎言是可怕的东西。这是一种她从未有过的体验。

他紧紧抿着嘴唇。他的身体开始失去知觉,他很难不相信她。

她就是要让他发疯,证明他和她一样讨厌、无价值。他能做到这一点吗?

她想要下地狱。这些年来,她在心里小心地保存着他们的爱情,但现在她想要将这一切都撕碎烧毁。

不,他不想这样。他不想再摆出自己的姿态。他抹去了脸上的表情,沉默着,而她压抑着愤怒。

"我对一切都感到抱歉。"他最后说。

她想去揍他,但却选择了大步离开。她转过角落处,静静地听着他的关门声。

回宿舍的路上,莉娜一路跑着,任由衣摆飘舞。她飞快地跑着,直到无法喘气,她的心在颤抖。

莉娜后来意识到,她从来没有在任何人面前如此生气。

对于有感知的人来说，幻觉就是艺术。真正有生命的人正是遵循此艺术而活。

——伊丽莎白·鲍恩

第二天一早醒来时，莉娜不再生气了。她自己都很吃惊，她做了什么？她是怎么做到的？

一种可怕的、鲁莽的力量促使她下床穿衣。她走回到旅馆，她想在那个犯罪现场证实她是不是真的做了她想要做的事。事实证明确实如此。

真的发生了吗？她都对卡斯托斯说了什么？她道歉了吗？她不断地问自己。

她没有找到能够证明她道歉的证据。她无法确定那里都发生了什么？她该怎么办？

她沿着走廊走着，害怕看到被她搞得一团糟的局面。

她准备去敲门，但走近后却看到门是开着的。她以为会看到屋里有很多东西，大堆的衣服和行李箱。结果，房间内却是空空如也。

Tibberon: 卡门给我说了你的事，你还好吧？

LennyK162: 我没事，也许还有点头晕目眩。

Tibberon: 要我陪你吗？

LennyK162: 谢谢你的好意。但我想一个人待会儿。我并不是很伤心，我只是松了一

口气，这破事总算结束了。

　　爱情只是一个念想。

　　如果你失去了这点念想，如果你几乎忘了这点念想，那就说明你爱的人变成了陌生人。蒂比回想了所有关于记忆缺失的电影，电影里的人们甚至都不知道自己的另一半是谁。爱情生活在记忆中，记忆是会遗忘的。

　　但记忆也是能被记起的。

　　夏季伊始，蒂比就失去了对布莱恩的念想。她不知道真正的原因是什么。因为性，因为避孕套破裂，因为她最担心的事情看似真实。但她知道成长过程中最黑暗的部分就在那一夜。那些暗淡无光的日子和他有关，甚至有时压倒了关于爱情的脆弱的念想。

　　蒂比清楚地记得那一夜爱情念想消失时的陌生感觉，就像一个被打破的咒语，一个结束了的美梦，然后一切回归现实。她后来发现她并不爱布莱恩，他的最佳品质实际上是他最坏的地方。布莱恩对她的莫名其妙的爱也是愚蠢的。她已经从一个爱的念想中被唤醒。

　　但现在又完全不同了。她的梦想又回来了，她不知道她现在是在梦中还是醒了。她不知道什么是真实的，什么是虚幻的。

　　尽管知道莉娜有自己要担心的事情，但她还是打电话给莉娜了。

　　"你知道发生了什么事吗？"蒂比咆哮着。面对莉娜，她不必再掩饰自己了。

　　"怎么了？"莉娜问。

　　"关于艾菲和布莱恩。"

　　莉娜迟疑了一下，虽然不到一秒钟，但足以让蒂比知道莉娜确实知道一些事情。

　　"唉。"莉娜叹了口气。

　　"你怎么知道的？"蒂比几乎要气炸了。

"我也不太确定。"莉娜缓慢平稳地说,"我知道艾菲对布莱恩一见倾心。但这已经很长时间了呀。大家都知道的。"

蒂比很气愤:"大家都知道?"

"是啊。就是有些爱慕的感觉罢了,年轻人的冲动。你知道的。而且布莱恩确实长得很帅。"

"他很帅吗?"蒂比几乎不能呼吸。

"好啦,蒂比,你知道我的意思。我不是要打击你。我只是实话实说而已。"

蒂比坐在自己手上:"行啦行啦。"

"你想谈谈吗?"

她想吗?绝对不想。但世界上已经没有第二个人可以和她谈论这件事了。"我必须知道实情。"她说。

"哪有什么实情?"莉娜的声音给她不少抚慰,"艾菲喜欢布莱恩,但布莱恩被你伤到了。我想他们也就在电话里聊聊天吧。"

"他们打电话聊天?"蒂比拿着电话的手已经麻木了,靠近电话的耳朵开始发烫。

"蒂比,我不想掺和你们的事情。但我确实想跟你说实话。"

"他们没有一起外出或者其他之类的事情?"

"我想没有吧。"

"你觉得他们没有?"

莉娜又叹了口气:"如果有,艾菲会说的。相信我。"

"那你觉得布莱恩喜欢她吗?"

"应该不会呀,没可能嘛,但我觉得他确实非常孤独寂寞。"

"因为我和他分手了?"蒂比露出茫然若失的样子。

"是啊。因为你和他分手了。"

"哦。"

"嘿,蒂比?"

"啊,怎么了?"

"不是我说你,你真的应该告诉艾菲实情。"

"嗯。谢谢你。"

结束和莉娜的通话后,蒂比坐在桌上,想理清自己混乱的思绪。

艾菲想和布莱恩好,布莱恩是白马王子,大家都知道这一点。每个人都想和他好,实际上,他比蒂比不知道好上多少倍。

这些事情真让人痛苦。

是的,蒂比曾一度忘记了如何去爱布莱恩,但现在她又慢慢地回忆起来了。唉,多么痛的回忆啊!

布莱恩魅力四射,蒂比当然知道这一点,但这不是问题的关键。

重要的是,布莱恩是一个自信豁达的人,他是一个乐观主义者。他可以吹出贝多芬的曲调,而不在乎别人怎么想。他爱蒂比,他比任何人都知道如何去爱,或者至少他这样爱过。

现在她对布莱恩的那份思念又回来了,蒂比无法不去想他。可当她想到艾菲和布莱恩时,她又希望自己能彻底忘记他。

咒语再次被打破,梦结束了,但这次是相反的。现在这个咒语就是不要爱他。她从不要爱他的梦中醒来,多么混乱的世界啊,到底什么是真实的?或者明天又会发生什么事情?她已经全无头绪。

她到底是谁?她怎么能如此善变无常?她如何能再相信自己?

接下来的几天,她希望投入到戏剧节的工作中去。她的工作时间大大减少后,她有大量的时间专注于她的剧本,并考虑这些事情。她想知道的越多,了解的就越少。

她试着写剧本,她想创作一个爱情故事,但她没有任何思路。她能想到的就是爱的间歇性,但这根本不能构成故事。

在布丽奇特准备回家的前几天,彼得来实验室看她了。她的口袋里塞满了标签,连衣服上贴得到处都是。左手捏着三只颜色不同的记号笔,右手也捏着一只。

在这个夏天,布丽奇特差不多一直都在逃避实验室的工作。她知道自己在房屋挖掘现场工作出色,已经吸引了主管戴维的注意力,所以逃避一下实验室的工作也无可厚非。她喜欢在室外工作。她喜欢用手去摸索脏兮兮的地面。她不喜欢实验室,所以硬要拖到快回家了才来实验室工作。她想到了服毒前的苏格拉底,出来混总是要还的。

她看到彼得,拿下口中含着的标签和他打招呼。

"最近怎么样?"他问。由于在山上的那个吻,现在他们都学乖了。

她耸耸肩:"还好。"

他看了看四周,确定周围没有别人:"我可不希望你连再见都不和我说一声就走了。"

她点点头。

"我对那天的事情感觉不太好。"

"应该没我感觉糟糕吧。"她说。她内心感到厌烦,真奇怪,这事有什么好纠结的。

"很难想象会更糟糕。"他说。

天啦,他俩一样,在这方面都爱走极端。

"这让我意识到离开家人这么久是个多大的错误。我忽略了他们对我的意义,你知道吗?"

她当然知道。他在各个方面都是谨慎的,和她过去一样,他很会顺应当前形势。

"那天的事,你也许是对的。"她知道他没有更进一步的解决方案。

他笑着看她:"事情本来会更糟的。"

她抬起眉毛:"你觉得事情会更糟?"

"我们会滚下山的。"

在那种情况下,那是重力的作用。但她没有这样说。

"回想起那晚,我觉得我们躲开了一劫。"他说。

她望着他,一言不发。不,没有,他们并没有躲开那一劫。

她想起了埃里克,这么长时间以来她第一次想起他的样子。当他专注某事时嘴巴的样子,当他着急时皱起的前额,当他微笑时露出的牙齿。他略带冲动地走向她。她能感受到想他的心痛。

她发现她很久没有这种感觉了。尽管他的电子邮件仍甜蜜无比可以信赖,但她已经开始防范自己对他的感觉。对于他人的想念,她早已建构了个人的对策,否则你将用你一生的时间去痛苦地想念一个人。

但现在需要重新考虑一下这个对策。因为在你挡住痛苦的同时,也阻止了一切。

埃里克爱过她。她对他的信任超过对自己的信任。她感激这种不同的爱的智慧。但她居然让他走了,即使只在她的心中,即使只是一天。这是她的损失。

当她和彼得说再见的时候,她突然替他感到难过。他再次做了同样的事情,在不同的地方对着不同的被误导的女孩。他期待摆脱过去向前看。而这个过去也包括她。

她发誓自己再不要那样做。

蒂比给妈妈打了电话。悲伤但却真实。

"你听到什么没有?"她问妈妈,全无往日的骄傲。

"没听说什么啊,宝贝。"

"你见过他们在一起吗?"

"没有。"

"你肯定知道什么。"

"蒂比。"

"妈,如果你知道什么就告诉我吧。"

她妈妈叹了口气,和蒂比逼问其他人时他们叹气的方式一样:"你爸爸在星巴克见过他们。"

"爸爸见过?"

"是的。"

"他俩一起?"

"算是吧。"

"布莱恩不喜欢去星巴克的呀!"

"哦,那可能艾菲喜欢去那吧。"

听到这句话,蒂比肺都气炸了。

"宝贝,看来你真的很伤心。你为什么不告诉艾菲让她退出呢?你为什么不告诉布莱恩你的感受呢?"

这就是她的妈妈。这是蒂比在她的生命中听到的最坏但最实用的建议。

"我得挂了。"蒂比闷闷不乐地说。

"蒂比,别这样。"

"我以后再打给你。"

"你知道你爸爸说什么了吗?"

"不知道。他说什么了?"

"他说布莱恩看起来不是很高兴的样子。"

蒂比松了口气。这是妈妈这会儿说的最中听的一句话了。

> 她不会老，虽然你不能如愿以偿，你将永远爱下去，她也永远秀丽！
>
> ——约翰·济慈

"嗨,卡门。"

"安德鲁。"

"最近怎么样?"

这是他们俩在剧院空空的大堂里的对话。安德鲁·克尔似乎发现公开羞辱是没有用的,因此他试着私下接近卡门。

"不知道。就那样吧。"她用手捧着脸。

"卡门,放松点。告诉我,出什么事了?"

"没什么呀?"

"这个角色你把握得很好。伊恩说,你是个极品。你知道我是怎么说的吗?"

卡门摇摇头。

"我说,少说这种丧气话。"

"谢谢你,安德鲁。"

"卡门,我知道你是有能力的,我相信你。我只是想知道你为什么不像以前那样做呢?"

"我觉得我想得太多了。"

永远的牛仔裤

安德鲁赞同地点点头:"这可不好。不要想太多。根本就不用想太多。"

"我试着少想点吧。"

"这就对了。"

十分钟后,她戴着头花回到舞台上,努力说出女主人的台词。

"卡门!"安德鲁大声吼道,"别想些乱七八糟的。"

"我们星期日画画怎么样?"利奥在电话答录机上留言。

"你在吗?你没事吧?你想一起吃饭吗?怎么回事?"这条录音是星期六留的。

"莉娜,请给我回个电话。"这是星期日上午的录音信息。

于是她给利奥回了电话,当他问她怎么样的时候,她竟完全不知道该说什么。

"你今天有时间给我做人体模特吗?"他满怀希望地问。

她脑海中回想起那种恐怖但相对真实的感受,这种感觉很遥远,只是一个符号。"有时间的。"她没有耐心去考虑有何理由不去。"给我半个小时。"她说。

她洗了个澡,浑身皮肤都觉得凉爽和清洁。一种奇怪的感觉浮上心头。她没有考虑自己的感受或忧虑。她走向他的住所,按下 7B。

他将她拉到楼上的阁楼,拥抱她,亲吻她,就好像他等这一刻已经有一生之久。不回他的电话就好像一剂效力无比的春药,即便是对正派体面的家伙也不例外。

她感觉自己的身体曲线紧贴着他,她的嘴唇也本能地作出反应。也许她也渴望这一刻很久了吧。

利奥在绘画时就只剩一点自我意识。他关上身后的门,但上个星期他并没关门。

睡袍已准备好,他的床铺整洁,红玉色的小沙发推靠在墙边。

"我想……"他带着胜利者的姿态,"你是愿意躺在沙发上,还是……"

"还是什么?"

"嗯,我想你可以……"

她指了指床。她知道他就是这样想的。

"是的。我今天算是想象着绘画。"他都有些站不稳了,有些颤抖。

她知道他的强烈想法。她不知道是为了她,还是为了艺术。

"你介意吗?如果你觉得不舒服,我也完全理解。"他虽然这么说着,但眼睛却在恳求她躺到床上去。

"我不介意。"她说。出于某种原因,她没有介意。他的这种布置很可爱。她能想到他对着画面的想象。她为他感到高兴。

他礼貌地退了出去。她脱下自己的衣服,但没有换上睡袍。她躺在床边,胳膊支着脑袋,她将头发披散在肩上。

利奥怯生生地敲门进来,惊讶于眼前正好出现自己期望的景象。但当他看她时,却变了表情。

"这正是我想象的。"他敬畏地说,"你怎么知道的?"

"这正是我想要的画面。"她坦率地说。她想知道她所有的自我意识都到哪去了。真奇怪。

也许正是因为她的沮丧。在与卡斯托斯的痛苦经历后,她失去了她的意志。也许失去了她原来抓得紧紧的希望后,一切也都无所谓了。

但她确实不觉得悲伤。也许她可能知道她是否真的悲伤。在过去,她肯定知道。

她觉得自己老了,觉得累了。她觉得自己已经活了很长时间,能够看到自己的风情万种。她觉得没有同样的东西需要隐藏。或者,也许她只是缺乏尝试的动力。

也许她在乎的东西很少。她看着利奥泰然自若地拿着画笔看着她。也许她在乎的东西和别人不同。

也许这只是得知卡斯托斯这一篇终于翻过去之后的一种释放。

"太美了。"他喃喃自语。

她不确定他是指她还是画。也许这并不重要。她有一种摆脱困境的奇怪感觉。

她看着他画画。她听着他播放的音乐,也是巴赫的曲子,但这一次都是管弦乐及合唱。她觉得自己都要睡着了。她思绪飘飞,似乎看到伊亚祖母厨房窗外的海洋和天空。

她可能真的睡了一会儿,因为当她睁开眼睛时,光线已经不同。利奥已经放下画笔,正盯着她看。

"不好意思。我好像睡着了?"

"是呀。"他轻声说道,眼里满是炽烈的光芒。

"我睡了多久?"

"嗯,我也不知道。我不敢说。"

"我想休息几分钟。"她坐起来,移到床边,他甚至都还没放下画笔,收起调色板。

他走向门口,中途停顿了一下,"你需要我离开吗?"他问道。

"不用。"

利奥看着她在自己床边伸展身体并打着哈欠。他对她的这些行为并不了解。他重新回到他的画布上。

"现在几点了?"她问,伸了伸麻木的胳膊。

他看了下桌上的钟:"差不多四点了。"

她瞪圆双眼:"天啦,看来我真的睡了很久。"

他点点头:"你睡得可真沉。"

蒂比觉得生活一片黑暗。莉娜声称什么都不知道。蒂比的妈妈声称什么都不知道。卡门声称什么都不知道。布布声称什么都不知道。不过,布布在土耳其,可能确实什么都不知道。布布是蒂比唯一信任的人。

心情无比郁闷,蒂比不知不觉打了个电话给凯瑟琳。

"你最近见过布莱恩吗?"蒂比故作随意地问,但她讨厌从自己嘴里说出的每一个字。

"见过呀。"凯瑟琳说。蒂比觉得自己像在看动画片。

"他星期五带你去夏令营了吗?"

"嗯。"凯瑟琳开始咀嚼什么东西。

"那你见过艾菲没有?"哎,问这样的问题真可悲。

"啊?"

"你见到艾菲和布莱恩在一起吗?"

"谁,艾菲?"

"是的,艾菲。"

"没见过。"

蒂比觉得心中一块石头落地。也许莉娜和大家说的都是实话。也许真的什么事情都没有。

"但艾菲用她的车载过布莱恩。"凯瑟琳又说。

"艾菲开车带布莱恩?"

"嗯,带过两次。"

"什么?你确定吗?"

"确定。你知道我怎么想吗?"

"什么?"蒂比激动地喊着,几乎要将电话塞进耳朵里。

"她的胸可真大。"

最后一个小时,利奥越来越激动不安。

"你妈妈什么时候回来?"莉娜动了动嘴唇。

"明天吧。她这个周末跟朋友去海边玩。"

"哦。"莉娜开始想到不同的解释。

音乐结束后,利奥放下画笔,收好调色板。他走向她,房间里微弱的光芒仅能看到他的半边脸。

"你画完了吗?"

他没有回答,用手指轻触她的小腿。他将手掌覆上她的嘴唇。他等着她的反应,等着看她是否反抗或躲开。她在考虑是否要反抗或躲开,结果却什么都没做。她喜欢他的手触摸她皮肤的感觉。她想知道接下来会发生什么。

他坐到床上,并俯身亲吻她。当他的手滑向她的乳房时,她不由地屏住呼吸。他的手继续探索着她的身体,她发现了一些无法从他的眼神中看到的东西。

利奥躺到她的身边。莉娜解开他的衬衫,她发现了自己的笨拙,但并不觉得羞涩。

他的喉咙中发出的亲昵声音,他的颈部和胸部的气味,这一切都让她感到很奇妙。她将身体贴向他。这种亲密行为和之前的不同,她的心情很平静,她的身体在扭动,她想知道接下来会怎样?

她和卡斯托斯在一起是一种强烈的渴望与痛苦交织的感觉。但现在却不是这样。

两年前,她在急切想要的时候停了下来。为什么不继续呢?她在等待什么?

她曾有过很多梦想,很多幻想。她曾阅读过,听说过,也想象过。

"我有那个。"他小声地说。她知道他说的是安全套。他在问她是不是准备好了,如果这是她想要的话。

她稍微迟疑了一下,低声回应道:"嗯。"

至:LennyK162@gomail.net;Tibberon@sbgnetworks.com

自：Beezy3@gomail.net
主题：回家
我将在星期六飞回哥伦比亚特区。
也许正赶上罗林斯的狂欢盛会。我很想见到你们。

利奥希望莉娜能够留下来过夜，但莉娜希望早上在自己的床上醒来。他很抱歉地送她走回去。他陪着她上楼来到门口，并亲了她，最后她还开玩笑地把门摔到他脸上了。

"明天上课前我们一起吃午餐吧。"离开前他说道，"我明天会带上三明治。"

她在床上坐了很久，没有开灯。她回忆着身体不同部位的感觉。人们都说第一次通常会受伤或感觉很糟。但她觉得不是这样的。她赤裸着在他的床上躺了几个小时，床单上弥漫的费洛蒙让她昏昏欲睡。她已经完全准备好面对这一切。她的快乐新奇短暂，但她从利奥的狂喜中也感受到喜悦。

他说她就是他的缪斯。这个性爱与艺术的化身常常能给他启示。她很爱听这番甜言蜜语。特别是在看到她的画，想到他也是她的缪斯的时候。

甚至不知道是否还有更多？

莉娜停下思考，回到这个问题上。她也不确定自己到底是什么意思？更多的什么？更多的悲伤？更多的悲剧？更多赤裸裸地暴露，就像把自己从里到外翻了个面一样？是吗？

如果利奥不知道，会怎么样？如果他永远不知道，会怎么样？也许这将是一种好运气。

对于利奥，她并没有彻底投入的感觉。她对此很高兴，她换上一件旧睡衣，感到全身心的舒畅。

但是当她清晨醒来的时候，她哭了。她的脸和头发被浸湿。她的枕头也被浸湿。她到底哭了多久？

永远的牛仔裤

当她坐起来时仍在哭,她知道为什么哭。她知道梦中的自己可以悲伤,可一旦醒来就不能总是悲伤。

这段时间,她一直在等卡斯托斯。她总是认为她的第一次应该是给他的。

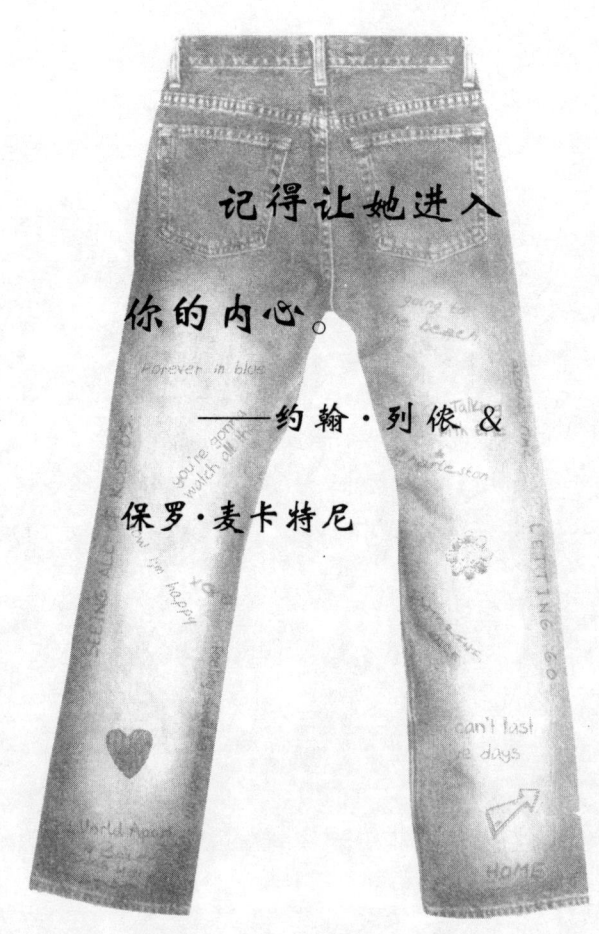

记得让她进入你的内心。

——约翰·列侬 & 保罗·麦卡特尼

永远的牛仔裤

蒂比在父母结婚周年纪念之前的日子里一直折磨着自己。但是有一种奇怪的安慰感,至少这是她应得的。

布莱恩和艾菲俨然像一对夫妻。甚至都没有人否认了。

"他们是唯一一对留在家里的。"布布说。

"也许他们只是朋友。"卡门猜测。

"布莱恩只是孤独而已。他是想你的。"莉娜说。

蒂比什么都不相信。

如果艾菲在布莱恩身上使用了她曾在蒂比身上使用的一半的战略智慧,那就毫无希望了。蒂比下次见到她时,没准她都戴上了订婚戒指。这样的话,不管布莱恩喜不喜欢她就都不重要了。

又笨又老的艾菲,没有数字时钟就不知道时间的傻妹妹。在蒂比心目中,艾菲变成了魔鬼。

蒂比的潜意识里偶尔蹦出一些担忧。蒂比每晚整夜做梦,梦见艾菲穿着魔法牛仔裤做着各种大胆的事情。在所有这些梦中,仅有一次蒂比自己穿着那条牛仔裤。当机会来临时,蒂比却因为将整个身体穿进一条裤腿而告终。

在蒂比决定乘火车回家前的一个星期，妈妈问她："你希望我取消邀请布莱恩参加周年纪念晚会吗？"

"让我再想想。"

蒂比一个小时后给她妈妈回电话说："不用了，他应该来参加。不让他来是不对的。无论如何，我要见他一面。"

她们彼此沉默了足有一分钟。

"我不能不邀请艾菲。"她妈妈小心地提到了蒂比想说的事情。

"为什么不能？"

"宝贝，他们都会来。他们就像我们大家庭中的成员。我想不出理由不邀请阿里和乔治，还有莉娜。我们不能说每个人都来了，就留下艾菲在家里。"

"为什么不能？"蒂比生气地说。

"蒂比，听话。"

"那就是不准备邀请我了？"

蒂比坐在电视机前的时间越来越多。她放弃了电脑和她的"剧本"。她观看所有的谋杀类节目、所有的改编类节目、所有的肥皂剧、所有的烹饪节目、甚至名人秀及历史节目。她花大部分积蓄在 eBay 购买了一台 TiVo，然后用剩下的钱买了一个二手的 PlayStation。她所有的需要就是小小的电视机。她守候着玛丽亚·布兰凯特，可惜她再也没出现过。

不过也有安静的时候，也许是在午夜或凌晨。在她看了无数小时的电视节目后脑袋一片空白的时候，她可以看到人生的大格局。蒂比悲伤地认为，当她盯着电视屏幕的时候，布莱恩正和另一个女孩子在一起享受生活呢。

至：Tibberon@sbgnetworks.com；Carmabelle@hsp.xx.com；Beezy3@gomail.net

永远的牛仔裤

自:LennyK162@gomail.net
主题:它

我真的不敢相信,我发邮件告诉你们这件事,但我不能告诉了别人却没有告诉你们。

我有了亲密关系。或者我应该说,我们发生了亲密关系,我和利奥。

布布,我记得我和你打赌说我在二十五岁之前不会献出我的第一次。

这并不是说我着急了或者其他什么。我真的不急。我发现我只是在等待一些并非真实的东西。

我将当面告诉你们,我们在一起的细节。(卡门??)我突然想到这样一幅画面,爸爸抢过我的电脑,看我写的东西。

爱你们的莉娜(利奥的爱人)

本来,布布的回程是从伊兹密尔到伊斯坦布尔再到纽约,最后乘短途航班到波士顿。她当时的计划是在普罗维登斯待一个半星期,为下个赛季的足球训练营塑身造型。

但在伊斯坦布尔机场,她把到波士顿的航班换成了到哥伦比亚特区的航班。

让她高兴的是,在数小时让人晕头转向的飞行之后,她看到蒂比和莉娜站在行李等候区的最前面等着她。她异常兴奋地向她们奔去。

"太好了,你们都在这儿。"她大喊着。

"嗯,想死你们了。"莉娜说着,三人紧紧拥抱在一起。

"我也想死你们了。"布布说。

她们有讲不完的话要说。驱车来到安吉的市中心后,她们往肚子里塞满了煎饼和熏肉,尽管当时并不是早餐时间。三人重新聚在一起让她们特别开心。布布知道她们可以互相信任互相分享。她们等着卡门加入其中。

布丽奇特是幸运的,她确实是幸运的。

"我要照顾家里的一些东西。"当蒂比将她妈妈的车开到布布家的时候,布布说,"但我之后会去参加你父母的结婚周年纪念晚会,好不好?"

"行呀。好多人都会去的,你、我、莉……布莱恩和艾菲。"最后,蒂比的脸沉了下来。

"啊,不是吧?"布布惊讶地说,"有没搞错?"

"没错。"

布布看着正在耸肩的莉娜:"艾菲做了我曾经想做的事情。"

"看样子,我得带上防暴装备。"布布不可思议地说。

布布挥手告别并看着她们离开后,才发现没有家里的钥匙。她不喜欢敲门。她把包包放在门前,来到房子后面。她仍记得厨房门的小把戏。她耐心地用铁锹撬开门,满腹心事地走了进去。

爸爸估计还在工作,佩里不用说肯定待在自己的房间。她拾起门前的包包,走上楼。没有停下来想太多,她拉开行李袋,将里面的东西塞进陈旧的空抽屉中。

她打开房间的窗户,把包里的东西都拿出来后,下楼来到厨房,打开那里的一扇窗户。她在簇叶丛生的后院快速绕了一圈,停下来摘了邻居家树丛上的几朵绣球花,并将蓝色的花朵装在餐桌中间的玻璃瓶中。

她又打开冰箱看了看。里面有一瓶姜汁饮料、半盒牛奶、一些外卖盒子,底层还有一把蔫了的芹菜。

橱柜中有各种历史悠久的罐子。

然后她想起了麦片。她打开餐具柜的门,看见阵容吓人的一排排盒子。爸爸和弟弟都特别喜欢吃麦片。

她找到一个碗和茶匙,倒出了一点脆玉米片,并加了一些牛奶。值得庆幸的是,这些东西还没有过期。她在小餐桌边坐下。她不饿,而且这些东西味道也不好,但她还是吃了。

吃完她将碗和茶匙丢进水池,钱包忘在了椅子上。

永远的牛仔裤

不管是好是坏,这是她的家。她熟悉家里的生活状况。

魔力已经消退,魅力完全消失。卡门穿上运动衫,虽然这天气穿上很热。

她躺在床上,准备想想彩排的事情,再慢慢睡去。她感受到以前的自己,她试着去解决问题。

茱莉娅是有同情心的人,给她从食堂带了饼干、茶和带咸味的油炸玉米饼,并把自己的iPod借给她。她保证她们再也不谈论韵律。

"谢谢你。"卡门感动得几乎落泪。

她本来想在床上待一整天,但距开幕之夜只有四天了。卡门知道如果她错过了下午的活动,安德鲁肯定会杀了她。

她把自己拖到剧院。她慢慢地又变成了人群中不起眼的人。乔纳森也不花心思和她调情了。

但不幸的是,朱迪仍能发现她,等着去打击她。

"卡门,过来。"她说着,轻快地走了过来。

卡门感到窒息,尽管这里是九十五度的温度以及百分百的湿度。

"我不想承认我犯了一个错误。"

"我也是。"卡门悲哀地说。

"我们可以讨论一下你的问题。"

"从哪儿开始。"卡门说。

朱迪狠狠地瞪着她:"你退步了。"

"我知道。"

"现在换其他人已经来不及了。"

卡门感觉脑门轰的一声。

"嗯,是的。我也想到了。"

卡门无话可说。

"你知道吗,卡门,大多数人需要通过工作和学习在表演上实现自己真正的价值。只有少数人有着极强的天赋。你明白我的意思吗？"

卡门点点头，尽管她并没有完全明白朱迪的意思。

"所以你先回家吧，弄清楚问题所在，明天再回来参加彩排，完成你的工作。"

卡门毫无底气地看着朱迪。

"还有，最后一件事。"

"什么事？"

"相信自己，别管别人说什么。"

卡门努力不去翻白眼，但这听起来真的是一个可笑的命令。

朱迪耸耸肩："我要说的就是这些。"

"看看我买了什么。"爸爸下班回来时，布布对他说。

看到布布回来了，他先是有些惊喜，后来看到蔬菜、水果和她在便利店买的面食，他更惊喜了。"我回来住几天，我想我们可以一起做饭。"

曾几何时，爸爸很喜欢做饭，经常在厨房大声播放披头士的歌曲。布丽奇特做家庭作业时也能听到歌声。

她友好地轻轻推了下他的肩膀："你觉得怎么样？你知道怎么做香蒜酱的，对吧？"

他点了点头，看起来有点紧张，还有些不安和害怕。

"那好，我去叫佩里。他来做水果沙拉。"

这是个多么荒诞的想法，但布布今晚兴致勃勃。

她把佩里硬拖下楼，对他说："你可以吃完晚饭再去玩游戏嘛。"她拉他坐在她的旁边，给他一个削皮的刀、一堆水果和一个蓝色的碗。"水果削皮，然后切成方块。"

他有点惊讶，但还是按她说的去做了。

她开始切蒜，准备做香蒜酱。"是像这样吧？"她问爸爸。他在洗东西，

抬头看了看说："再小点。"

她扭开厨房里长期未用的收音机，调到一个老节目。她一边搅奶酪，一边扭动着身体。

"吃通心粉还是扁面条呢？"她拿着盒子在佩里面前挥舞着问他，"你来做主吧？"

"嗯。"佩里看了看，似乎很认真地挑选着，"要不通心粉吧？"

"没问题。"

他们都一声不吭，屋子里只有收音机中卡彭特的歌声。

"你买松仁了吗？"爸爸问她。

她很庆幸刚好买了。"买了。在这里。"她从一条面包后面拿出松仁。

"也有人用核桃。但我更喜欢松仁。"爸爸告诉他们。

"我也是。"布丽奇特讨好地说。

佩里只是点了点头。

她铺好餐桌，并点了一根蜡烛。她帮佩里将沙拉弄到一个更大的碗中。这时候收音机里传来《Hey Jude》的歌声。她感觉有一种奇怪的狂喜和悲伤。她转过脸去，闭上了眼睛，回忆起这个厨房里曾有的欢乐。

在她右边，伴随着水槽中的流水声，爸爸也跟着哼了一两句。她不由地感到一阵快乐。

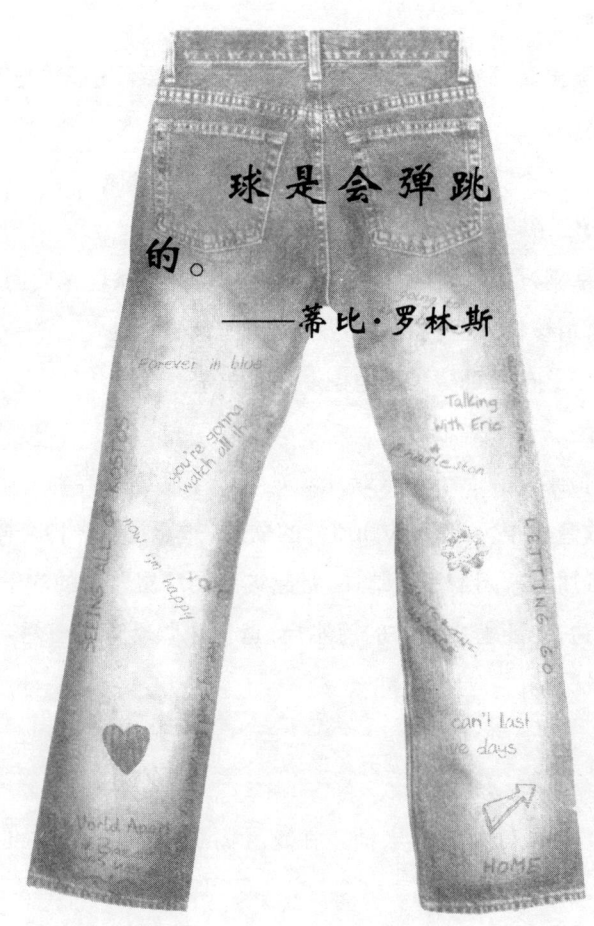

球是会弹跳的。

——蒂比·罗林斯

永远的牛仔裤

从某种程度上来说,蒂比父母结婚二十周年纪念派对有点像一场冗长的交通事故,只不过它是慢速播放的。有时她是事故的受害者,有时,她只不过是位旁观者。

这场事故还有特写镜头,蒂比早就知道这些镜头会有多残忍。她不敢看,而且也不能看。"好蒂比"说:"千万别看那里,看别处去!""坏蒂比"对"好蒂比"怒吼道:"闭嘴,哪儿凉快待哪儿去!"

莉娜带来了牛仔裤给她穿。莉娜和布布紧紧地依在她身边,蒂比觉得自己似乎像又多长出了两个脑袋一般。最后,她对莉娜和布布说她要离开一会儿。蒂比和父母的朋友寒暄着,这一刻,她不再是端坐在电视机前的旁观者,而是一名真正的电影系学生,此刻正在努力编写自己的悲剧。

她刚见到布莱恩的时候,他正在吃鹰嘴豆泥。第二次时他在吃虾饺。第三次时他在吃葡萄。他怎么能吃这么多呢?

第四次见他时,他和艾菲在一起了。蒂比看到艾菲的时候,她正厚颜无耻地抚摸布莱恩的背部。而且是在大庭广众之下。蒂比觉得恶心。莉娜和布布奇迹般地又出现了,两人一左一右站在蒂比身边。

艾菲看起来美丽动人,她本来就是个不折不扣的美人,双颊绯红,腿晒成了巧克力色,胸部丰满得惊人,看那样子占满一间房是不成问题的。老实说,艾菲并没有精心打扮,连妆都化得很淡。艾菲很快乐,恋爱中的女人没有不美的。

按照这种美的标准,蒂比的模样完全可以吓死人,活像布·拉德力如游魂野鬼一般出没在父母热闹喜庆的派对上。

蒂比在房间里躲了一会儿。中途她溜到后院,发现布布正在教尼奇和凯瑟琳踢足球。蒂比故意装出滑稽的样子,还玩起了吐西瓜子的游戏。可又有谁看呢?

"这下该完了吧?"在蛋糕端出来之前,她问布布。

最后,伴随着温暖的祝福声和醉醺醺的邻居,晚会真的结束了。她来到艾菲和布莱恩面前,和他们道别。她知道这并不是他们所希望的,因为大家都很窘迫。

蒂比保持着平静。是的,艾菲就在面前。蒂比动了动嘴唇,机械地说:"谢谢,谢谢。太感谢你了。"

接着轮到布莱恩。蒂比仍像机器人一样说着话,但布莱恩并没有像机器人一样回应她。他只是看着她。蒂比脑中像一团糨糊,但即便如此,她的大脑仍在思考,在观察,并产生想法。

确实,艾菲是容光焕发的,像女神一样。但是当蒂比真诚地看着布莱恩时,发现他尽管还是很帅,但看起来不太高兴。他是第二个布·拉德力,只是胃口更大。

蒂比住口,不再机械地说着愚蠢的话。布莱恩握着她的手,眼睛直直地看着她。她没有避开他的目光,这是三个月来她第一次这么勇敢。

布莱恩现在应该放开她的手,但他没有。他仍握着她的手,她也没有挣脱。直到他被爸爸公司的一个律师助理推了一下,布莱恩才松开手。但她完全不确定这是否是他故意的。

蒂比带着悲伤的心情看着他离开,好像隔着数英里距离看着喜欢的

永远的牛仔裤

东西远离一样。她跑到自己的房间,没有再和任何人道别。

她爬上床,看着窗外曾放着咪咪笼子的地方。蒂比希望咪咪还活着,和布莱恩一样仍然活着。

她想起了第一次见到布莱恩的情形。贝莉撮合了她和布莱恩。在她去世之前,她基本上安排好了一切,希望蒂比过着幸福的生活。蒂比却失去或忘记了他们。

过上幸福的生活是很难的,即使你知道什么是幸福的生活。

蒂比希望她至少能回到六月失去对爱的信仰的那个晚上。她并非希望那晚没有做爱。她以前曾这样希望过,但现在不再希望。她和布莱恩彼此相爱。他们已经长大了,知道自己在做什么。她想和布莱恩完完全全地在一起,性爱便是其中一种方式。

想到这里,她才明白,安全套破了,然后害怕怀孕,这些都已是既成的事实,无法改变。如果她有一个愿望的话,她不希望这是一个贪婪或不切实际的愿望。你不可能让时间倒流,更不能让死者复生。如果她有一个愿望,她只希望这个愿望能比较靠谱一点。

她曾问卡门吹生日蜡烛时许下的愿望是否能实现,似乎都问过四五次了。"当然可以,只要是能够真正实现的愿望都会实现。"卡门像哲学家一样告诉她。

蒂比只希望能抓住对爱的信仰,虽然希望很渺茫。因为她已经失去过了,而且不只一次,是一次又一次。

那天晚上,卡门试图努力找出问题所在。她在校园绕着圈。她坐在第一次见到朱迪的山坡上。她打电话给蒂比,想起罗林斯家的周年派对,她因为没有和她们在一起而大哭。

为什么我们总是要分开?她想知道原因。电话里毕竟只能听到彼此的声音,有时候光听到朋友的声音是不够的。我为什么一直要远离这一切呢？

因为我们拥有牛仔裤,她突然想到。牛仔裤可以把我们联系在一起。

她回到宿舍,没脱衣服,没刷牙,也没开灯,就直接钻进了被子。

她睁着眼睛躺在那儿,过了一会儿,茱莉娅进来了。

"看我给你带什么来了?"茱莉娅高兴地喊着。她穿着佛罗伦萨南丁格尔的服装。

"什么呀?"卡门有气无力地问。

"你喜欢的烤饼。今天晚上才出炉的。你知道吗?我装了三个在袋子里,现在还热气腾腾的呢?"

听说有烤饼吃,卡门立即坐起来,她觉得烤饼是世界上最能给人安慰的食物。

但是当她抬头看到茱莉娅的脸时,她想起了什么事。茱莉娅看起来很高兴,不仅仅是想让朋友开心的高兴,而是发自内心的快乐。而卡门现在无疑看起来是真正的悲伤。

接着卡门又想起了就在几个星期前茱莉娅不高兴的时候。而刚好那个时候卡门非常开心。

难道真有这么巧?她觉得不可思议。

茱莉娅高兴的时候,卡门不高兴。实际上,让卡门不高兴的事情似乎刚好是茱莉娅高兴的原因。而卡门的快乐又造成茱莉娅的不愉快。

这是一个严重的问题。什么样的朋友会因你不高兴而兴奋呢?她知道答案。这种人根本就不是朋友。

她躺回去,脑中嗡嗡作响。

她想到自己曾想成为茱莉娅的好朋友,并决定减肥,这样茱莉娅肯定会更喜欢她。这些想法太可笑了!茱莉娅喜欢和她一起正是因为她什么都不是。卡门所有的失败都让茱莉娅感到开心。卡门偶尔的成功却让茱莉娅看不起她,甚至从中作梗。

永远的牛仔裤

　　茱莉娅似乎感觉到了卡门情绪的变化，但她不想放过任何因卡门的不开心而让自己高兴的机会："你要加黄油还是果酱，还是两样都要呢？"

　　即便处于最深切的怀疑、困惑和痛苦之中，卡门也不想让茱莉娅失望。友谊的概念在她心中已经根深蒂固："不用了。谢谢你。我真的有些累了。"

　　"你确定你不想吃吗？还是热的呢。到明天早上可就冷了。"

　　茱莉娅似乎有些强迫的感觉了。卡门仍说："我不想吃。谢谢你。"

　　茱莉娅看起来很郁闷："没关系，我先放在你桌上吧。"

　　卡门含糊地说了声："谢谢。"她把自己从被窝里拖出来，刷牙并换上睡衣后又蜷缩到被窝里去了："你介意我关上灯吗？"

　　茱莉娅从地上抓起一本书："我想看会儿书。"

　　卡门怎么都睡不着。她是如此的绝望，她想不出什么办法让自己好过点。

　　后来她想到一个办法。

　　茱莉娅疑惑地皱着眉头，卡门从床尾拿起她的剧本，蹑手蹑脚走到走廊，站在灯光下，她试图重新寻找剧中的感觉。

　　蒂比醒来时，躺在自己的床上，她慢慢恢复了意识。她发现呼吸声有回音。这真有趣，呼吸时出现了两个声音。

　　过了一会儿，她发现有一个呼吸声不是自己的。她睁开眼睛，看到莉娜小巧而精致的脸，她正横躺在床尾。只有莉娜才会一直等到蒂比自己醒来，而不会去叫醒她。

　　"嘿。"蒂比不知道她为什么如此喜爱卡利加瑞姐妹中的这一位，却如此讨厌另一个。

　　莉娜笑了笑。她似乎很喜欢躺在那里晒太阳。

　　"你什么时候回去？"蒂比边问着，边用胳膊支起脑袋。

"我还要住上几天。你呢？"

"我和布布是明天晚上的火车。"

她们都沉默了一会儿。

"我觉得你应该和布莱恩和好。"莉娜最后说。

蒂比觉得这句话就像根羽毛一样在她心头轻轻拂过，给她带来安慰："我不能和他和好了。"

"为什么不能？"

"这样不公平。"蒂比虽然这样说，但内心殷切希望莉娜会反驳她。

"对谁不公平？"

"嗯，对艾菲吧。我想的话。"

莉娜仔细地研究着蒂比脸上的表情。她似乎想要挖掘出蒂比内心真正的想法："你没必要对艾菲有这么多顾虑。"

"我怎么能不考虑呢？她问过我，我也说了我不介意她和布莱恩在一起。"

莉娜看起来很忧愁："这个我知道。艾菲是我的妹妹。我也不想站在你一边而孤立她。我不是没想过这些。"

"我知道，莉娜。"蒂比表示歉意。

"我一直都没说什么，因为我不想伤害艾菲。"

蒂比点点头。她对艾菲的愤怒就像一张皮。现在她开始蜕皮，大块大块地蜕皮，她已经从这层皮中滑脱出去，而蜕下的皮一旦脱离肉体就变得干燥失重，从她身上脱去，不再属于她。

"你知道吗？艾菲的心理承受能力很强。她能在受挫后迅速恢复。"

蒂比暗自承认自己心理承受能力差。

"她爱布莱恩，而且是以自己的方式爱着他。这就好像她兜了一百英里的圈，而布莱恩几乎在原地踏步不动。她仅在围着他的时候才能看到他，但她仍然认为他们在一起。"

永远的牛仔裤

蒂比忍不住笑了起来。

"布莱恩只是配合着,但这并不是他想要的。"

蒂比对莉娜的完美概括感到惊叹。

莉娜挪动了一下,盘腿面对蒂比坐着,看着她。

"我知道一件事情。"莉娜说。

蒂比坐直身体。莉娜仔细想着如何表达。

"有的人会一次又一次地陷入爱恋。"

蒂比点了点头。莉娜的脸上现出忧郁的神色,她了解这种忧郁。

"而还有的人似乎一生只爱一次。"

蒂比感觉眼眶湿润,她看到莉娜眼里也含着泪水。她知道莉娜是在说她和布莱恩,同时她也是在说着自己的故事。

也许你是一只肥肥的小熊崽,没有翅膀,也没有羽毛。

——埃尔斯·霍尔姆兰德·米娜瑞克

永远的牛仔裤

布丽奇特哄骗佩里和她一起出去骑自行车。她去借了卡门继父的自行车和头盔,她想让他有些运动的动力。

"你说什么?我们要骑到石溪公园,然后再骑回来。"

佩里觉得不可思议。

"我求你了。"

她骑上旧自行车,没有给他太多的时间去思考。看到佩里虽然不情愿但还是跟着来了,她很高兴。佩里从不运动,其实他过去很喜欢骑自行车。

这是夏末一个美好的日子,没那么热。路上交通顺畅,车辆也好像都故意离他们远远的。

当他们快要到达公园的时候,佩里骑到她旁边,向前滑行。

她停在入口处。"你不会是要回去了吧?"她问。

他耸耸肩,讨好地说:"我们可以继续向前。"

他们继续骑行一个多小时,最后在一辆手推车旁边停下来买雪糕。佩里也带钱了,他想来付钱。他们坐在溪边的草地上吃雪糕。

她有很多话想跟他说。她想谈谈他们的妈妈,说说他能记起的事情。但她知道她得慢慢来,不然会很容易吓跑他。

继续开始骑车时,她用胳膊搂着他,捏了捏他的肩膀。天知道他们有多久没有这么亲近过了。但佩里有些僵硬,有点不安,这大概不是他想要的,但布丽奇特在心里觉得这就是他需要的。

在回家的路上,他们在威斯康星大街上的宠物商店停了下来。佩里过去一直很喜欢宠物,但因为妈妈对动物毛过敏,所以除了蝾螈他就没养过其他宠物。

他们先看了看仓鼠,后来又看到一只肥胖的豚鼠。佩里极小心地抱起一只小白鼠。之后他们一人抱着一只兔子。佩里抱着的那只兔子爬到了他的衬衫前面,逗得他哈哈大笑。

当他们离开宠物商店回到家时,布丽奇特的手机响了。她认出是埃里克的号码,心里怦怦直跳。他不是没有开通墨西哥的漫游服务吗?

"喂?"

"布布吧?"

"埃里克?"

"嗯,是我。你在哪儿呢?"他亲切地说。

她已经很久没有听到他的声音了,现在听到他的声音有种想哭的感觉。

"我在哥伦比亚特区,你呢?"

"我在纽约。"

"你在纽约?"她高兴地尖叫起来,她实在忍不住了,纽约离这儿很近,"你还好吧?"

"我很好。但我很想见你。"他的声音很轻。

"我也想见你。"这个夏天真奇妙,她非常肯定她爱着他。

"现在几点了?"他问。

她走到厨房看了看钟:"差不多中午吧。"

"我大概在吃晚饭的时候到。"

"到哪儿?这儿吗?"

永远的牛仔裤

"是的。你最好告诉我你的地址。"

"你要来这儿?"她又尖叫着问。

"还有什么办法能让我见到你吗?"

"我不知道。"她简直都眩晕了。

"我等不到明天了。"他迫切地说。

那天早上,卡门在茱莉娅的注视下化妆打扮。她强迫自己抹上口红,尽管她自己也觉得不适应。有时候你也可以欺骗自己。

她没有收拾任何随身带着的书。她甚至没有带上剧本。她已经不再需要那些标记了。

但是,她从桌上拿起袋子,带着烤饼出门了。茱莉娅看到这个,应该高兴了吧。

卡门拿着烤饼走到远远的大前门,将烤饼扔进了垃圾桶。

彩排时,她一直保持着良好的状态。安德鲁也对她刮目相看了,他让她单独留下来。朱迪一个人回去了。卡门不是可以无视的。她感觉他们都相信她已经找到了自己的方法。不管他们之前是否已经放弃了她。

她坐在后排,在黑暗中听着里昂提斯关于虚无的愤怒。她想到她在遇见朱迪的山坡上曾有过的想法。机会无处不在。

她真希望牛仔裤现在在她手上,可是不在,她只得依靠自己。人就像一只乌龟,必须想办法打造自己的避风窝。

她看见了潘狄塔失散多年的母亲赫米温妮,演员全身披挂着雕像戏服,化着雕像的妆容匆忙走下过道。眼花了吧?母亲变成了一尊雕像。威廉·莎士比亚对如何实现愿望略知一二。母亲化成了一尊雕像[①],始终待在原地,你总是可以找到她。她不会移动,不会发生变化,甚至不会变老。

[①]译者注:在《冬天的故事》里面,潘狄塔的母亲赫米温妮假装去世,被大臣的妻子藏了起来,多年之后,国王有悔意想起了赫米温妮,大臣的妻子就把赫米温妮打扮成雕像的样子请国王过来看。后来国王看着赫米温妮的雕像流下了悔恨的眼泪,最后赫米温妮从雕像中走了出来。

卡门想起了妈妈。妈妈可不是一尊雕像,要她待着两分钟不动都不可能。不过,即使她再婚生子,搬了新居获得了幸福的第二春,卡门还是可以找得到她的。

嫉妒别人的幸福让她有种刺痛的感觉。她不想去想茱莉娅。她怕自己会大发雷霆,她怕会激起她以前的臭脾气,这对她没有好处。她不想生气,她现在已经没有愤怒了。她现在已经成了一个没有脾气的人。

她想到了瑞安的学步鞋。她摸了摸脖子上的牛仔裤吊坠。

茱莉娅站在剧院外等着她。卡门看见她微笑着等在那儿,手上拿着两杯冰茶、三明治和袋装薯片。她向卡门招招手,卡门仍感激她。她坚持当她是朋友,哪怕是一个讨厌的朋友。

但卡门没有动。"谢谢你呀,我今天不想吃这些。"她说完径直走了。

布丽奇特在莉娜的卧室里焦躁不安。在即将见到埃里克的喜悦之情稍微平静下来后,她想到一些问题。

"我告诉佩里晚上一起吃晚饭,而他貌似也很想和我一起吃晚饭。我可不能放他鸽子呀。"

"那你们就三个人一起吃啊。"莉娜提议。

"三个人一起?"

"是啊,为什么不可以。"

原因有很多,但都不足以阻止她这样做?

"好吧。那我怎么安置埃里克呢?"

"怎么安置?"莉娜狡猾地笑了笑,"只有你能回答这个问题。"

布丽奇特急了:"好啦,我的意思是说他晚上住哪儿呢?"

"在你家里啊。"

"什么,在我家?"

莉娜耸耸肩:"这是我唯一能想到的办法。"

永远的牛仔裤

布布从来没带过任何人回家。从中学时就没有了。她甚至都没有带过朋友回家,连她自己都很少回去,更不用说男朋友了。这是想都不用想的。她是不是要问问爸爸?他会怎么说呢?

更糟糕的是,埃里克会怎么想呢?当他看到她家的时候会对她有什么想法呢?如果他见到爸爸和弟弟怎么办?她不想让他知道真相。

"莉娜,你又不是不知道我家里是什么情况。"

"我想埃里克能理解的吧。"

"你真是这么想的?"

"布布,如果他真的喜欢你,我想他会的。"

从莉娜家走回来的路上,布布哭了。到家后,她马上开始用真空吸尘器打扫卫生,擦拭灰尘。她往墙上喷了一些喷雾,希望能看起来明亮一些。她打开所有的窗户。她从阁楼上拿出一台电扇,并擦洗干净。用车库里找到的箱子将所有不好看的东西都装起来,比如盘子、图片、文件、奇怪的小家具。然后将箱子拖到地下室去。她抖了抖地毯,试图重新摆放以盖住难看的地方。她跪在地上擦洗浴室的瓷砖。她还从邻居院子里偷了很多花。

当爸爸回家时,看着焕然一新的房子,仿佛觉得自己走错了地方。

"嗨,爸爸。我的朋友……其实是我的男朋友,他要来待上一晚。你看可以吗?"

爸爸简直固执得像一头牛,无论布布怎么解释,他都不能理解。

"那他住在哪里?"他最后问,表情恍惚。

"在书房的沙发上。"

"什么?在我的书房?"

"是的。除非你想让他住在你的房间。"她本来是想开个玩笑的,但很显然并无任何效果。

"不行。"他严肃地说。

"那在书房,可以吗?"

他点点头。她继续清洁卫生,五点钟的时候,她把爸爸和弟弟叫到厨房。

"把耳机拿下来。"她吩咐道。

他们都怯弱地点了点头。

"试着交流下。如果埃里克和你们说话,你们最好回答。"

他们又都点点头。但看着似乎一点都不生气。

"我们在七点三十分吃晚饭,怎么样?爸爸,我们就吃上顿剩下的香蒜酱,我再做个沙拉。"

他们还是点头。

"你们还是随便点吧。"这可能是她说的最没用处的话。

七点钟的时候,她走出厨房,在过道上徘徊着。她感到难过,感到失望,感到伤心。她希望埃里克不要来她家。她希望她没有委屈爸爸和弟弟。她希望不要过这样的生活。有时候,过去和未来不应被迫交织在一起。

当她走过佩里房间时,看到他正在清理收拾桌子。当她下楼时,她看到爸爸正仔细折叠书房沙发上的床单和毯子。

她本以为他们什么忙都不能帮,她本以为她的努力会因为他们而白白浪费。她本以为他们没有能力伤害她或让她高兴。但在这一刻,她发现自己真的错了。

他们三个人都只有微薄的能力。但如果将这三股力量结合起来,也许他们可以生活得更好。

蒂比在星期日的中午打电话给布莱恩。"我们在野餐桌边见面,你方便吗?"她问。蒂比说的地方在一个小型三角公园里的巨大的毛榉树下。这个公园距离他们俩的家是等距离的。那是一个有纪念意义的地方,一个见证了他们初吻的地方。

"好的。"他毫不迟疑,"现在吗?"

永远的牛仔裤

蒂比先到了那里。她望着布莱恩家的方向，等着他。布莱恩来了，夕阳落在他身后，她感到一阵喜悦。布莱恩脸上的某种表情促使她站起来，并拥抱了他。她是如此的勇敢，而他也没有推辞。

她走到边上，让他坐在桌边。她很感谢他真的来了。

这个桌子的妙处就是，当他坐在最边上时，她就刚好可以站在他的两腿之间。他俩的高度刚好可以看着彼此的眼睛，也很适合亲吻。他们过去经常这样做。这次她不想吻他。但她面对面看着他，嘴巴刚好在他耳朵附近。"对不起。"她轻声说。

他往后缩回一点，仔细地看着她。

"我有点害怕，有些惊慌失措，我忘记了一切重要的事情。"

有时候，蒂比觉得他可以洞悉她的一切心事。而有时候觉得自己的话语反而是一种妨碍。

"我知道。蒂比，我明白，可你为什么不告诉我呢？"

她眨了眨眼，忍不住流下眼泪："因为我不能骗你，也不能欺骗我自己。"

他点点头，似乎明白了一切。

"我保证我以后再也不这样了。"他的眼睛看着她，她没有回避。因为他说的都是真的。

她轻轻地捧起他的双手。她抛开自己骄傲和恐惧的本性。"我想你。我希望我们能回到过去。"她恳求着。

他耸耸肩："我们回不去了。"

"我们回不去了？"她似乎坠入痛苦的深渊。她本以为布莱恩一定会原谅她的。

"但我们可以向前看。"

"我们一起吗？"她不放过任何一丝机会。

"我希望是这样。"

"真的吗？"

他点点头："但我不会去纽约大学了。"

她退缩了："都怪我，我毁了一切。"如果他能原谅她，她愿意像吃冰激凌一样承担所有的责任。

"没关系。也许这不是一件坏事。"

"我会弥补的。真的，我会每周末坐公共汽车回来。"

"蒂比，你没必要这样做。"

"但我想这样做。我会的。"

"那我们等着瞧吧。"

"好吧。"她说着，对布莱恩的矜持和理智有些沮丧。

她发现他说的是对的，他们回不到从前了。不管是好是坏，现在都不一样了。纯真的东西不是你想拿就可以拿回来的。

"也许我们可以打个赌。"他说。

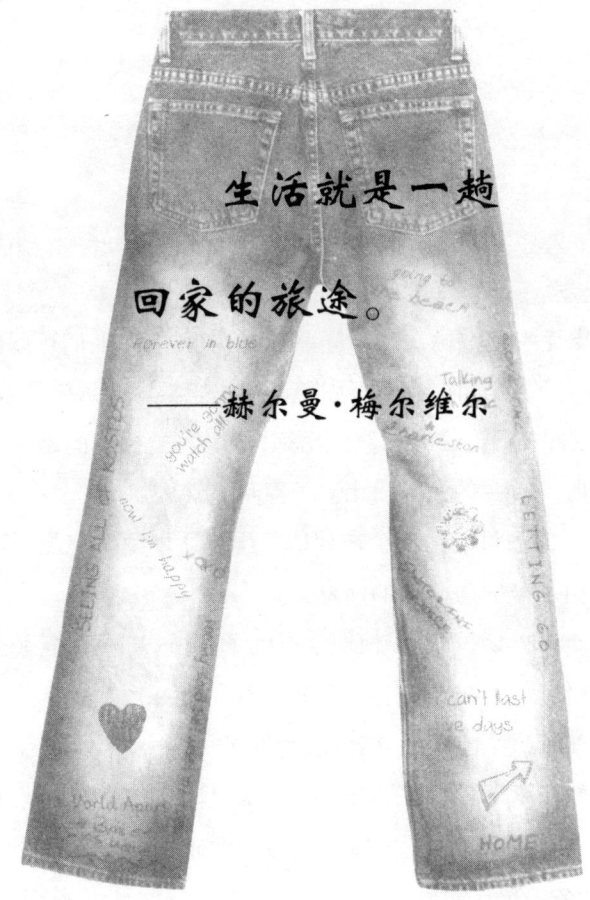

生活就是一趟
回家的旅途。

——赫尔曼·梅尔维尔

埃里克希望他俩能在餐厅单独吃晚饭,这样他们可以肆无忌惮地大笑,亲吻对方。还可以随心玩一些桌下的浪漫游戏。而现在只有加热不足的香蒜酱、三心二意做出来的沙拉,更要命的是布丽奇特家里这两位严重脱离社会的沉默人士。气氛可真够尴尬。

他本以为自己可以在一个市郊房子里舒适地睡上一觉,谁知道却只能躺在一栋阴森破旧房子里的沙发上。

他强忍着这一切,不过很快他就得到了回报。布丽奇特蹑手蹑脚地来到楼下,拉着他来到自己的房间,并轻轻地关上门。她知道弟弟和爸爸正兴奋地沉浸在耳机之中。而这一次,她很高兴。

她拉他坐在床上,她坐在他的腿上,双腿环绕在他的腰间。她深深地长长地吻了他,她的四肢、手指和柔软的头发和他的纠缠在一起。

"你为什么要提早回来?"

"就为了这些呀。"他在她耳边低声说。

"好啦,说真的。"

"我说的是真的。"

"真的吗?"

永远的牛仔裤

"我想你了。"

"你想我了吗?"

"特别想。"

她更紧地抱住他。

"我无时无刻不在想你。在海滩上,在足球场上,在水中,躺在床上的时候,真的特别想你。"

他的表情是如此的嬉皮笑脸,她笑了起来。"我说真的。布布,我每看到一个女孩,我都希望是你。"

她奇怪地看着他。他很擅长于这样。她突然为自己感到难过,为他感到高兴。或者说,恰恰相反,她为自己感到快乐,能拥有这么好的他;而为他感到难过,因为她自己的不幸。

"你想我吗?"他问。

她若有所思地看着他。她不想说谎。她有一些复杂的事情要告诉他,但不知道怎么开口。"当你告诉我,你要去墨西哥时,我不知道你到底是什么意思。"她慢慢地说,"我不知道这是否意味着我们要各走各路。"

"你真这么想的吗?"他很严肃。

"我不确定要怎么想。"

"那你现在还这样想吗?"

"不。"她立即说。

他用双手捧起她的脸:"我从没想过和你分开,我从没这样想过。"

她觉得喉咙一阵疼痛,他不曾怀疑自己的爱,可她为什么会怀疑呢?

"那你的意思就是说你没有想我吗?"他有些沮丧。

"不到最后,我还不知道我有这么想你。"她说。

"那开始和中间的时候呢?"

她揉了揉他的脸颊:"我觉得我想的是想你的感觉。但现在我觉得我是真的想你了。"

他让她脱下他的T恤衫,让她亲他。她扯下他的拳击短裤。他似乎想要将她从睡衣中拖出来。

在这样一个夏天,在自己的旧卧室中和男朋友做爱也许是件奇怪的事情,但无疑这正是她想要的。

也许她需要这样的方式将过去和现在连接起来。他俩很少一起待在这个房间,也许她想留下一些关于爱的美好回忆。

卡门头上戴着潘狄塔的花饰,一言不发。她只在念台词的时候才说话,其他时候便始终处于梦游状态。整整三天,她都没有看剧本。

最难熬的时候莫过于晚上在宿舍里度过的那几个小时,茱莉娅强迫她吃烤饼固然让她大为头疼,可茱莉娅一旦用沉默来表达愤怒却让她更为头疼,她的脑袋几乎都要炸开了。

你不希望我快乐。她告诉自己要抵制茱莉娅有毒的思想。

她穿着自己的道具服装。她感触着皮肤上的温度,及新衣服纹理的触觉。她听里昂提斯念台词,她听波力克希尼斯、奥托里古斯和宝丽娜念台词。她沉浸在华丽的莎士比亚戏剧台词中,几乎忘记了思考。

她说着自己的台词,但她没有看安德鲁,而他也什么都没有说。我们都相信我能搞定这些。她知道的。

早上,埃里克要离开了,也许他只是想离开。但他向布丽奇特保证他们会在普罗维登斯见面。她想尝试思念他的感觉,但不全是这样。

在她离开家之前,她还有很多事情要处理。最后一件事情就是拿出前一天拼命清理房间时丢到地下室的箱子里的东西。

她发现爸爸和佩里都对她的一些改变感到高兴,但她不想走极端。如果佩里需要留下从2003年开始的指环王日历,那就让他留下吧。

她走到地下室,一次拖出一个箱子。到最后一个箱子的时候,她打开

灯,确认没有落下什么东西。

她看到架子上摆放整齐的盒子。她对架子或这些盒子一点印象都没有。这些东西放在这儿有多久了?她走过去仔细地翻看着。

每个盒子都贴着一个标签,标签上写着名称和年份或起始年度。字母都是大写的,她认出是父亲的笔迹。

她屏住呼吸,取下一个写着"布丽奇特,1993年"的盒子。1993年?上幼儿园的时候?也许是小学一年级吧?盒子里面是一些认真堆叠的艺术品、泥塑品、书法及描摹作品,还有一些图片,有些图片背后还有妈妈的笔迹。有一张格蕾塔送的卡片。一条串珠项链。一张她和蒂比、莉娜及卡门的照片。一张她画的蜡笔画,画的是小脑袋的佩里拿着一条蝾螈。

她又取下一个写着"玛丽,1985—1990"的盒子。里面是父母婚礼上的照片、妈妈的日志、妈妈画的画、双胞胎看的书。布丽奇特从来不知道妈妈还会画画。

她最后取下写着"布丽奇特,1994年"的盒子。里面有更多的照片和她的第一个足球奖杯。布丽奇特拿起一个小纸板盒,就像那种装珠宝的盒子。她摇了摇,不用看她就知道里面是什么。她想起了藏在枕头下的小牙齿。

她没有打开小纸板盒就放了回去。她将盒子都放回到架子上,坐在满是灰尘的地上。

她想到爸爸整理这些东西花费的努力,保存每一件物品的细心。这些都是看不到的,但它们都在这儿。妈妈的也在这儿。他们也许不是什么大人物,但他们都曾经活着。

她用胳膊抱着膝盖,紧紧地抱着自己,任由眼泪流淌。

莉娜在贝塞斯达多待了几天,她觉得艾菲可能会要见她。艾菲下星期去欧洲十日游,莉娜觉得妹妹可能需要一点女孩子的娱乐来抚平失恋的痛苦。莉娜已做好了充分的心理准备,她可以一天二十四小时陪妹妹美甲修脚做面膜。艾菲有一个优点：那就是只要一做美甲，她的烦恼便可以忘得一干二净。

莉娜曾想打电话给利奥，告诉他自己在哪儿及原因。但当她真的和他通话时，她又决定不告诉他。利奥很高兴听到她的消息，并想告诉她他已经开始新的绘画，但他不需要知道她在哪儿或她什么时候见他。这不是他们之间的方式。她知道这些，所以也没有感到抱歉。

她真是这样想的吗？她第二次问自己这个问题。不，不是。她会很高兴再次见到他。她很羡慕他。她为他着迷。但她不后悔这段关系就这样过去了。在利奥床上的插曲是令人兴奋的，但让她觉得那些更像是故事的结局而不是开端。

那天下午，莉娜去蒂比和布布家道别。回来后不久，听到楼下的敲门声以及布莱恩的声音，她知道他和艾菲去散步了。

她关上门，坐在床上，耐心地等待着噪音开始。接下来的四十五分钟的确如此。首先莉娜听到前门被砰地关上，然后听到重重的脚步声和艾菲摔卧室门的声音。

她知道这时候最好放松。在艾菲摔上门后几分钟，又砰的一声响，莉娜房间的门突然被打开了。

"我无法相信她。"艾菲的脸通红，她的眼睛上还涂着防水睫毛膏。

莉娜不知道怎么说。她决定保持沉默。对于艾菲来说，保持沉默的效果通常是最好的。

"她为什么告诉我他们结束了？我给了她机会的。她为什么要撒谎？"艾菲愤怒地大喊。

莉娜握住她的双手。

"布莱恩是个白痴。他为什么要和她和好？看她都做了些什么？她根本就不关心他。她根本就不爱他。"

莉娜虽然知道不应该，但还是说："你怎么知道呢？艾菲。"刚说完，她

就后悔不已。

"什么?"艾菲凑近些,吼道,"你觉得她在乎他,爱他,是吗?"

莉娜低声说:"你认为她可能不在乎他吗?"

"不,不在乎。你知道她怎么对他的吗?"她重重甩开她的手,"如果你爱一个人,就不会像她那样对他。"

莉娜觉得自己的脸发热。哎,有时候就是这样的。

"莉娜? 莉娜!"

莉娜抬起头来。

"你是站在她那一边的,对吧? 我就知道。你站在蒂比一边,即使她那样的所作所为,你都站在她那边。"

"艾菲,不是这样的……"

"你就是。你就承认吧。蒂比骗了我。她把布莱恩就当垃圾一样。她背叛了我,即便我之前还特意到纽约去得到了她的许可。你还和她一起欺负你自己的妹妹。"

"艾菲,不是这样的。"

"事实就是这样。"艾菲真的哭了,莉娜看着她哭觉得心都碎了。

莉娜知道她们曾遇到比这更困难的事情,其程度远远超过失去你认为你爱着的男孩。

"你总是这样做。你知道吗?"

莉娜觉得她的喉咙隐隐作痛:"艾菲……"

"你就是。你就是。莉娜,我是你唯一的妹妹,但你总是帮助别人欺负我。"

莉娜站起来试图安慰她,抚摸她,但已经晚了,艾菲哭着跑了出去。

莉娜倒是希望艾菲重重地摔门,但艾菲只是轻轻地关上门,她仍能清楚地听到妹妹的哭泣声。她觉得这些比大喊大叫、摔门更让人难受。

她试图去艾菲房间,但艾菲没有理她。第二天,艾菲根本就没开过门。

莉娜下午晚些时候出去了几个小时,当她回来时,艾菲的门还是紧闭着,她还是不愿理她。

晚上,莉娜大多数时间都静静地待在房间,想着自己是不是做错了什么。她真的站在蒂比一边,伤害了艾菲吗?这不是一个简单的问题。在某种程度上,这几乎更令人不安。她看重蒂比的痛苦,放弃了艾菲的快乐。

布丽奇特离家前去宠物商店买回一只兔子和一个笼子。

"这是给你的。"她在后院把兔子交给佩里。

他很吃惊,开始的时候还不肯要,但当他抱起这个小家伙的时候,她知道他喜欢这只兔子。

当他们在山茱萸树下搭好笼子时,佩里非常兴奋。他把兔子抱在怀里,并喂给它一根蔫了的芹菜。

"我得去弄一个水瓶。还有胡萝卜和生菜之类的。"

"如果你愿意的话,你可以骑我的自行车。"

他点点头,脸上露出好看的笑容。

她会在接下来几个星期再回次家。她答应自己一定要回来。佩里有了这个毛茸茸的小家伙做伴,能让他愿意走出自己的房间到外面来。有个鲜活的小生命需要他照顾,也能让他试着去爱另一个生命。

她怀疑他是否真的需要抗抑郁药,现在她发现小小的兔子就是最好的药。

他给兔子取名为巴纳克尔。她不知道他为什么选这个名字。

"她最后还是开门了吧?"第二天早上,莉娜在厨房问妈妈。

"你是说艾菲?"

"是啊。你见过她没?"

"她今天很早就走了,爸爸送她去机场了。"

永远的牛仔裤

"什么？你没开玩笑吧？她去哪儿了？"

"她去希腊了。"

莉娜很吃惊："她已经走了？"

"她昨天晚上给奶奶打电话，问是否可以在伊亚待上一周。奶奶很高兴。她让艾菲去帮忙刷房子。你爸爸给她在电脑上换了票。"

她怎么都不知道呢？"她今天早上走的吗？"

"是的。"

莉娜在手腕上狠狠地掐了一下。她需要想一会儿："那她还好吧？"

"那要看你说的好是什么意思了。"

"如果我给她打电话的话，她会跟我讲话吗？"

"也许你应该给她几天的时间，让她缓缓。"

"有这么严重？"莉娜瞪着眼睛。

"莉娜，她觉得自己被背叛了。"

莉娜把手放在柜台上："妈妈，布莱恩不爱艾菲。她最后也会发现这点的。"

"我觉得你没有错。我想布莱恩应该也尽可能温和地告诉了她。"

"你真这么想吗？"

"是的。但我觉得艾菲并不是想念布莱恩的爱。"

卡门贝拉，

今晚腿都累断了！我爱你们，蒂比，布布，莉娜。

P.S.布布选择了蓝色的康乃馨。骂死她吧。

莉娜曾想过家里需要她。但现在她觉得没有人需要她了。她无法和艾

菲通话给她解释原因,心里很内疚,她也没能好好和爸爸谈谈关于未来的计划。

于是她冒出一个更疯狂的想法。

她摆弄着爸爸的办公室电话,直到她能同时和蒂比、布布通话。她用两分钟的时间向她俩介绍了她的疯狂想法,她俩都表示赞同。

她借到妈妈的车后,上楼去收拾包。

"嗨,妈妈?"

"什么事?"

"你看到我的牛仔裤了没?"莉娜下楼到厨房大声问道。

"没看到。"

"我以为牛仔裤在我房间。"她开始感到紧张,"昨天有人做清洁或洗衣服吗?"她相信妈妈和钟点管家琼不会做什么愚蠢的事情,但是偶尔会有例外吧。

"没有呀。琼星期五来过这儿。你确定牛仔裤在你手上?就是你从学校带回来的那条?"

"是啊。我回去再找找看吧。"莉娜说完,飞快地跑回房间。她找了个遍,甚至最底层的抽屉及几个月来都不曾打开过的箱子都找过了。

她确定她把牛仔裤带回家给蒂比在晚会上穿,蒂比在晚会上穿过后就给她送回来了。蒂比确实把牛仔裤送回来交给她了,不是吗?

莉娜觉得应该是送回来了的。

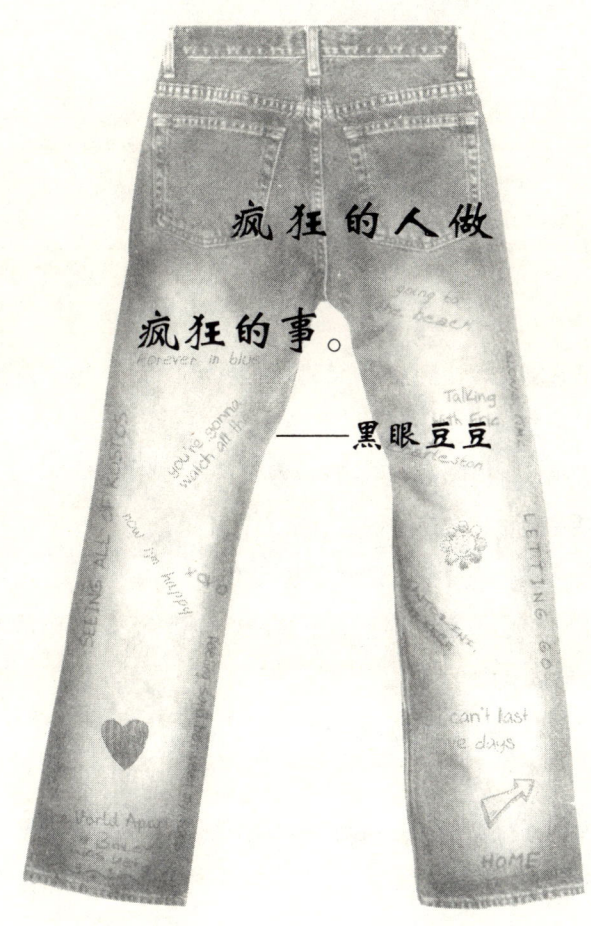

疯狂的人做

疯狂的事。

——黑眼豆豆

首演之夜到了，卡门的心都蹦到喉咙眼儿了。她有一种想要呕吐的感觉。

到处都是人，有摄影师、评论家等数百号人。安德鲁试图保护她。她能感觉到。他握着她的手，拉着她绕着后台走。

乔纳森亲了她一下，并帮她拢了拢头发。

"真可爱！"伊恩看着她的花饰不住地点头赞赏。他在她的额头上吻了一下，她以为他都要哭了。

她能做到吗？她知道怎么做吗？她试图把心放到肚子里去，让自己平静下来。

从后台她坐着的地方，她听着第一幕，听得出神。她觉得那些台词比以往任何时候都更清楚。每一句台词她都有了更多的理解，并更了解台词之间的关系。

这些都是真正的演员。她想尽量去了解他们。五个星期的排练，他们付出了很多。她觉得他们甚至付出了一切。但现在才知道他们还可以有更好的表现。

中场休息的时候，她在剧场偷看。当舞台差不多布置好的时候，灯光

永远的牛仔裤

开始一闪一闪。她看到三个人从中门鱼贯而入，她屏住呼吸。最后三个少女排成一排从中间的走道走下。

在卡门看来，她们如此高大，如此闪耀，如此美丽，如此壮观。她想象着自己就是她们中的一位。她们像女神，像泰坦。她为她们感到骄傲。她们是亲切的，她们是亲密的朋友。

莉娜、蒂比和布布都来到剧院为她捧场。这一晚是她的大日子。她的喜悦就是她们共同的喜悦，她的痛苦她们大家一起来承担。她们的关系就是如此简单。

她们绝对都是无比可爱的。

朋友们的到来为她注入无限力量。卡门第一次掌握了潘狄塔的声音，这让她感觉很好。

但更大的奇迹是她理解了最后大团圆的场景，隔阂消失了，冬天结束了。她理解了迷失女孩一开始的感情，但现在她还理解了回归女孩的感情。

剧场中有数百人，但只有她们三个对她来说是珍贵的。卡门的冬天结束了，她有一种回归的感觉。

莉娜跟着收音机哼着凡·莫里森的曲子，沿着新泽西收费公路行驶着。她把布布载到普罗维登斯，把蒂比送到纽约，然后自己返回哥伦比亚把车还给妈妈。现在是早上四点钟，她得做点什么让自己保持清醒。放在裙子前面荷包的手机开始嗡嗡作响。

"喂，你好？"

对方开始没什么反应，然后她听到一个从远处传来的焦急的声音："莉娜？"

"艾菲！是你吗？"

"莉娜，你在听电话吗？"

"是的,是我。你还好吧?你去希腊了?"她猛地按下收音机的按钮。她感到周身突然放松下来,感谢艾菲给了她通话的机会。她本以为她还得好长一段时间不理她呢。

"是的,我在奶奶家。"艾菲闷声说,然后就大哭起来。

"艾菲?艾菲?"莉娜只听到哭声,艾菲一直没说话,她只好道歉说,"艾菲,对不起。你说话呀,你别不理我。你没事吧?"

"莉娜,我做了一件很可怕的事。"

即使在手机中,莉娜也能感觉到艾菲的哭声不同以往。"怎么了?到底发生了什么事?"莉娜努力不让车子冲下道路。

"我不敢告诉你。"

"你说吧。"

"我真的不敢。"

"艾菲,到底怎么了?什么事情这么糟糕?"

"是的,很糟糕。"

"你搞得我也很紧张。快说吧,急死我了。我都要开到沟里去了。"

"呜呜……莉娜。"艾菲只是一个劲儿地哭。

"没事,艾菲,你快说呀。"

"我……我……你的牛仔裤。"

"你说什么?我听不清!"

"我拿走了你的牛仔裤。"

"牛仔裤?"

"是的。"艾菲哭着说,"我拿走了。"

"带到希腊去了?"

"是的。"

现在她终于知道裤子的去向了。

"我想我是疯了。我对蒂比和你们每个人都很恼火,我就……"

永远的牛仔裤

"好好,我知道了。"莉娜心里好受了些。

"但还有更倒霉的事情。"

莉娜的心顿时怦怦跳起来:"快说。"

"我把裤子穿到渡船上,结果弄湿了。"

"哦。"

"然后我放在奶奶的露台上晾干。可是没想到……"

莉娜心跳更快了:"没想到什么?"

"我没想到刮风了,然后……"艾菲哭着说,"裤子没了。"

"艾菲,你给我说清楚点。"

"我去收裤子的时候,发现裤子不见了。我到处找,找了整整三个小时。莉娜,我真的不是故意的。"艾菲还是不停地哭。

艾菲带走了牛仔裤,现在又找不到裤子了。但她不能失去这条裤子。它不会丢失的。"艾菲,你听我说。这条裤子不能丢。你听见了吗?你一定要找到裤子。裤子可能正在什么地方。"莉娜的声音听起来无比严厉。

"我认真找了。我真的找了。"

"你给我继续找。"艾菲没做声。"你听见了吗?艾菲,艾菲,你在听吗?"

她挂掉了电话。莉娜将手机扔到后排座位上,双手紧紧地握着方向盘。她感觉她都要气炸了。

牛仔裤不会丢的。她们有魔力来保护它。这条牛仔裤不是说丢就会丢的。它肯定就在某个地方,艾菲会找到的,肯定不会怎么样的。

卡门等了很久,首演之夜终于结束了。荣誉、崇拜者、晚会、香槟、小蛋卷。她自豪地向全体演员介绍了她的朋友,但这个晚上终于结束了。

朋友们挤在莉娜妈妈的车里,像沙丁鱼罐头一样,挤得都没办法互相道别了。

从停车场步行回来,卡门再次路过剧院。

朱迪和安德鲁还在那里,挽起袖子,放下头发,再次清点着演出的东西。当他们拥抱她的时候,她实在忍不住地哭了。

"宝贝,你是我的骄傲。"朱迪轻声在她耳边说。

"我再不责骂你了。"安德鲁说。卡门的眼泪流了出来,她看到安德鲁眼眶中也有泪花。

卡门回到宿舍时,这里变成了地狱。

谢天谢地,卡门爬上床的时候,茉莉娅已经睡着了。卡门也美美地睡去。早上茉莉娅醒来,不愉快的一天又开始了。

"昨晚怎么样?"茉莉娅直接问。

"你没去吗?"卡门反问。

"没去呀,我有其他的安排呢。"

谢幕的时候,卡门分明看到了观众席中的茉莉娅。难道见鬼了不成?卡门确定她去过剧院。她亲见了自己的三个好朋友,亲见了她们之间珍贵的友谊。像她这种伪善的朋友不可能拥有这种情谊。

"真是活见鬼。我明明看到你了呀。"

茉莉娅看起来神神秘秘的:"怎么可能呢。"

卡门这一刻愤怒到了极点。她恨不得掐死茉莉娅,而她确实罪有应得。

卡门可以这样做,但她没有。茉莉娅曾一度看起来像是很好的朋友,但现在她似乎根本不配了。

茉莉娅心里像是打翻了五味瓶,恨恨地看着卡门开始穿衣服。

"我不知道你是怎么了?"茉莉娅在卡门将要出门时突然说,"我以为我们是朋友。"

卡门转身,立在门口。"不,我们不是朋友。"

"我们不是朋友?"茉莉娅带着惊讶和嘲讽的语气重复着这句话。

"是的。你知道我是怎么看出来的吗?"

永远的牛仔裤

茉莉娅抬头望着,脸上是卡门过去常有的暴躁表情:"你怎么看出来的?"

"因为你不想我好。你巴不得我一直倒霉。但你没能如愿,这对你来说很难受吧。所以我说我们不是朋友。"

卡门离开前,她又想起了一件事情。

"你知道什么事情令人伤心吗?"

茉莉娅一言不发,没作任何争辩。

"你老这样的话,永远都不会有人和你成为朋友。"

卡门走开了,她感到遗憾的是,她曾经被茉莉娅这样的毒蛇欺骗。但她又庆幸有这样的经历。对于友谊,她一直生活在伊甸园中。她和朋友之间的纽带是如此强大,她们的友情是无可比拟的。她被友情宠坏了,她一直天真地认为所有友情都像她们一样。没有这样的经历,她不知道自己拥有多么珍贵的情谊;没有这样的经历,她不知道其他所谓的朋友是多么恼人。

现在她都知道了。

如果时间能倒流的话,她会有不同的做法吗?她在心里问着这个问题。

不,她很可能不会。她曾以为,打开心扉,哪怕被伤害也好过封闭内心。

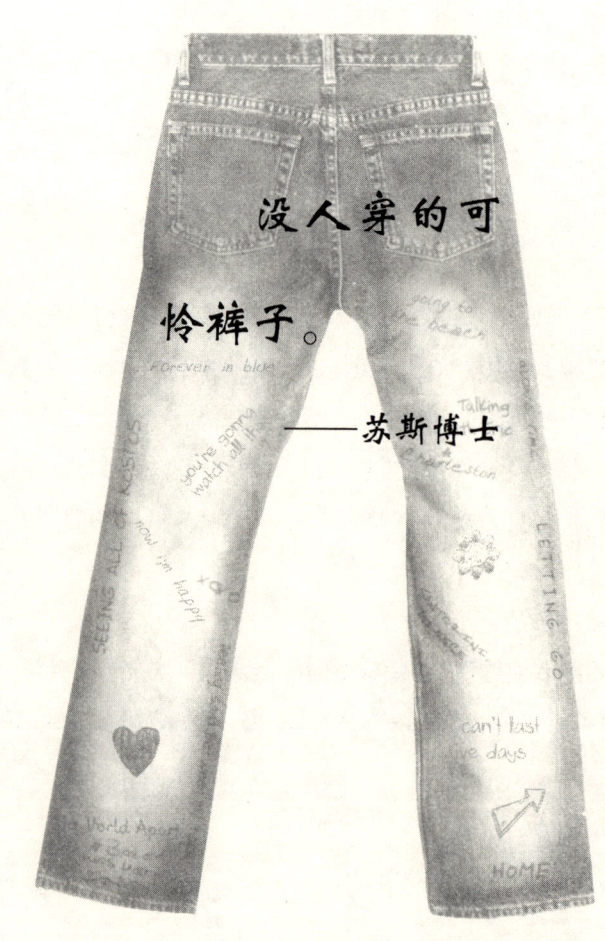

没人穿的可怜裤子。

——苏斯博士

永远的牛仔裤

自从布布知道牛仔裤的情况后，觉得时间简直是在飞速流逝。

"我应该再给莉娜打电话吗？"

"你们十分钟前才通过话。"埃里克吻着她的脖子说。

"我知道呀，但如果她又有什么新消息呢？如果她忍不住告诉卡门了呢？"

自从莉娜告诉她和蒂比关于牛仔裤的事情后，她们除了打电话，几乎什么事情都不做了。

布布还没决定要不要打电话的时候，她的电话就响了。是卡门打来的。

"我的天啦。"

"莉娜告诉你了。"布丽奇特躁动不安，相形之下，她觉得宿舍现在太压抑了。"是的。"她们本来商量等星期三，卡门最后的演出完毕后再告诉她的。

"那我们怎么办呢？"

"怎么办？希望艾菲不要被愤怒和忌妒冲昏了头。"

布丽奇特沉默了一会儿："我希望我们能让其他人帮忙找找。"

"是啊。还有其他什么人可以帮助我们呢？"

"奶奶呀！"

"我晕。"

莉娜几乎每小时给艾菲打一次电话。奶奶都有些恼火了,但她能怎么做呢？让艾菲承担责任？

"我真的努力找了。我已经想了所有的办法。"这就是艾菲所有的回答。

莉娜甚至希望她可以给卡斯托斯打电话,问他是否在那儿,能不能帮上忙。但这条路已经被她堵死了。

"我想我知道问题是什么了。"蒂比在纽约的房间里给莉娜打电话说。

她们频繁地打电话,甚至都可以不用挂断电话了:"什么问题？"

"那条牛仔裤不想让艾菲找到它。"

"哦,对,就是这样。"

"牛仔裤害怕艾菲。"蒂比猜测。

"也许就是这个原因。"

"那我们该怎么办呢？"

莉娜又等了二十二个小时,她作出一个异常草率的决定。

"我自己去找。"她在电话里跟卡门说。

"什么？"

"我要去希腊。我这会儿正在网上订票呢。"

"不是吧？"

"是的。"她已经下定了决心。裤子是被自己的疯狂的妹妹拿走的。这是她的错,而且伊亚的奶奶又很执拗。除了她自己,没有人可以去找裤子。

"什么时候出发？"

"我最快可以在星期四到达。"

"哇。"

"卡门,我定好票了。"

"你真行。你用什么买的票？"

"信用卡。"

"谁的信用卡？"

"我妈妈的。"

"她知道吗？"

"还不知道。"

"天啦,莉娜。"

"你不能在裤子上付出额外代价。"

"是的。但也许你的妈妈可以。"

星期二晚上,布布第三次打电话问她的航班号时,莉娜开始怀疑起来。"怎么了？"她问。

"没什么。"布布说。

星期四,当莉娜到达纽约肯尼迪机场等待飞往雅典的航班时,她惊讶地看到布布背着行李袋站在那儿,但当她看到布布身边的蒂比和卡门时,她惊讶得嘴都合不上了。

她大声笑起来,是这些天来的第一次。"你们是来和我道别的吗？"她兴奋地问。

"不,我们是来和你打招呼的。"卡门说。

布布说她向爸爸借了机票钱。卡门说大卫有超多飞行里程,所以找他要了一些。蒂比父母去年六月给她一张不限日期的机票作为毕业礼物。他们还借给她一些钱办了一张快速护照。

"看看我们干的什么事呀,有人去乞求别人、有人借款、有人偷用、还有的人……"布布看看蒂比。

"使用。"蒂比说。

"我希望我是偷用。"卡门说。

"我希望我是借款。"莉娜说。

"没有人愿意乞求。"布布指出。

她们在售票处要求将她们的座位换到一起,当飞机起飞去希腊时,她们四人并排坐着。

莉娜看看左边,再看看右边,又笑了。

"你担心他们会把你踢出球队吗?"蒂比问。

飞机冲上云霄,她们的冲动也有些恢复了,开始考虑这次行动耽误的事情以及伤害的人。

"除非他们不需要中锋了。"布布说教练肯定会很生气,然后威胁她,但是也会很快原谅她,让她开始首个联盟比赛。

蒂比觉得她们都不敢想象此行将持续多长时间。她们要的不是一个单纯的结果,而是找到牛仔裤然后带回家。所以谁也不知道这将需要多长时间。但现在是八月的第三个星期了。大部分学校将在一个半星期之后开学了。

"我不能上完剧本创作的课程了。"蒂比说,和布莱恩和好后她在纽约待了三天。

"这个星期我本来应该收拾房间的。妈妈和大卫将在劳动节后搬到新房。现在只好往后推了。"

"埃里克说如果我穿着蒙住全身的长袍,并且不与任何希腊男孩调情的话,他会原谅我。"

"希腊人喜欢金发碧眼。"莉娜说。

"布莱恩说要来帮我们寻找牛仔裤。"蒂比说。

"利奥有什么表示没?"卡门问。

"他昨晚打过电话。"莉娜说,"我想他下学期会在罗马度过大部分时间。"

"真惨。"卡门说。

莉娜耸耸肩:"没什么啦,真的。我知道这不会变成长期的事情。"

蒂比注意到莉娜不同于以前和卡斯托斯在一起的日子,每次她喊着要镇定沉着的时候,都表现得像偷车贼一样。

"这样最好啦。"卡门安慰她,"莉娜,利奥。你们的名字放在一起可不好听。"

蒂比笑了,抱住卡门的胳膊:"嗯,谢谢你。卡门,你满意了吧?"

莉娜也笑了。

"有什么棘手的关系问题要向我咨询吗?"布布问卡门。

"应该给你开个专栏。"

"你还是开个博客吧。"

"对,我也觉得。"卡门表示同意,"嘿,你们猜最后一场演出谁来了?我给你们说过没?"

"谁呀?"

"呵呵,我妈和大卫。"

"挺好的呀。"莉娜说。

"还有我爸和莉迪娅。"

"真的假的?"布布很惊讶,"他们四人都到场了。"

"是啊。他们开始也有些惊讶,但后来相处还蛮融洽的。我跟他们说应该要一个包间的。"

蒂比微笑地看着朋友们开怀大笑,听着她们熟悉的声音。虽然因为牛仔裤的事情不开心,但能让四个人因此聚在一起终究是让人高兴的。她感到有些内疚,就好像在人人悲伤的葬礼上自己却该死地笑了。不过她觉得牛仔裤肯定不希望她有这种内疚感。

"这可是去年夏天我们在海滩分别后第一次聚在一起呢?"蒂比很是为自己的这个发现得意。

"是的。我也想到了。"莉娜略带伤感。

"我们怎么这么长时间没聚在一起呢？"卡门问。

"应该是我们问你这个问题才对？"蒂比说。尽管她这样说，心中仍充满感激，卡门和她们终于聚齐了。

"你们知道吗？"布布说。

"什么？"

"我觉得并不仅仅是牛仔裤害怕艾菲这么简单。"

"那还有什么呢？"莉娜问她。

布丽奇特挨个看了看她的朋友："看看我们。我觉得牛仔裤比我们想象的更聪明。"

> 黎明破晓时,幽灵们就会回到静谧的坟墓。
>
> ——西奥多西娅·加里森

她们很晚才到达瓦莉娅的家,四人都精疲力竭,头脑昏昏沉沉,呼吸急促,有点不知身在何处的感觉。

莉娜看到祖母非常高兴,但奇怪的是,她没有看到艾菲。想着要见到艾菲,她还一直忐忑不安呢。

"艾菲今天到雅典去了。"瓦莉娅用淡淡的语气告诉她们,但几分钟后,她把莉娜拉到一边说,"你知道吗?这些日子对她来说很难过。她整天整夜都想着找那条牛仔裤。"

"我知道的,奶奶。"莉娜说。

尽管都累得不行了,但她们深知此行的目的。莉娜找出两个手电筒。她们开始在瓦莉娅房子周围的狭窄鹅卵石道上搜寻牛仔裤。

"这里高高低低的,很不平整。"蒂比说。

这种位置很不方便找东西。莉娜自己也这样认为。

瓦莉娅看着她们摇了摇头。过了一会儿,莉娜发现她们简直是在做无用功。太阳怎么还不出来呢?

"我们应该去补充睡眠。"莉娜决定,"这是最明智的。这样我们明天才能早点起床,再开始找牛仔裤。"

永远的牛仔裤

第二天一大早她们就开始找了,且对火辣辣的太阳毫不畏惧,一心想着寻找牛仔裤。

"这是我见过的最美的地方。比任何地方都美上一千倍。"卡门说。

莉娜也有同感。她们一同分享着眼前的美景,这真是一份意外的礼物。她想这是牛仔裤给她们的惊喜吧!

莉娜给她们讲了火山口的形成,可能是历史上最大的一次火山爆发时留下的大坑,沉没在岛屿中间,使得水中央留下一个边缘齐整的峭壁。

"那些岛屿呢?"布布问,眯着眼睛越过水面望着火山口的三面陆地。

"是留下的熔岩。"莉娜解释。

莉娜领着她们来到斜坡上,她们认为裤子可能被风吹出了瓦莉娅的院子。石灰水刷白的房子、摇摇欲坠的教堂、屋顶和门上耀眼的蓝色、向上攀爬的植物炫目的粉红,所有这一切都让人沉醉,让她们无法专心手头的工作。在太阳下找了几个小时后,她们在阴凉处稍作休息,并试着制定寻找牛仔裤的战略。

"我觉得肯定会有人发现裤子的。"蒂比说。

"这是好事。"莉娜说。

她们去了城里。幸运的是,大多数店主还会讲一点点英语。莉娜还带上了一张牛仔裤的照片。

"我们在寻找一条牛仔裤。"她给服装店店主解释说。她拿出去年夏天蒂比穿着牛仔裤在海滩上拍的照片。她指着牛仔裤说:"我们在寻找这条牛仔裤。"

店主露出惊慌的神情:"这个女孩丢了吗?"他戴上眼镜,拿起照片,凑近仔细看了看。

"不,不,是这条裤子丢了。"布丽奇特急忙解释。

她们在城里找到一家复印店。她们根据照片,放大了牛仔裤的样子,去掉蒂比的脑袋,并用黑色记号笔圈出牛仔裤。复印店女服务员帮助她们翻译了"丢失的牛仔裤"的希腊语。莉娜写上英语和希腊语,还写下祖母的地址和电话号码。她还用希腊语写上:"有酬!"

在等着复印五十份寻物启事的时间,莉娜带她们到处转了会儿。

"这是卡斯托斯祖父的铁匠铺。可能在去年或前年卖掉了。那里是卡斯托斯曾经工作过的地方。"她介绍说,"那是我们第一次接吻的地方。"

她带她们来到小港湾:"我曾画过这个地方。你们看过那幅画吗?那曾经是我很喜欢的画。我和卡斯托斯还在这里游过泳。"

"这次游览还是有一定主题的哈。"蒂比说。

"哈哈。"莉娜很高兴的样子。当她们站到码头上时,她假装要把蒂比推到水里。

"你们怎么不在这儿坠入爱河呢?"布布问。

因为这些爱与美的想象,因为这个古老的地方和污浊的地面,布布似乎被触及某种情感。她将双手伸向天空,然后跳入水中。一阵寒冷袭来,她将头伸出水面,快乐地尖叫着。

因为她们都是她的朋友,几乎各方面都非常完美的朋友。她们三人也心有灵犀地尖叫着跳入水中。

她们大声叫着好冷,穿着湿漉漉的衣服在水中打闹。布布首先爬上码头,然后将其他人拉上来。她们都高兴地大笑,为自己这些愚蠢的举动而开怀大笑。

万里无云,天空蓝得让人心醉。她们并排躺在码头上,在太阳下晒干衣服。

布布喜欢太阳。她喜欢身上穿着沉重的、滴着水的衣服。她喜欢河水撞击码头木桩的感觉。她抗议蒂比用冰凉的脚趾碰触她的小腿,但她喜欢这种被碰触的感觉。

她和朋友们尽情分享彼此的快乐和悲伤。即使牛仔裤暂时不在她们身边。

永远的牛仔裤

"我们复印的东西应该好了吧？"卡门像在说梦话一样。

她们到处张贴印着牛仔裤的寻物启事，几乎遍布整个伊亚及市郊地区。

"我是不是应该在费拉也贴一些呢？"莉娜提议说。

那天晚上她们又复印了五十张来到费拉，在人群聚集的旅游景点散发。布布突然跑过来。

"莉娜，我好像看到了卡斯托斯。"

莉娜感到背部有一股电流穿过。

"你不是从未见过卡斯托斯吗？"蒂比说着，来到她身边。

"我是没见过本人，但我见过照片呀。"布布说。

莉娜看了看四周，试图让自己平静下来。她缓慢平静地说："我奶奶说他不在这儿。他整个夏天都不在这儿。你在哪儿看见他了？"

布布指向一个角落，那里有一个咖啡馆和一个自行车店。

"怎么可能？是你的想象吧。"卡门说。

"卡门，他确实住在那里。"布布说，"如果我声称我在密尔沃基或其他什么地方见到他，你们倒可以怀疑一下。"

"不管布布是不是真的看到，他确实可能出现在这里任何一个地方。算了，我们还是继续分贴这些寻物启事吧。"

她们到处张贴寻物启事，直到天黑。莉娜心烦意乱，感觉卡斯托斯好像无处不在。

"我们回家吧，看有没有人给我们打电话。"莉娜说。

回家后，莉娜走到厨房，瓦莉娅正在准备丰盛的晚餐。"奶奶，卡斯托斯还在岛上，对吗？"

"我听说他整个夏天都在旅行。我一次都没见过他。我还和瑞娜说过，但我不知道他去了哪儿。"瓦莉娅假装对卡斯托斯不屑一顾。其实就像莉娜一样，她总是在幻想着。

她们在家度过了一个舒适的晚上。瓦莉娅早早上床睡觉了,给她们留下一瓶红葡萄酒。她们坐在地板上畅快地喝酒聊天。

当她们爬上床睡觉的时候,发现她们贴了一百张牛仔裤的寻物启事,竟没有一个人给她们打电话。

莉娜是唯一早起的人,她似乎很快就适应了希腊的时间。日出时,她决定出去走走。

她慢慢地走出很远。她首先想到艾菲,然后是爷爷,之后她又想起了卡斯托斯。

在某种程度上,边走边看周围的废墟还不算很糟糕的事。在这个岛屿上,她曾付出自己的真心,并又亲眼看到它支离破碎。这里四周都是废墟,虽然并不是所有的废墟都见证过久远的历史。

废墟代表着失去的东西,但废墟仍是美好的、和平的、有历史纪念意义的,而不是悲哀的或令人遗憾的。莉娜努力让自己往这些好的方面想。过去的就过去了,为什么不为你现在拥有的感到高兴呢?结束了的事情也有令人高兴的部分,不是吗?

尽管如此,她仍非常想念卡斯托斯,她多次以为自己见到了他。在拐角处,坐在咖啡馆的桌旁,望着窗外。卡斯托斯真的出现在眼前,这不是鬼魂,也不是回忆。

"这真是不可思议。我一直以为我看见了他。"那天晚些时候,在天堂波里海滩的人群中穿梭时,她向布布倾诉着。

"你们在一起的时候你怎么想的呢?"布布问。

晚餐前淋浴时,莉娜还在考虑这个问题。

自从普罗维登斯汽车旅馆的那一幕后,莉娜知道自己已经变了。她知道自己已经毁掉了她和卡斯托斯之间残留的感情。天知道他现在对她是什么想法呢?

永远的牛仔裤

她已不是他过去想象的她了。她也不是自己过去想象的自己了。她表现出一种他从未想象过的丑陋。但在某种程度上，这是一种解脱。如果那样确实是她的作风，那卡斯托斯应该了解。他不应该被欺骗。她的孩子气有时候是不应该的。

她想知道他真的能够永远爱她吗？而她又真的爱他吗？憧憬和希望无疑是美好的。因为无法拥有，他们的爱情故事才是完美的。

但他能接受她的缺陷吗？他能接受她不会永远漂亮美丽的事实吗？他能接受自己的缺陷吗？他会因为她而放弃其他人的爱吗？

他们都有自己对爱的想象。这是痛苦而又美丽的。但她现在想知道他或她谁有勇气接受现实呢？

第二天，她们去了希尼奥斯港口，那里有渡轮进港。她们在那里张贴了一些牛仔裤的寻物启事，然后开始逛街。瓦莉娅教会了她们用希腊语说："请问你见过这条牛仔裤吗？"她们甚至还学会了用法语和德语说这句话。

在一个冰激凌店，有人说曾见过这条裤子。她们非常兴奋地询问具体情况，结果那人说见过画着牛仔裤的画。

"不会完全没希望了吧？"蒂比无法掩饰她的担忧。

"不会的。"布布安慰她。

"我们会找到的。牛仔裤也希望我们能找到它。"卡门说。

蒂比觉得她们都不愿意往不好的方面想，或者至少她们都不愿意说出来。

当她们从希尼奥斯港口回家时，莉娜的祖母正等着她们。看到她们回来，她马上拉住莉娜。

"卡斯托斯来了。"瓦莉娅说，并稍用力压了一下莉娜的肩膀。

"你说什么？"

"他来了。他来找你。"

朋友们都围过来。

"他来找我?"她有点不敢相信。

"噢,天啦。"蒂比说。

"看看,他来了吧。"布布说。

"他说他准备离开这里,他想在离开前找到你。"

莉娜的心又开始狂跳了:"他要去哪儿?"

"他说他在小树林等你。"瓦莉娅耸耸肩,"具体地方我不知道,但他往那儿走了。"她指了指。

莉娜知道地方。"谢谢你,奶奶。"她努力调整着自己的情绪。

"你要去吗?"瓦莉娅看着莉娜一副不着急的样子,几乎想代她去了。

"嗯,我会去的。"

朋友们都来鼓励她,并给她各种叮嘱。莉娜慢慢地爬上山。她原以为卡斯托斯再也不会在她心中激起任何波澜了。可为什么自己心跳还那么快?

他为什么要见她?还有什么要说的吗?她比过去再清楚不过了。她以为他这辈子都不想见到她了。

她能收回说过的话吗?她想收回说过的话吗?这就是她心跳加速的原因吗?

她不停地向上爬,直到来到一片平地。她很高兴看到这里清新的绿色。是的。她那天晚上说了一些言不由衷的话。如果能的话,也许她会说出真实的想法,但是谎言也能代表心底的一些真实想法,她需要说出来,只有说出来了,她才能继续自己的生活。

看到他站在小树林里的背影,她的心揪了起来。不管怎样,有些感情是压抑不住的。他转过身,看着她慢慢走近。

为什么他看到她好像很高兴的样子?为什么她很高兴见到他呢?

"我们总是回到这里,对吧?"她说。

卡斯托斯点点头。他看上去很不错,更高了,更胖了,也更壮了。上次在普罗维登斯见面的时候,他一副卑躬屈膝、满怀期待的表情,但这次完全不一样。

他卷起裤管,他们并排坐在池塘边上。莉娜喊着水好冷,他笑了起来。

他把脚泡在水中,并弯腰洗手。她把手放在腿上。她看着他俩中间的草根。

"我一直不开心。"他告诉她。她相信他,尽管他现在看起来并不是那么不开心。

"我对你的态度太可怕了。"她歉疚地说。

他再次将手伸到水中,直直地看着她说:"有个故事,我想告诉你。"

"好吧。"她不确定地说。她有一种感觉,可能她就是这个故事中的一个角色。

"你曾问我,当你看到我的时候,我是不是觉得你会冲进我的怀里?"

她退缩了,她会说得那么难听?她会想去伤害他?

"嗯,这就是我的想法。"他不留情面地说,"当我飞过去看你的时候,我收拾了足以让我待上两个月的衣物。我还想过给祖母打电话,让她把我余下的东西寄给我。我真的以为你会冲进我的怀抱,我们会永远在一起。"

听到这些确实让人很痛苦。她欣赏他的诚实。

"我给希腊领事馆打过电话。我持着学生签证开始工作。我申请转到你附近的三所大学。"

虽然莉娜欣赏他的诚实坦率,但她希望他这会儿能停下来。

"我还戴上了戒指。"

莉娜几乎将腮帮咬出了血。他怎么能告诉她这些事情呢?这些事情他说出来痛苦,她听着也一样痛苦呀。她几乎都不知道说什么好了。

"我觉得我们不会结婚,最初几年不会结婚。但我想告诉你,我永远不会再离开你了。"

她觉得脑袋好像被踢了一脚,眼泪也忍不住流了出来。她觉得这些话让她心软了,她能感觉自己的身体变化。

他通过这种坦白的方式折磨人。她觉得他不会停下来,除非他说完了。

"我打两份工,最近两年几乎每个星期工作一百个小时。我花光了所有的钱来做这枚戒指。"

莉娜的朋友曾取笑她在发现朋友不高兴时发出的嗡嗡声。她听到自己现在又发出了这样的声音。

"你知道我把戒指怎么处理的吗?"

他目不转睛地盯着她,她意识到他在等着她的答案。她摇摇头。

"我把它扔到了火山口。"

她惊讶地瞪大了眼睛。

"你知道我后来做了什么吗?"他给她讲这个故事的鲁莽看似盖住了他所做的鲁莽事。

她再次摇了摇头。

"我闯进前妻家里,偷走了我给她的戒指,然后扔进了大海。"

莉娜只是盯着他。

"这并不意味着是和给你的戒指作什么比较,但能给我一种真正结束的感觉。"

她点点头。

"但是玛丽安娜报了警,我承认了罪行,然后在费拉监狱度过一夜。"他实事求是地说。

"不。"莉娜说。

他点点头。他看上去好像对自己的行为非常高兴。

"我被拍了一张嫌疑犯照片。"他带着几乎得意洋洋的语气说。

她想象着嫌疑犯照片中可爱的卡斯托斯。这真是疯了,真搞笑。但是她忍不住被他感动了。她毫不怀疑他的破坏能力,但现在她觉得自己低估

了他。

"爷爷把我接出去的。谢天谢地。他们没有罚款就放了我。"

"你爷爷怎么说的?"这是很难想象的。

"嗯。"卡斯托斯恢复严肃,"他假装没有发生这件事,我们也从不谈论这件事情。"

莉娜又开始发出嗡嗡声。她知道这是卡斯托斯忏悔的一部分。现在轮到她忏悔了。

太阳开始西沉。她记得粉红色的光芒照在银色的橄榄树叶上是非常好看的。她知道瓦莉娅马上开始吃晚餐了。

"你要去什么地方吧。"她问。

"我坐早上最早的渡船,明天坐飞机去伦敦。"

"去伦敦?"

"回经济学院。他们提供了一个机会。"

"哦,当然。"这就是他现在的不同。他无所畏惧。他比过去更坚强。他对她的愤怒燃烧了内疚,他不得不强迫自己忘掉她。

放弃自己的愿望得需多大的勇气呀。

"我可以在我离开的地方重新开始。我甚至在我的旧公寓中要了一个房间。"

她觉得喉咙疼:"天啦,难道时光倒流了吗?我怎么觉得好像回到了我们见面的那个夏天了。那是在八月末,你去伦敦,而我从学校回家。"

他点点头。

"你总是可以想象发生在我们之间的所有事情。"她说。

他若有所思地看着她:"但是你不能,是吗?"

"不,是你不能。"她看到静止的河水中橙黄色的太阳光圈,伸手到水中拨弄着光圈边缘,然后将冰冷的双手放到脸颊上取暖。

他站起来,她也跟着站了起来。他挥挥手。她的手还是湿的。"我想我们该说再见了。"卡斯托斯说。

一起见面聊聊是比较容易的事，现在他们俩都放下了。

"也是，我们该说再见了。"

"祝你一切顺利。莉娜，我希望你会永远快乐。"

"谢谢。我也希望你开心。"

"那，就这样。"

"嗯，拜拜。"

她离开时，他清了清嗓子。她转过身来。

"今晚的月亮真圆。"说完他也走了。

卡斯托斯从视线中消失了，莉娜再次感到失去他的痛楚。这种痛不同于割破的伤口，类似感冒即将袭来的酸痛无力。

他们真的能够放下彼此吗？她想知道答案。但看样子好像是都放下了。

晚餐时，莉娜一言不发，看着朋友们晒黑的可爱脸庞，享受着她们的戏谑。她喜欢看到卡门取笑她时瓦莉娅脸上的笑容。

她到家时，她们都想问问她和卡斯托斯怎么样了，然后她就一五一十告诉了她们。但是她还不知道怎么告诉她们她的内心感受。

她早早爬上床，听着楼下布布、卡门和瓦莉娅的笑声，听着蒂比与国际接线员的说话声。她想用手机给布莱恩打电话。

莉娜脑中一片混乱，她以为自己会辗转反侧几个小时，但她竟然很快就睡着了。从梦中惊醒后，她完全不记得任何梦境。

她听到卡门的缓慢呼吸。卡门熟睡的样子让她想起了这些年来在别人家过夜的情形。希腊曾给她带来无数欢乐。生活中有很多结束和开始。但今晚却是一种轮回，一种延续，没有什么事情结束，也没有什么事情开始。

她望向窗外，看到挂在火山口的满月似乎在享受自己的完美表现。她知道了卡斯托斯的意思。

永远的牛仔裤

她继续看着满月,突然觉得她真的明白了卡斯托斯的意思。

她小心翼翼地下床,尽量不惊醒卡门。她穿上裤子和已褪色的 T 恤,梳好头发,蹑手蹑脚走出去。

她不知道现在几点,也不知道他是否会在那里或什么时候会在那里。但她仍满怀信心地爬上山。

而他真的就在那儿,也许他已经来了好几个小时。她无从知晓。他站起来迎接她,很开心但并不惊讶。他只看了一眼她脸上的表情就知道他可以抱着她。

莉娜在卡斯托斯怀里哭了,她不知道为什么要哭,但她清楚地知道这不是伤心的眼泪。她为牛仔裤而哭。他紧紧地抱着她,仿佛要将他俩融为一体,永不分开。

月亮下,树叶蜷缩了起来,池水拍打着岸边,发出轻微的响声。这种感觉真好。

"你曾想过原谅我吗?"卡斯托斯问她,不带任何要求的语气。她觉得自己可以回答是或不是,但不管什么答案都不会削弱他的爱。

"也许吧。"她淡淡地说,"应该想过吧。"

"你爱过别人吗?"他故作轻松地问。很明显,他很在乎这件事。

"我试过。"她说,"但我不知道我还有没有能力爱上别人。"她的话简直说到了他的心坎上。

她能感到他在对她点头。她感觉他松了一口气,更紧地搂住了她。

"我知道我再也不会爱上别人了。"他说。

她在他怀里点点头,他们就这样抱着。慢慢地太阳升起来了,这比她想象的要晚些,或者更早些。

他慢慢地松开她。

她顿时觉得一阵寒冷袭来。

他捧起她的脸颊,强有力地、坚定地、充满情欲地吻着她。这一吻说明他们都长大了,都作出了新的决定。她毫不犹豫地深情回应着。

最后,他用希腊语对她说了一句什么。他还特地进行了强调,好像她知道他的意思一样,但其实她不知道。

下山时,太阳一路升起,她竭力记着这个词。

这是一个单词?还是两个单词?还是一个词组呢?她觉得有五个音节。她努力记住每一个音节,下山时她一遍又一遍地念着这几个音节,像在念咒语一样。

进屋后,她做的第一件事就是在祖母的厨房里用铅笔在横格纸上写下这个词。

她写的是读音。她不是特别熟悉希腊字母,担心写错了。她不确定怎么表示元音。

他为什么这样说?就好像他非常清楚自己在说什么,就好像她一定会明白一样。

真是的。他每次离开时都给她留下一个难题。

"你知道这是什么意思吗?"她下楼去问祖母,将纸张凑到了瓦莉娅的鼻子跟前。莉娜并没有像过去那样什么都保密。

瓦莉娅揉了揉满是皱纹的眼睛。"这是什么呀?"她不解地问。

"我也不知道,我还希望你告诉我呢。这是希腊语。"

祖母怀疑地问:"你这叫希腊语?"

莉娜有些不耐烦了:"奶奶,你仔细看看到底什么意思嘛?"

瓦莉娅戴上眼镜,她眯起眼睛仔细看着:"宝贝,我真不知道这是什么意思呀。"

她的朋友陆续起床,穿上衣服,来到厨房。她们用厨房可以用上的材料做了一些煎蛋卷。莉娜坐在桌子边,埋头翻看一本希腊语—英语字典。

"你在查什么呢?"蒂比问。

"我找到了再告诉你们吧。"她头也不抬地说。

永远的牛仔裤

她们穿上比基尼和背心裙,背上草编包,来到海滩。莉娜的人虽然来了,但心还在字典上。她心不在焉地走着,被鹅卵石绊倒,像小孩子一样摔破了膝盖。是的,她还想像小孩子一样大哭。

"你怎么搞的呀?"卡门不解地问。

"恐怕她自己也不知道吧。算了,她知道了就会告诉我们的。"蒂比满是爱护的语气说。

莉娜全神贯注地想着那些音节,背部晒伤了都没知觉。朋友们都去吃冰激凌了,她仍在翻着字典。她想尽了一切拼写组合,直到太阳升到头顶,她终于找到了答案。或者说,她认为她找到了答案。

卡斯托斯说的意思是"有朝一日"。

她觉得她明白了卡斯托斯的意思。

让我们飞向

遥远的蓝色天空。

——美国空军军歌

永远的牛仔裤

在圣托里尼的第六天,莉娜根据电话归属地,发现艾菲在雅典的叔叔婶婶家。

"艾菲,是我。"她用尽量柔和的语气说。她知道艾菲不敢和她讲话。

"你找到牛仔裤了吗?"艾菲劈头就问。

"没有。"

"你没有找到?"

"嗯,没有。"

"哦,不。"她听到艾菲马上要哭的声音。尽管她都要气疯了,但莉娜知道她不想让艾菲有压力。"哦,不。"艾菲又来了。

"我知道你的感受。"

"你打电话过来,我还以为你们找到了裤子呢。"艾菲抽泣着。她大概以为莉娜可能太生气,不会给她打电话。

"我打电话是想告诉你别担心。"莉娜也不知道自己想要说什么。

艾菲大声抽着鼻子。

"没事的。"莉娜又说,"我知道你也不想发生这样的事。我知道你已经尽了最大努力去找了。"

艾菲听到这些,哭得更厉害了。

"没事的。艾菲,我爱你。"

艾菲哭得太凶,话都讲不清楚了。莉娜耐心地等着她。

在圣托里尼的第七天,她们在火山口游了几个小时泳,最后肚子朝天地漂在水面上。地球仍在旋转,时间仍在一分一秒地前进。她们得认真考虑考虑了。

"我觉得我们不应该继续待在这里了。"莉娜坐在沙地上,望着太阳。她理所应当提出这个问题。

卡门将被水泡得皱巴巴的指尖伸到嘴边。

刚开始几天,她们确实在忙着找牛仔裤。可之后,她们讨论牛仔裤的时间越来越少,所作的努力也越来越少。她们开始漫无目的地聊天、吃东西、发呆、游玩。牛仔裤几乎被抛到了九霄云外。

尽管眼前的事实让人伤心,但自从到这儿来后,卡门就一直很快乐,和朋友聚在一起真的很好。她们可以分享太多太多的喜悦,虽然这快乐的时光姗姗来迟。

此外,卡门越来越佩服牛仔裤的魔力,它知道如何把她们聚在一起。分离后再聚首是特别难得的享受。

"我真希望我们能永远聚在这里。"卡门感叹说。

"我也是。"布布表示赞同。

卡门知道,她们不想没找到牛仔裤就分开。不管怎么说,牛仔裤是在这儿弄丢的。尽管裤子不在手边,但仍在她们周围的某个地方。

"我想我们可能之前就丢掉了牛仔裤。"蒂比说着,将双手压到沙子里,她的脸上是一副沉思的表情,"我想我们辜负了牛仔裤的用心。牛仔裤来到我们身边就是为了让我们不分离。"

卡门也想到了这些:"就是,我们都以为有了牛仔裤,即使我们看不到彼此,牛仔裤也会把我们联系在一起。"

"嗯，说得真好。"莉娜说，"我之前就没想到过这些。"

"我们都太依赖牛仔裤了。"布布继续说，"或者说我们对它的这种依赖是一种错误。"

她们不约而同走到彼此身边，形成一个松散的圆圈，就像她们在吉尔达俱乐部时那样。现在，只有她们自己，不依靠牛仔裤。

"牛仔裤教我们如何成为独立的人，但我们还只学到了一点皮毛。"卡门说。

"我们应该在本学年摆脱牛仔裤。"蒂比建议。

"现在我们过着不同的生活。"莉娜说，"过去，我们常常在夏天分离。现在，我们一直都天各一方。过去，正常的生活让我们相聚在一起。现在，正常的生活让我们不得不分开。我们都不可能知道如何使用这条牛仔裤了。"

卡门觉得她要哭了："也许让我们相聚在一起是一个很难实现的梦想。"

布布抓着卡门干瘪的手指："不会的。但我们也不能期望牛仔裤帮我们克服所有的问题。"

"我们现在都在不同的地方。"卡门道出心底最深的恐惧，"也许我们的相聚时光真的结束了。"

"不。"莉娜反对，"我不相信。你也不相信的吧，卡门？"

卡门坐在那儿，也不想相信。突然，她冒出一个想法。

"我知道了。"她说，"我们不再住在贝塞斯达，我们不是高中生了。我们也没有和家人住在家里。这些地方是我们成长的地方，见证了我们共同度过的美好时光，但这些地方不属于我们。如果我们认为这些地方就是属于我们的地方，那我们就迷失了。因为时光已经流逝了，这些地方也不存在了。我们不属于过去的任何地方或任何时间。"

她想到了她们的牛仔裤。她似乎看到牛仔裤在晾衣绳上随风飘舞，吹向空中，一直向上飞着，直到融入蓝天和大海。

"就是这样。我们无处不在。"

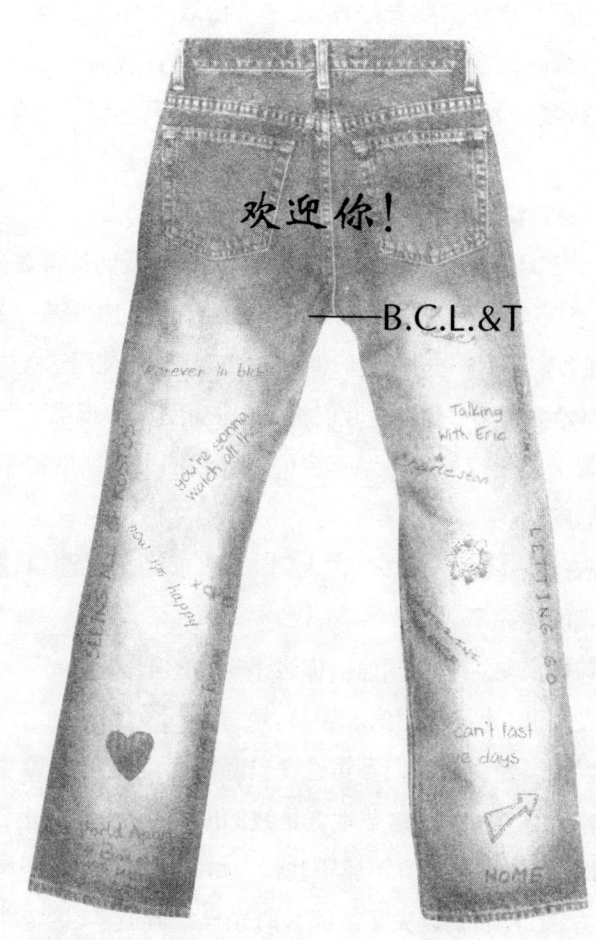

永远的牛仔裤

结束语

我们在希腊的最后一天,步行了很久很久,最后来到一个满是石头的悬崖边俯瞰着水流。我们坐在边上,摇晃着双腿。天空万里无云,海面静如明镜。

我看着我的朋友们,棕褐色的皮肤,赤裸的双脚,脸上的雀斑,皮肤上的皱纹,看似如此不和谐。但我们非常高兴,我们互换着衣服。蒂比穿着莉娜的白色裤子,裤管卷到脚踝。卡门穿着蒂比的佩斯利T恤。莉娜戴着我的稻草牛仔帽。我绑着卡门粉红色的头巾。

蓝天和大海都静悄悄的,我们眯着眼睛寻找海天相接处,寻找分开天空和大海的地方,时间和空间,海水和空气,我们全然抛在脑后。

我想起卡门关于我们的说法。我们不是生活在任何一个空间或时间。我们无处不在,这里,那里,过去,未来,相聚,分离。

久久地,我们坐着,默默地望着,因为海天相接处的缝隙是无形的,颜色是永恒的。

然后我想到了颜色,我知道了蓝色是怎样的。蓝色是柔软的,多变的,一如平凡牛仔裤的蓝色。

牛仔裤 = 爱